작가처럼 읽는 법

작가처럼 읽는 법

에린 M. 푸시먼

김경애 옮김

THE NAN
더 난 콘 텐 츠

어릴 적부터 독서의 중요성을 일깨워주신
어머니 덕분에 모든 게 달라질 수 있었습니다.

어머니 신디 여사께 이 글을 바칩니다.

서문

우선 서문은 최대한 간략하게 쓸 것을 약속드린다. 짧은 서문을 통해 내가 여러분께 전하려는 내용은 읽는 방식을 바꾸는 것만으로 글 쓰는 방식을 바꿀 수 있다는 사실이다. 작가는 반드시 독자이기도 해야 한다는 의미다. 독자는 작가만큼이나 문학계를 구성하는 매우 중요한 요소이다. 이 책을 읽고 있는 여러분은 분명 작가이면서 독자일 것이다.

작가가 읽는 방법: 자세히 그리고 비판적으로 읽기

작가들도 책을 읽는다. 그러나 즐거움을 위해서만은 아니다. 작가들은 비판적으로 읽고 꼼꼼하게 읽는다. 사실 훌륭한 작가들은 항상 책을 읽는다. 노벨상 수상 작가들 역시 가능한 한 많이 읽고, 최고의 인기를 누리며 많은 작품을 내놓고 있는 작가들도 마찬가지이다. J. K. 롤링은 신인 작가들에게 책을 읽으라고 권한다. 스티븐 킹도 마찬가지다. 작가가 되기 위한 가장 중요한 단계 중 하나에는 글을 쓰는 것뿐만이 아니라 작가처럼 읽고 또 읽는 것이 있다. 일단 읽기 능력이 향상되면 글쓰기 능력도 향상된다.

꼼꼼하게, 비판적으로 읽는 것이 어떤 의미인지 자세히 살펴보자. 작가들은 기계공학자들이 엔진을 연구하거나 식물학자들이 잎을 해부하듯이 단어를 읽는다. 작가들은 텍스트가 작동하는 방식을 파악하며 글을 읽는다. 작가들은 장르를 확인하고, 플롯을 연구하고, 구조를 묘사하고, 중심 갈등이나 이미지 또는 주제를 인식하고, 등장인물의 구축에 대해 배우고, 시점을 연구하고, 설정을 탐구하고, 언어와 목소리를 해석하며 읽는다. 작가들은 글이 무엇을 하는지, 그리고 글이 가진 잠재력이 무엇인지 알기 위해 읽는다. 작가들은 다른 작가들로부터 배우기 위해 읽는다. 작가들은 글쓰기를 향상하기 위해 읽는다.

여러분이 가장 좋아하는 글 한 편을 골라 생각해보자. 책꽂이에서 그 작품을 꺼내거나 화면으로 볼 수 있다면 더 좋다. 이제 다음과 같은 질문에 대해 생각해보자.

- 어떤 종류의 글인가? 시? 단편소설? 장편소설? 회고록? 에세이? 아니면 이들과는 다른 장르인가?
- 이 작품은 왜 장편소설이 아닌 단편소설의 형태로 쓰였는가? 혹은 소설이 아니라 시로 쓰였는가? 혹은 소설이 아니라 회고록으로 쓰였는가?
- 이 작품의 주인공은 누구인가? 그/그녀는 무엇을 원하는가? 이 두 가지 사실을 작가는 독자에게 어떻게 전달하는가?

- 작품에서 어떤 문구나 이미지가 기억에 남는가? 그 이유는 무엇인가?

더 많은 질문이 있을 수 있지만 이 정도로도 충분하다. 왜냐하면 본 서문은 간략한 소개이기 때문이다. 요점은 창의적인 작가들은 작품을 쓸 때 무수히 많은 결정을 내린다는 것이다. 작가들의 다양한 결정과 그 결정들이 텍스트 안에서 어떻게 작용하는지 생각하면서 읽을 때 여러분은 더 나은 독자와 작가가 될 수 있을 것이다.

작가처럼 읽기 위한 지침

이 책에서 우리는 작가들의 방식대로 읽는 연습을 하게 될 것이다. 각 장에서는 작가들이 글을 쓰면서 내리는 결정을 하나씩 탐구하게 될 것이다. 그리고 위의 질문뿐만 아니라 창의적 글쓰기의 또 다른 중요한 측면을 다룰 것이다. 여기서 배운 내용은 수업 준비를 위한 독서, 스스로 하는 독서, 글쓰기 모임 멤버들이 워크숍을 위해 가져오는 창작 원고를 읽을 때 그리고 자신의 글을 창작할 때 적용할 수 있다.

서문을 마무리하기 전 각 장에서 탐구할 수 있는 읽기 자료에 대해 조금 더 설명하려고 한다.

읽기 자료와 토론 질문

여러분이 실제로 책을 읽으면서 작가들이 읽는 방식을 적용할 수 있도록 현대 창작 작품들을 각 장과 부록에 실었다. 읽기 자료들은 각 장에서 다루는 주제의 실질적인 예시로써 활용되고 있다. 작가들이 내리는 구체적 선택을 검토할 수 있도록 각 장의 말미에 토론 질문을 실었다.

쓰기를 위한 읽기

훌륭한 작가들이 아는 또 다른 비밀이 있다. 독서는 새로운 글을 쓸 때 도움이 된다는 점이다. 좋은 글을 꼼꼼하게, 그리고 비판적으로 읽는 것은 새로운 아이디어를 글로 완성하거나 이미 시작한 글을 수정하는 데 영감을 줄 수 있다. 이 책에서 읽고 배운 내용을 여러분이 쓰는 글에 적용할 수 있도록, 각 장의 끝에 새로운 글을 시작하거나 진행 중인 원고를 수정하는 과정에 도움이 될 쓰기 길잡이를 제공한다.

시작하기 전에

1장으로 넘어가기 전, 여러분은 작가들이 책을 읽는 동안 이 모든 내용을 어떻게 파악하는지 궁금해할 수도 있다. 각자 자신만의 독특

한 전략을 갖고 있겠지만, 작가들은 작품을 읽는 과정을 통해 배울 수 있는 나름의 방법을 터득했다. 또한 그 방법은 대부분의 경우 작가 스스로의 글을 포함한다. 나는 독자 개개인이 따라야 할 전략을 제시하지는 않을 것이다. 대신 시작하는 데 도움이 되는 제안을 공유하려고 한다. 이러한 제안은 이 책을 쓴 나를 포함한 많은 작가들에게 효과가 있었다. 다양한 전략을 시도해보자. 자신에게 맞는 방법을 찾을 때까지 전략들을 섞고, 맞추고, 조정하자.

- 앞서 제시한 질문을 스스로에게 하면서 읽자. 각 페이지, 절, 장의 말미에서 질문에 답하자.
- 글을 천천히 읽자. 특히 좋은 구절이라고 생각되면 더 천천히 읽자. 머릿속으로 단어가 '들릴' 만큼 천천히 읽자.
- 읽고 또 읽자. 글 한 편을 다 읽고 나면 메시지 전달이나 단어 선택의 측면에서 가장 중요하다고 생각되는 구절로 돌아가 다시 읽자. 단편소설, 에세이, 시를 읽을 때는 작품 전체를 반복해서 읽자.
- 펜이나 연필을 들고 읽자. '작가처럼 읽기'라는 제목의 일지를 만들어 메모를 작성하자. 이 책 자체를 일지로 생각하고 여백에 메모를 남기는 방법도 좋다.
- 형광펜을 들고 읽자. 글쓰기에 관해 알려주는 부분에 밑줄을 긋자.
- 휴대전화나 컴퓨터의 메모장을 열어놓고 읽자. 글을 읽으면서 쓰는 기술에 대한 통찰이 들 때, 메모를 작성하여 기록으로 남기자.

- 작품에서 가장 좋아하는 부분을 찾아보자. 그 부분이 왜 가장 좋은지 생각해보자. 그 부분을 눈에 띄게 하려고 작가가 무엇을 했는지 알아보자.
- 읽을 때마다 각각의 작품이 시, 소설, 에세이 등의 형태로 작용하는 데 텍스트가 어떤 역할을 하고 있는지 파악하려고 노력하자.
- 여러분이 작업 중인 글(플롯, 인물 구축, 구조 등)의 기교적 요소를 생각해보자. 작가가 그 요소를 어떻게 작업했는지 파악하며 읽자.(작가는 어떻게 플롯을 펼치고, 인물을 전개하고, 또는 작품을 구성했는가?)
- 감탄을 자아내거나 깨달음을 주는 부분이 있다면 표시하거나 요약하여 옮겨 적자. 까다로운 면이 잘 처리되었다고 생각되는 부분이 있다면 구체적으로 메모하자.
- 작가가 흥미로운 방식으로 접근하거나 위험 요소를 처리하는 데 있어서 자신의 작품에 적용하고 싶은 부분이 있다면 표시하거나 요약하여 옮겨 적자.
- 작품에서 훌륭하다고 생각되는 부분을 찾아보자. 그 부분이 왜 뛰어난지 파악하기 위해 다시 읽어보자. 찾은 내용을 기록으로 남기자.
- 이 책에서 다룬 각 장의 요소를 적용하여 한 편의 글을 해부해보자. 나만의 방식으로 해부도를 직접 작성하자.

차례

서문 _ 6

3장 | 구조

4장 | 인물 구축

8장 | 언어

부록

1장

장르

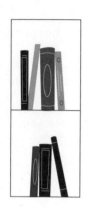

장
르
의
개
념

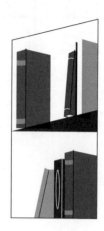

먼저 장르의 정의에 대해 이야기해보자. 작가는 글을 쓸 때 장르, 즉 글의 형식에 맞게 쓴다. 장르에 관심을 기울이게 되면 작가가 '특정' 이야기나 '특정' 주제를 전달하기 위해 왜 '특정' 장르를 선택했는지 더 쉽게 파악할 수 있다. '특정'이라는 표현이 너무 많다고 생각되겠지만 작가들은 원래 '특정'한 것들에 주의를 기울이는 사람들이다. 작가는 글을 쓸 때와 마찬가지로 읽을 때도 장르에 관심을 기울인다. 다음 예문을 살펴보자.

나는 여섯 살 때 여동생을 총으로 죽였다. 나는 총 쏘는 법을 몰랐다.

이런 문장으로 글이 시작된다면 분명 매우 강렬한 인상을 줄 것이다. 그렇지 않은가? 과연 어떤 글의 첫 문장일까? 소설? 회고록? 아니면 시? 어떤 장르인지는 왜 중요할까? 그 이유는 진실과 허구는 서로

작가처럼 읽는 법

다른 방식으로 우리에게 받아들여지기 때문이다.

우리는 소설을 읽을 때 논픽션이나 시와는 다르게 읽는다. 장르가 우리가 글을 읽는 방식에 영향을 주기 때문이다. 독서에 장르가 어떤 영향을 미치는지 생각해보는 일은, 작가들이 읽는 방식을 이해하기 위한 근본적인 시작점이 된다.

산문 장르는 소설과 창작 논픽션으로 나눌 수 있다. 흥미를 유발한다는 측면에서 창작 논픽션은 문학 논픽션으로 불리기도 한다. 장르가 독서에 어떤 영향을 미치는지 파악하기 위해 먼저 산문 장르를 살펴보겠다.

앞서 읽었던 예문을 다시 한번 읽어보자.

이 예문을 허구의 이야기인 소설의 첫 문장이라고 생각해보자.

나는 여섯 살 때 여동생을 총으로 죽였다. 나는 총 쏘는 법을 몰랐다.

이 예문이 소설의 첫 줄이라면 어떤 생각을 하게 될까? 재미를 찾기 위해 소설을 읽는 우리는 도대체 무슨 일이 일어났는지 궁금하고 내막을 더 자세히 파악하고 싶은 마음에 다음 문장을 읽고 싶어질 것이다. 작가로서 우리는 이 첫 문장에서 다음과 같은 점 또한 떠올릴 수 있다.

- 화자의 소개(여동생을 죽인 '나'라는 인물).
- 갈등의 설정(총, 여동생의 죽음, 총 쏘는 법을 모른다는 사실).
- 언어의 사용(복잡하지 않은 단순한 단어로 흥미로운 문장을 완성).

소설을 읽으면서 우리는 등장인물과 사건이 어떻게 전개되는지 주목한다. 여러분이 가장 좋아하는 소설을 떠올려보자. 분명 내 말에 동의할 것이다. 하지만 우리는 소설 속 등장인물과 사건이 실제가 아니라는 사실 또한 잘 알고 있다.

이제 같은 예문을 다시 한번 읽어보자. 이번에는 회고록의 첫 문장이라고 가정해보자.

나는 여섯 살 때 여동생을 총으로 죽였다. 나는 총 쏘는 법을 몰랐다.

같은 예문을 회고록으로 읽으면 문제가 달라진다. 우리는 소설을 읽을 때와 마찬가지로, 무슨 일이 일어났는지 궁금한 마음으로 진실을 파악하기 위해 계속 읽고 싶어 한다. 하지만 우리는 또한 이 글이 실제로 일어난 일에 대한 기록이라는 사실을 염두에 두고 읽는다. 즉 어딘가에서 여섯 살 난 아이가 실제로 여동생을 죽인 것이다. 회고록의 첫 문장으로 같은 예문을 읽는다면 우리는 다음과 같은 점을 떠올릴 수 있다.

- 화자를 등장인물로 소개. 주인공은 어린 시절 여동생을 죽인 실존 인물이며 이 책은 그 내막을 다룬 작품.
- 솔직하게 갈등을 설정(여동생은 실제로 죽었고 화자는 당시 여섯 살 때였다).
- 언어의 사용(복잡하지 않은 단순한 단어로 흥미로운 구조를 가진 문장을 완성).

작가처럼 읽는 법

회고록을 읽는 우리의 내면은 실제로 어떤 일이 일어났는지, 그 일이 관련된 사람들의 삶이나 세상에 어떤 영향을 끼쳤는지 알고 싶은 마음을 포함한다.

이제 같은 예문을 다시 한번 읽어보자. 이번에는 시의 첫 줄이라고 생각해보자.

나는 여섯 살 때 여동생을 총으로 죽였다. 나는 총 쏘는 법을 몰랐다.

이 문장은 시와는 사뭇 다르다. 시처럼 읽히는가? 그렇지 않을 것이다. 이유를 생각해보자. 한 줄로 나열된 완전한 문장은 산문처럼 읽힌다. 원칙적으로 한 줄로 쓰인 완전한 문장은 산문이 맞다. 물론 일반적인 규칙에는 항상 예외가 있다(그중 하나가 산문시이다). 만약 우리가 문장 전체를 시의 한 구절로 읽었다면 우리는 왜 이 글이 완전하면서도 침착한 어조의 문장으로 구성되어 있는지, 왜 한 줄이 이렇게 긴지 궁금해할 것이다.

동일한 예문을 다음과 같은 구성의 시라고 생각해보자.

여섯 살 때
총을 들었다
나는 몰랐다
어떻게
총을 쏘는지
나는 죽였다

여동생을

같은 글이지만 산문을 읽을 때와는 전혀 다르다. 시를 읽는 독자에게는 문장을 구성하는 단어의 의미만큼이나 언어와 리듬이 중요하다. 같은 문장을 시로 읽으면서 우리는 다음과 같은 요소들을 생각해볼 수 있다.

- 느낌, 경험, 이야기를 전달하기 위해 적절한 단어를 사용했는가.
- 리듬과 소리를 유발하는가.
- 행과 연의 형태를 가지는가(한 행은 몇 개의 단어로 구성되며 어떤 운율을 이루는가).

시에서는 관점이 크게 달라진다. 왜냐하면 독자는 시가 감동을 주는지, 표현이 어떤 느낌을 주는지에 관심을 갖기 때문이다.

우리는 대개 이야기의 진행을 파악하기 위해 시를 읽지는 않는다(서사시는 예외다). 시를 읽으면서 우리는 어떤 감정이나 관점에 도달하길 원한다. 또한 시의 언어와 리듬에 빠져들기 위해 계속 읽어나간다. 시인의 눈을 통해 세상을 보기 위해 시를 읽는 것이다. 언어, 리듬, 이미지, 감정은 모두 시에서 중요한 요소이다.

이제 진실이라는 주제로 돌아가보자. 시는 진실을 말해야 하는가? 시에서 다루는 진실은 복잡하면서도 단순하다. 시 또한 진실을 말할 때가 있지만 꼭 그래야 하는 것은 아니다. 많은 작가들은 시인이 정직하게 시를 쓸수록 더 의미 있는 작품이 탄생한다는 사실에 동의한다.

어떤 시는 이야기, 등장인물 또는 사건을 만들어낸다. 새뮤얼 콜리지의 《노수부의 노래The Rime of the Ancient Mariner》가 그 고전적 예시라고 할 수 있다.

많은 현대 시인들이 자신의 경험에서 우러나온 문자 그대로의 진실을 쓰는 반면, 자신이 겪은 적 없는 일을 시로 풀어내는 시인도 있다. 시인들은 삶이나 인간의 본성에 관한 진실을 반영하는 인물이나 사건들을 자유롭게 창조할 수 있다. 이를 시적 진리라고 일컫는다. 예시로 들었던 여동생과 총에 관한 문장을 다시 한번 들여다보자. 나는 여섯 살 때 내 여동생, 혹은 다른 누군가를 총으로 쏘지 않았지만 이런 비극은 어디서든 생길 수 있다. 시의 구절은 이런 비극을 반영하고 돌아볼 수 있는 언어를 제공한다.

글쓰기의 장르는 항상 사전적 정의를 뛰어넘어 우리의 기대에 부응한다. 인간과 마찬가지로, 장르 또한 우리가 장르를 정의하기 위해 사용하는 단어 그 이상의 의미를 갖는다. 그러나 우리는 작가들이고, 단어를 다루는 것은 우리의 일이다. 우리 모두가 뜻을 같이할 수 있도록 장르를 정의하는 기준이 되는 용어 몇 가지를 설명하고자 한다.

픽션

픽션이라고 하면 우리는 장편이나 단편 소설을 떠올린다. 혹은 픽션을 정의할 필요가 없다고 생각할지도 모른다. 픽션은 그냥 픽션이다. 그렇지 않은가? 픽션은 서사적 글쓰기이다. 픽션은 작가가 만들어낸 줄거리와 인물을 통해 독자에게 이야기를 전달한다. 픽션을 읽는 우리는 그것이 종이에 옮겨진 작가의 상상력이라는 사실을 잘 알고 있다.

그러나 여러분도 이미 알고 있을지 모르지만, 많은 픽션 작가들은 자신의 삶이나 실제 사건에서 영감을 얻거나 그것을 바탕으로 글을 쓴다(이미 알고 있는 사실이라면 여러분은 현명한 것이다. 픽션을 이렇게 바라볼 수 있다는 것은 여러분이 이미 작가들처럼 생각하고 있다는 의미이기 때문이다). 많은 픽션 작품이 역사적 혹은 개인적 경험, 즉 사람들의 실제 삶에서 영감을 얻어 완성된다. 소피 야노우Sophie Yanow의 그래픽 노블《모순The Contradictions》이 그 예시이다. 소피 야노우는 유럽 유학중 자신의 경험을 바탕으로 이 작품을 완성했다. 어떤 픽션은 현실적이면서도, 이를 자세하게 풀어낼 수 있도록 면밀한 조사를 거쳐 완성되기도 한다. 독자들이 사랑하는 장르 중 하나인 역사 픽션은 역사적 사실을 가능한 한 정확하게 풀어낼 수 있도록 연구를 거쳐 완성되기도 한다.

픽션에 등장하는 특정 사건이나 인물이 실제 삶이나 역사 사건 혹은 실존 인물과 비슷할 수는 있지만, 이것이 꼭 진실이어야 할 필요는 없다. 즉, 작가의 삶이나 실제 사건이 영감을 불어넣을 수는 있지만 작가는 그 뼈대에 상상력을 자유롭게 추가할 수 있다.

픽션에는 다양한 하위 장르, 즉 공포, 미스터리, 과학, 여성, 역사, 디스토피아 픽션 등이 있다. 작가라면 픽션을 두 가지, 즉 장르적 픽션과 문학적 픽션으로 분류하기도 한다는 사실을 알아둘 필요가 있다. 장르적 픽션('상업적 픽션' 혹은 '대중적 픽션'으로 부르기도 함)은 작가와 출판사들이 앞서 언급했던 예시를 포함한 모든 대중적인 하위 픽션 장르를 지칭하는 용어이다. 대중적 픽션은 또 한 번 다양한 세부 장르로 나뉘기도 하는데 뱀파이어 픽션과 좀비 픽션이 그 예시이다. 독자들은 즐거움을 얻기 위해, 혹은 책을 읽는 동안만이라도 자신을 둘러싼 현실에서 도피하기 위해 장르적 픽션을 읽기도 한다.

문학적 픽션과 장르적 픽션의 경계는 모호하다. 그리고 그 경계는 작가보다는 출판계에서 정한 것이다. 그러므로 작가로서 탐구하고 독서의 의미를 찾고자 하는 여러분은 그 경계를 크게 신경 쓰지 않는 편이 좋을 것이다. 문학적 픽션을 구태여 정의하자면, 대중적인 세부 장르로 제한되지 않는 픽션이라고 할 수 있다. 문학적 픽션을 선택하는 독자는 쓰기를 예술의 형태로 경험하고 생각을 유도하는 이야기에 몰입하며 읽는다. 문학적 픽션은 우리가 사는 현실을 탐구하고 우리가 알고 있다고 생각하는 세상을 새로운 시각으로 볼 수 있도록 하는 까닭에 '진지한' 픽션으로 여겨지기도 한다. 문학적 픽션은 줄거리보다 인물을 중심으로 하는 경우가 많은데, 인물에게 벌어지는 일과 그들의 반응이 줄거리를 구성하는 대형 사건들보다 이야기를 전개하는 힘을 발휘하기 때문이다.

앞서 언급했던 경계의 모호성을 다시 한번 생각해보자. 장르적 픽션 소설 중 우수한 작품의 상당수가 방금 언급했던 문학적 픽션의 역할을 한다(이 문장을 읽으면서 여러분은 이미 그 예시를 떠올리고 있을지도 모른다). 부록에 실린 픽션은 문학적 픽션이다. 이 작품들을 읽으면서 여러분이 최근에 읽었던 장르적 픽션과 다른 점이 무엇인지 찾아보자.

창작 논픽션

|

앞서 언급했던 것처럼 창작 논픽션은 문학 논픽션으로 불리기도 한다. 이 장르는 미국에서는 '네 번째 장르'로 불리기도 한다. 이는 창작 논픽션이 일반 논픽션과 다른 장르이기 때문이다. 창작 논픽션을 논의하는 이유는 글의 창의적·문학적 특성 때문이다. 이 책에서는 가장 널리 사용되고 있는 '창작 논픽션'이라는 용어를 사용할 예정이다. 더 짧고 독립적인 창작 논픽션에 대해서는 '에세이'라는 용어를 사용할 것이다. 에세이는 짧은 형태의 창의적 글쓰기라는 점에서 단편소설과 동등한 위치에 있는 창작 논픽션이다.

창작 논픽션은 근본적으로 다른 형태의 논픽션과 다르다. 예술의 한 형태로 쓰이기 때문이다. 사실을 보도하는 신문 기사는 논픽션이지만 창작 논픽션은 아니다. 교과서는 논픽션이지만 창작 논픽션은 아니다. 창작 논픽션 작가는 창의적으로 쓴다. 이들은 예술적·문학적 언어를 사용한다. 이들은 진실한 이야기를 전달하거나, 독자를 끌어들이고 독자의 흥미를 유발할 설득력 있는 방법으로 주제를 탐구하기 위해 글을 쓴다. 대다수의 창작 논픽션은 플롯, 인물 등 서사적 글쓰기의 여러 가지 요소를 가지고 있으므로 서사적이라고 할 수 있다. 일부 창작 논픽션은 언어와 내용에 대한 서정적 접근으로 인하여 시적인 작품으로 평가되기도 한다.

창작 논픽션은 창작 글쓰기의 다른 장르와 근본적으로 다르다. 창작 논픽션 작가들은 진실을 전달하고 있다는 점을 전제로 하기 때문이다. 다른 말로 하자면 창작 논픽션은 사실을 다루지만, 단순한 사

작가처럼 읽는 법

실 전달을 뛰어넘는 방식으로 다룬다는 뜻이다. 창작 논픽션 작가들은 독자와 진실한 계약을 맺는다. 아무리 줄거리가 설득력 있고, 언어가 시적이고, 주제가 창의적으로 표현되더라도 창작 논픽션은 진실성을 유지한다. 다시 말해 창작 논픽션은 진실을 고수한다.

그러나 여러분은 창작 논픽션 작가들이 실제 주인공의 이름을 바꾸거나 정체를 감추거나 실제로 일어난 일의 일부를 삭제하기도 한다는 점을 떠올릴지도 모른다. 물론 이는 사실이긴 하지만, 그런 세부적 변경은 사건의 내막과 진실성을 손상하지 않는 범위로 한정된다.

이제 진실 서약을 지키기 위해(이 책은 논픽션이므로), 앞서 예시로 들었던 여동생을 총으로 쏘았다는 내용의 문장은 창작의 산물임을 짚고 넘어가고 싶다. 나는 여섯 살 적 여동생을 총으로 죽이지 않았다. 사실 내게는 여동생이 없다. 이 같은 비극적 사건이 아무리 실제 같더라도 그런 사건이 내게 일어난 적은 없다. 만약 내게 이런 일이 일어났다는 내용을 산문으로 완성한다면 픽션이 될 것이다.

픽션과 마찬가지로 창작 논픽션은 분량이 짧을 수도 있고 길 수도 있다. 짧은 형태는 에세이로 부르기도 하며, 창작 논픽션의 하위 장르는 서정적 에세이와 책 한 권 분량의 창작 논픽션을 포함한다. 책 한 권 분량의 창작 논픽션은 대개 또 다른 하위 장르로 분류된다. 여기에는 서사 논픽션, 회고록, 문학 저널리즘, 장소 기반 서사, 자연/환경적 논픽션 등이 포함된다.

시

|

다른 글쓰기와 마찬가지로 시 또한 언어를 통해 의미를 전달한다. 그러나 시는 느낌이나 이미지를 형성하기 위해 다른 장르보다 리듬, 소리, 문장의 구조에 더 의존한다. 시는 대개 산문보다 더 적은 분량의 언어를 사용한다. 시를 읽으면서 우리는 단어를 읽고 그 단어 간의 연결고리를 만든다. 우리는 산문을 읽을 때보다 시를 읽으면서 단어 하나하나를 더 주의 깊게 읽는다. 시에서 소리와 리듬은 의미를 만들어내는 데 도움이 되기 때문에, 우리는 시를 소리 내어 읽거나 머릿속으로 읽으면서 단어와 음절이 어떻게 소리 나는지 주목한다. 시인들은 또한 의미를 만들어내는 수단으로 행갈이와 운율을 이용하기 때문에 우리는 시를 읽으면서 그것들이 어떻게 바뀌는지 눈여겨본다.

앞서 언급한 바와 같이 시에서 진실은 시적 진실, 즉 인간의 경험에 관한 더 큰 진실을 담고 있는 요소이다(하지만 진실은 시에 항상 존재하는 것은 아니다). 시를 읽는 독자들은 시의 소리와 언어에서 의미를 찾는 것처럼 시적 진실을 찾기 위해 시를 읽는다. 이에 대한 예외는 고백시다. 고백시는 1950년대에서 1960년대에 걸쳐 문학적 명성을 얻었으며, 자기 삶의 어두운 투쟁을 반영하는 시를 발표했던 미국 시인들과 관련 있다.

많은 독자와 작가들은 시를 서사시, 서정시, 서술시, 풍자시, 산문시의 다섯 가지로 분류한다. 서술시는 이름에서 추측할 수 있듯이 이야기를 풀어내는 시다. 서사시도 이와 유사하지만 화자나 주인공이 엄청난 규모의 투쟁에 연루된다는 점이 다르다. 영웅 서사시 《베오울프

작가처럼 읽는 법

Beowulf》가 그 예시이다. 산문시는 산문과 마찬가지로 단락 형식으로 쓰인다. 서정시는 시인이나 시 속 인물의 마음, 감정, 생각 등을 전달한다. 서정시는 상대적으로 짧은 편이다. 길이에 대한 제한은 없지만, 서정시는 서사시나 서술시처럼 여러 페이지에 걸쳐 길게 이어지지 않는다.

이 같은 하위 장르 안에서도 시를 탐구하는 더 많은 형식과 방법이 있으며, 신중한 독자(와 작가)들은 한 편의 시가 본래와는 다른 시적 장르로 표현될 수 있다는 사실을 알아챌 것이다. 앞서 예시로 들었던 총에 관한 시를 보자. 이 시는 글자 수가 적고 서정시의 형식을 띠고 있지만 서술적 요소를 어느 정도 포함하고 있다. 여기에서 혹시 여러분이 대부분의 현대시는 본질적으로 서정적이라고 생각한다면, 맞다. 문학 잡지의 최신 호를 읽다 보면 많은 현대 시인들이 산문시에 눈길을 돌리고 있다는 사실을 눈치챌 수 있을 것이다.

드라마 및 기타 장르
|

여기서 잠깐! 이 밖에도 창작 글쓰기에 다른 장르가 있지 않은가? 그렇다. 영화와 연극(시나리오와 희곡) 역시 장르로 분류된다. 이들은 산문이 아니지만 그렇다고 시도 아니다. 산문과 시의 요소를 모두 담을 수 있고, 실제로도 담고 있다. 시나리오와 희곡은 다른 장르와는 매우 다르게 쓰이고 읽힌다. 하지만 똑똑한 독자들은 다른 장르와의 몇 가지 유사한 요소와 언어(대화와 장면 등)를 알아챌 수 있을 것이다.

또한 같은 이야기가 한 가지 이상의 장르를 통해 전달되는 경우도 있다. 그 예시로 몇 권의 베스트셀러를 살펴볼 수 있다. '해리 포터Harry Potter' 시리즈가 잘 알려진 예다. 소설 해리 포터 시리즈는 영화로 만들어졌다. 셰릴 스트레이드Cheryl Strayed의 자서전 《와일드Wild》역시 영화로 각색되었다. 책을 영화로 각색할 때 시나리오 작가는 이야기의 일부를 바꾸기도 한다. 자서전과 같은 논픽션이 영화 각본으로 바뀌고 나면 이것이 사실과 다를 수 있다는 점을 유념하자.

이 책에서 우리는 많은 학생들이 창작 글쓰기와 문학 수업에서 공부하는 픽션, 창작 논픽션 및 시에 집중할 것이다.

작가처럼 읽는 법

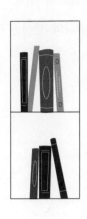

장르 안에서 읽기

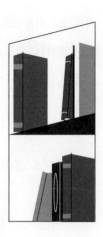

앞서 우리는 작가들이 읽는 방식에 장르가 어떻게 영향을 미치는지에 주목해야 한다고 말했다. 그다음 단계는 장르 안에서 글이 어떻게 작동하는지 의도적으로 생각하는 작업이다. 작가는 출판 가능한 픽션, 창작 논픽션, 또는 시를 만들어내기 위해 어떻게 작업하는 것일까? 또한 작가는 특정 아이디어를 제시하기 위해 왜 그 장르를 선택한 것일까?

이 두 가지 질문은 서로 이어져 있다. 왜냐하면 작가들은 장르라는 영역 안에서 작업하(거나 의도적으로 장르라는 영역의 경계를 모호하게 하)기 때문이다. 픽션은 이야기로써 독자에게 즐거움을 주거나 독자를 자극한다. 창작 논픽션은 실제 일어난 일에 대해 설득력 있고 흥미로운 방법으로 독자에게 이야기를 전달한다. 시는 작가가 다른 방법으로는 설명할 수 없는 느낌이나 생각을 설명한다.

지금부터는 세 작품을 살펴보고 왜 장르가 중요한지 생각해보자.

차례대로 이창래의 〈성게Sea Urchin〉, 제이디 스미스Zadie Smith의 〈캄보디아 대사관The Embassy of Cambodia〉, 메리 올리버Mary Oliver의 〈단서端緒〉이다.

이창래의 〈성게〉

1980년 7월. 내가 열다섯 살이 될 무렵 우리 가족은 서울에 간다. 12년 전 서울을 떠난 뒤 첫 방문이다. 서울이 어떻게 달라졌는지 난 모른다. 부모님도 할 말을 찾지 못한다. 부모님은 우리가 다른 지역에 가거나 오래전 친구를 만날 때마다 "어머나 세상에……?"와 같은 말을 반복한다. "이것 좀 봐! 어떻게……?", "이런 엄청난 무더위는……. 맞아, 맞아. 어떻게 이렇게……." 내 여동생은 엄청난 무더위에도 지나칠 만큼 조용하다. 우리 모두 그렇다. 내게서 얼마나 지독한 냄새가 나는지 난 처음 느낀다. 누구든 다른 모든 것들처럼 냄새가 날 수밖에 없다. 엄청난 열기 속에서 모든 것은 발효되고 부패한 것 같은 고약한 냄새를 풍긴다. 겨우 머리 높이의 방 두세 칸짜리 집들이 옹기종기 모인 할아버지가 살던 옛 동네에서도 냄새가 진동한다. "그게 뭐야?"라고 나는 묻는다. 사촌은 "똥."이라고 답한다.
"똥? 무슨 똥?"
"네 똥! 내 똥."이라며 사촌이 웃는다.
도심 근처의 넓은 거리에서 학생들의 시위가 펼쳐진다. 사촌은 광주광역시에서 군부대가 시민을 학살한 사건에 반발해 일어난 시위라고 설명한다. 폭동 진압군이 도로를 평정하고 나자 공기는 매운 최루탄으로 가득하다. 택시를 타고 그곳을 지날 때마다 나는 창문을 열고 혀를 내밀어 독, 혹은 인간의 혐오감을 맛보려고 노력한다. 어머니는 내가 왜 그러는지 궁금해한다.

제이디 스미스의 〈캄보디아 대사관〉

0-1

누가 캄보디아 대사관을 떠올리겠는가? 아무도 없다. 그 누구도 기대하지 못했고 앞으로도 불가능할 것이다. 뜻밖의 일이다. 우리 모두에게. 캄보디아 대사관이라니!

대사관 옆에는 헬스 센터가 있다. 반대편에는 개인 주택들이 줄지어 있는데 대부분은 부유한 아랍인들이 소유하고 있다(라고 우리 윌즈덴Willesden 사람들은 주장한다). 그곳에는 현관문 양쪽으로 코린트식 기둥이 있고–많은 이들이 그렇게 믿고 있다–뒤편에는 수영장이 있다. 그에 반해 대사관은 그다지 웅장하지 않다. 대사관 건물은 1930년대에 지어졌고, 약 2.5미터 높이의 붉은 벽돌로 된 담장으로 둘러싸여 있으며, 네다섯 개의 침실을 갖추고 있는, 런던 북부 교외에서 볼 수 있는 시골 저택이다. 그리고 이 담장을 따라 셔틀콕이 오고 간다. 그들은 캄보디아 대사관에서 배드민턴을 치고 있다. 퍽, 스매시, 퍽, 스매시.

이 대사관이 실제로 대사관이라는 사실을 알리는 유일한 표시는 문에 달린 '캄보디아 대사관'이라고 적힌 작은 놋쇠 명판과, 기울어진 붉은색 지붕 위에서 휘날리는 캄보디아 국기다.(그렇다고 추측할 뿐이다. 국기가 아니라면 도대체 무엇이란 말인가?) 누군가는 "그 건물이 높은 담장으로 둘러싸여 있다는 점은 그 거리의 다른 사저私邸와는 다르다는 뜻이므로 대사관이라는 거죠."라고 말하기도 한다. 그렇게 말하는 사람은 어리석다. 많은 사저가 캄보디아 대사관처럼 높은 담장으로 둘러싸여 있지만 그 건물들은 대사관이 아니다.

메리 올리버의 〈단서〉

이야기가 있다
당신의 가슴을 아프게 할.
들어볼 텐가?
올겨울
아비새 떼가 항구로 왔다
그리고 죽었다, 한 마리씩,
알 수 없는 이유로.
한 친구가 말해주었다
해안에 있던 한 마리가
머리를 들고
우아한 부리를 열고 소리쳤다고,
생애의 길고 달콤한 맛을.

작가처럼 읽는 법

그 소리를 들었다면

신성한 소리임을 알 것이다.

만일 들어본 적 없다면

그곳으로 서두르는 편이 좋으리라,

그들이 노래하는 곳으로.

그리고, 절대 아무에게도 말하지 마라,

그곳이 어디인지.

그다음 날 아침

얼룩덜룩한 무지갯빛을 띤

아비새들은

집으로 돌아가기 위해

숨겨진 호수를 찾기 위해

해안에서 숨을 거두었다.

나는 그대에게 말한다

당신의 가슴을 아프게 하는,

단지

그 말은 열리면 다시 닫히지 않는다,

세상의 다른 곳으로.

먼저 이 글들을 크게 시인 〈단서〉와 산문인 〈캄보디아 대사관〉, 〈성게〉로 나누어 다시 한번 살펴보자. 〈단서〉는 시처럼 보인다. 행이 나뉘고, 여백이 많기 때문이다. 문단 형태를 갖추고 있는 다른 두 예문은 산문처럼 보인다.

〈단서〉에서 시인은 크고 어려운 주제, 즉 자연의 파괴와 그로 인한 슬픔을 기꺼이 인지하려는 우리의 의지를 다룬다. 시인은 여덟 개의 문장을 30개의 짧은 행으로 나눈 구조를 이용한다. 〈단서〉를 읽으면서 우리는 다른 시를 읽을 때와 마찬가지로, 행을 읽고 산문에 비해 상대적으로 적은 단어, 행, 연 사이의 연관성을 만들기 위해 여백을 읽는다. 작가로서 시를 읽으면서 우리는 이러한 연관성을 찾고 시인이 그 연결이 가능하도록 어떤 방식으로 글을 썼는지 파악하기 위해 시를 연구한다.

먼저 이 시에서 시인이 적은 수의 단어로 온전한 문장을 완성해 시에 복잡성을 더하고 있다는 사실을 눈여겨보자. 여기에는 자연의 파괴에 맞서는 언어적 완전성이 있다. 이 시에서 각 문장은 하나의 이미지나 감정을 만들어낸다. 예를 들어 처음 세 문장을 보자. 각각의 문장은 경고와 질문과 이미지를 전달한다. 그러나 이 문장들을 처음부터 끝까지 한 번에 읽으면 문장 간의 관계가 형성된다. 이 시에서 그려진 이미지는 우리에게 상처를 남길 수도 있다. 만약 우리가 그것을 기꺼이 수용한다면……

이 시를 논하면서 나는 행을 인용하지 않으려고 주의를 기울이고 있다. 그로 인해 설명이 다소 까다로워지겠지만, 이유는 이렇다. 시인 메리 올리버는 시가 해체되어서는 안 된다고 믿었기 때문이다. 이는 시를 읽으면서 기억해야 할 중요한 교훈이다. 왜냐하면 각 행과 단어를 읽는 방식은 이들을 함께 읽는 방식에 영향을 주기 때문이다. 〈단서〉의 전문을 읽으면서 우리는 시인이 엄청나게 강력하고 충격적인 렌즈를 제공하고 이를 통해 환경 파괴를 보여준다는 점을 이해한다.

작가처럼 읽는 법

문장 간의 연결고리에서 우리는 죽어가고 있는 아름다운 새들의 파괴를 본다. 새들은 삶을 갈망하고 있고 시의 끝부분에 이르면 독자들도 같이 이를 갈망하게 된다. 이 문장들을 읽고 어떻게 시인의 초대를 받아들이지 않을 수 있겠는가? 초대장은 시에서 감정적 맥락의 일부이다. 온화하고 조심스러운 시인의 초대장 안에 존재하는 다급함을 이해하겠는가? 이것이 올리버가 단 30행을 통해 엄청나게 많은 내용을 표현하는 방법이다. 시는 질문을 던지면서 아비새에 관한 생생하면서도 중요한 이미지를 제공한다. 그들을 보자! 그리고 그들의 소리를 들어보자! 시는 우리에게 새들의 모든 것, 즉 깃털의 모양이 어떤지, 그리고 죽음의 노래가 어떻게 들리는지 전한다.

이제 논점을 시적 진실, 사실, 그리고 픽션으로 다시 옮겨보자. 독자로서 나는 〈단서〉라는 작품 속 올리버를 문자 그대로 믿고 싶다. 그녀가 실제로 일어난 사실을 말하고 있다고 믿고 싶다는 뜻이다. 올리버가 일생 동안 자연의 세계와 함께한 자신의 경험을 글로 옮겨왔다는 사실은 익히 잘 알려져 있다. 책을 읽는 작가로서, 나는 내가 그 분야를 잘 모른다는 사실을 인정해야 한다. 내가 아는 사실은 레이첼 카슨Rachel Carson이 1962년 《침묵의 봄Silent Spring》을 발표한 이래로 새들이 환경 오염으로 죽어가고 있다는 문제가 공론화되기 시작했다는 점이다. 그리고 올리버의 시는 새들의 죽음과 우리의 환경에 일어나고 있는 이보다 더 큰 문제에 대한 우리 스스로의 감정을 이해하는 아름답고 솔직한 방식을 제공했다.

이제 산문인 〈성게〉와 〈캄보디아 대사관〉으로 시선을 옮겨보자. 작가들은 적확하게 말해야 하므로, 구체적으로 논의해보자. 〈성게〉와

〈캄보디아 대사관〉은 둘 다 서술적 산문이므로 작가는 이야기로 단락을 채우고 있다. 두 이야기는 모두 사실적으로 보이지만 둘 중 한 작품만이 진실을 다룬다. 우리는 이창래 작가를 소설가로 알고 있지만 〈성게〉는 그의 작품 중 유일하게 에세이, 즉 창작 논픽션으로 발표되었다. 우리는 〈성게〉가 실화를 기반으로 발표되었기 때문에 〈성게〉를 읽으면서 (1인칭 시점의 단편소설이 아니라) 작가 이창래의 실제 삶에 대한 이야기를 읽고 있다는 사실을 안다. 잘 쓰인 창작 논픽션과 마찬가지로 이창래의 이 에세이 형식을 띤 회고록은 단편소설처럼 읽힌다. 왜일까? 이 작품이 재미있기 때문이다. 그리고 우리의 이목을 끈다. 이는 서술적 산문에 대한 중요하면서도 포괄적 진술이기도 하다. 그러나 작가처럼 읽으려면 우리는 그 포괄적 진술을 풀어내야 한다. 우리는 서술적 산문에 대해 논의할 때마다 이 과정을 거칠 것이다. 이 책에서 모든 내용을 말할 수는 없지만, 기본적인 부분을 좀 더 다루어보자.

먼저 작가가 사용한 서술적 요소들을 살펴보자. 그중 두 가지는 인물과 줄거리의 전개이다. 주인공은 작가이며, 따라서 그는 글에 등장하는 인물과 동일하다. 우리는 그에 대한 기본적 상황을 파악하고 있다. 그의 나이는 15세이며, 가족은 오랜만에 서울을 방문했다. 우리는 그의 행동에서 특이한 면모를 알게 된다. 그는 계속해서 소녀들을 응시한다. 우리는 또한 그의 내면 상태를 알게 된다. 그는 어딘가에서 소녀 중 한 명이 '작은 손길'이라도 내밀어주길 원하고 있다. 우리는 그가 다른 인물과 상호작용하는 방식을 보고 그 인물들이 그에 대해 어떻게 생각하는지, 혹은 어떻게 말하는지 본다. '어머니는 아버지에게 제정신이냐며 내가 식중독에 걸려 병이 날 거라고 말하지만 아버지는 노파를 향해 고개를 끄덕인다. 노파는 성게를 들어 부드러운 살점을 도려낸다(부록 참조). 4장에서 우리는 이창래 작가의 인물 구축에 대해 더 논의하게 될 것이다. 우선 지금은 이러한 세부 사항이 성장 서사에 얼마나 중요한 역할을 하는지에 주목하자.

이창래는 화자를 발전시키면서 줄거리를 전개한다. 줄거리가 반드시 인생을 뒤집어놓을 재앙이어야 할 필요는 없다는 사실을 기억하자. 독자인 우리는 십 대 소년의 이야기에 빠져들고 있다. 주인공은 출생했던 도시를 다시 여행하는 동안, 그가 자라면서 자아를 발견하는 세계에서 감각적 권리를 펼치고 싶어 한다. 성게를 맛보고, 토하고, 다시 먹으러 가야 한다는 사실을 깨닫는 것. 바로 성장 소설의 서사와 같다.

우리는 우리가 읽고 있는 내용이 성게를 처음으로 맛보는 성장기의 경험에 한정된 내용이라는 사실도 안다. 창작 논픽션은 실제 사건을 다루지만 일어난 모든 일을 포함할 필요는 없다. 작가가 펼치는 특정한 이야기에서 언급해야 할 사건만 이야기해도 되는 것이다. 다시 말해 우리는 작가가 여행하는 동안 어떤 다른 일이 일어났는지, 누구를 더 만났는지, 어떤 다른 음식을 먹었는지 알 수 없다는 뜻이다. 그런 내용은 이 에세이에서 중요하지 않다. 이 이야기를 창작 논픽션으로 쓰는 과정에서 작가가 자신의 여행 전체에 대한 상세한 정보를 제공할 필요는 없다. 이 서사의 핵심은 성게를 먹은 사실과 그가 성장기의 나이였다는 부분이다. 만일 작가가 여행의 모든 세밀한 정보를 글에 포함시켰다면 이야기는 초점을 잃을 뿐 아니라 독자의 흥미를 일으키는 데 실패했을 것이다. 실제 경험을 에세이나 책으로 완성하는 과정에서 창작 논픽션 작가들은 어떤 세부 요소나 정보로 줄거리를 구성할 것인지, 혹은 어떤 인물을 중심으로 이야기를 전개할 것인지 결정한다. 이창래의 가족이 1980년 서울을 방문했던 기간에는 이번 에세이에 서술되지 않은 다양한 경험과 사람들이 포함되었겠지만 그 경험과 사람들은 (내용이 무엇이든) 글에서 작가가 이야기하고 있는 사실적 이야기와는 관련이 없다.

다른 창작 논픽션에서와 마찬가지로 이 작품은 한 사람의 삶에서 일어난 모든 이야기를 담는 것이 아니라 특정 사건을 다룬다. 이창래 작가가 사실적 경험을 에세이로 녹여내기 위해 서술적 요소를 사용했기 때문에, 우리는 그가 표현한 단어로 구성된 작품을 읽는다.

또한 제이디 스미스의 〈캄보디아 대사관〉에서 번호가 매겨진 단락을 통해 페이지를 오고 가는 동안에도 우리는 단어에 주목하게 된다. 스미스는 산문의 특징인 단락을 이용해 독자들이 한 가지 생각에서 다른 생각으로 전환할 수 있도록 이끈다. 변화가 클 때 스미스는 한 단락을 마무리하고 새로운 단락을 시작한다. 예를 들어 시간이 흘러갔거나 줄거리와 인물이 새로운 방식으로 전개될 때 단락이 바뀐다.

제이디 스미스는 에세이집을 발표하기도 했지만 〈캄보디아 대사관〉은 허구의 이야기이다. 〈캄보디아 대사관〉은 《뉴요커》에 중편소설로 처음 발표되었다가 단편소설로 다시 발표되었다. 파투의 투쟁은 현재 사람들에게 실제로 일어나고 있는 고난과 공포를 다루고 있는 까닭에 현실적이며 긴박감을 전한다. 인신매매와 현대판 노예제도는 실제로 일어나고 있는 심각한 문제이지만, 스미스가 쓴 〈캄보디아 대사관〉은 허구이며 작품 속 인물 역시 모두 허구의 인물이다.

잠깐! 런던에는 실제로 캄보디아 대사관이 있다. 대사관의 주소도 〈캄보디아 대사관〉에서와 마찬가지로 월즈덴 그린 지역이다. 웹사이트도 있다! 또한 작품에 등장하는 《메트로》는 실제로 존재하는 신문이며 파투가 바닥에서 발견한 가상의 《메트로》에서 읽은 것과 비슷한 내용의 기사를 싣기도 한다.

이처럼 좋은 픽션은 실제로 존재하는 요소를 포함하기도 한다. 좋은 픽션 중에는 사실을 바탕으로 한 작품도 있다. 그리고 현실에서 얻은 영감을 줄거리나 배경에 반영하는 좋은 픽션도 있다. 이런 사실을 고려해볼 때 현실에서 상당 부분 벗어난 세계를 기반으로 하는 픽션이라도, 인물이 감정을 경험하거나 식사하는 방식과 같은 작은 부분에서 현실에서 인식할 수 있는 요소를 일부 사용하기도 한다.

제이디 스미스의 이야기는 현실을 상당 부분 반영하며 까다로운 내용이 많다. 스미스의 이야기는 또한 문학적 픽션이다. 문학적 픽션은 크고 작은 까다로운 현실을 자주 다룬다. 〈캄보디아 대사관〉이 다루는 구조적이면서도 세계적인 현대의 문제는 거시적이고 어려운 현실이기도 하다. '현대적', '구조적', '세계적'과 같은 용어로 인신매매를 논하는 일은 어렵지 않다. 이 용어들은 진실을 말하고 있지만 감정을 자극하지 않으며 인신매매의 희생자가 느끼는 감정을 전달하지 않는다. 이보다 더 어려운 부분은 인신매매를 개인적 관점에서 생각하는 일이다. 작가인 스미스는 파투(주인공)라는 인물과 더불어 그녀가 살면서 힘겨운 투쟁을 해나가는 집과 이웃(설정)을 만들어냄으로써 독자가 희생자의 시각을 통해 인신매매를 바라볼 기회를 제공한다.

〈캄보디아 대사관〉이 허구인 까닭에 스미스는 실제 존재하는 문제를 글로 다루면서도 세부 사항을 만들어낼 자유를 누린다. 이렇게 창조된 파투의 삶에서 세부적 요소는 그녀를 실제 존재하는 인물처럼 느끼게 하고 독자는 글을 통해 그녀의 경험을 볼 수 있다. 0-7 중 파투가 바닥에서 발견한 신문을 읽는 장면에서 주인공에 대한 중요한 세부 요소를 보자. '파투가 자신이 노예인지 궁금해한 적은 이번이 처음이 아니었다.' 여기서 우리는 파투의 내면 상태를 파악하고 그녀가 한동안 이 끔찍한 질문을 스스로 해왔다는 사실을 알게 된다. 파투의 생각을 계속 읽으면서 파투가 자신이 노예가 아니라고 확신할 때 우리는 움츠러든다. 그녀가 자신과 뉴스에 등장하는 소녀를 비교하는 불편한 장면은 독자에게 파투가 현대판 노예의 삶을 살고 있다는 사실을 확인시켜주기 때문이다. 우리는 또한 그녀가 코트디부아르에서 이탈리아에 이른 여정뿐만 아니라 여행을 시작할 때 아버지가 함께했던 일, 호텔에서의 일에 이르기까지 여행의 과정을 상세히 읽는다. 우리는 이 구절에서 파투가 어떻게 현재의 상황에 이르게 되었는지 충분히 이해한다.

파투가 처한 상황은 현실적이다. 파투가 자신과 비교하는 뉴스에 등장하는 소녀들의 이야기 역시 마찬가지다. 인신매매를 잘 알고 있는 독자들은 두 사례 모두에서 현실성을 발견할 것이다. 인신매매에 익숙하지 않은 독자들은 파투의 이야기에 등장하는 자세한 내용을 통해 인신매매를 어느 정도 이해하게 될 것이다.

이 밖에도, 사소하지만 독자의 기억에 남을 인물에 관한 세부 사항을 작가가 배치하는 방식에 주목하자. 그녀는 앤드루와 함께 '킬번 하이로드 바로 옆' 교회에 다닌다. 그녀는 앤드루가 '항상 돈을 낸' 케이크를 먹는다. 그녀는 '튼튼한 검정 브래지어와 면 팬티'를 입고 수영한다. 이런 세부 사항들은 파투에게 초점을 맞춘다. 또한 파투를 단순한 인신매매의 희생양을 뛰어넘는 한 인물이 되도록 한다. 다양한 세부 사항이 그녀를 파투로 만드는 것이다.

독서하는 작가로서, 여러분은 인신매매라는 현실을 중심으로 한 픽션의 창작은 작품에 등장하는 이해관계의 중요성을 높일 뿐만 아니라 이야기의 긴급성과 현실과의 관련성을 높인다는 사실을 확인할 수 있다. 현실이 소설에 개입할 때 제이디 스미스와 같은 노련한 작가는 현실을 포함함으로써 이야기의 전개를 돕는다. 다른 말로 표현하자면 스미스는 서술적 요소를 전개하며 인신매매를 비롯한 현실에 대한 통찰력을 담는다.

각 장르를 다루는 작가들은 음악가나 예술가가 자신의 창작을 기교로 삼듯이 자신의 글쓰기를 기교의 측면에서 접근한다. 작가들은 다른 사람이 경험하고 싶어 하는 내용을 단어로 표현하는 일을 한다. (여러분과 나를 포함한) 독서하는 작가들은 그 기교를 생각하며 독서에 접근한다. 이 책의 나머지 장을 살펴보면서 우리는 작가들이 활용하는 기교의 핵심적인 요소를 보고 그것들이 각 장르에서 어떤 역할을 하는지 탐구할 것이다.

토론 질문과 쓰기 길잡이:
장르에 집중하기

토론 질문

1. 이창래의 〈성게〉(부록 참조), 제이디 스미스의 〈캄보디아 대사관〉(부록 참조), 메리 올리버의 〈단서〉(34페이지 참조)를 읽어보자. 각 작품을 읽으면서 어떤 부분에 주목했는지 말해보자. 어떤 부분이 중요한가? 이 작품들을 읽으면서 무엇을 얻고 있는가?(배움을 얻는가? 즐거움을 얻는가? 감정이나 경험을 새로운 방식으로 받아들이게 되었는가?) 독자로서 다른 장르의 작품을 읽으면서 여러분의 관심사는 어떻게 변하는가?

2. 부록에 실린 작품 중 하나를 선택하여 장르를 정의해보자. 장르에 주안점을 두고 작품을 읽어보자. 작가는 이 글을 쓰기 위해 왜 해당 장르를 선택했는가? 작가가 수용해야 했던 부분은 어떤 점인가? 작가는 구체적으로 어떤 난관에 부닥쳤을까?

작가처럼 읽는 법

쓰기 길잡이

새로운 소재로 쓰기

여러분이 평소 생각하고 있던 아이디어를 꺼내보자. 시작 부분을 세 가지 장르로 써보자. 단편소설의 첫 세 문장, 에세이의 첫 세 문장, 시의 첫 세 문장을 써보자. 그런 다음 그 아이디어를 각각의 장르로 이어나갈 수 있을지 생각해보자. 여러분에게 가장 설득력 있다고 생각되는 글을 하나 선택해 계속 써나가자.

수정해서 쓰기

텍스트에 대한 독자의 접근 방식에 장르가 어떻게 영향을 주는지 기억하자. 그 내용을 염두에 두고 이미 썼던 이야기, 에세이, 시의 초고를 찾아보자. 자신의 작품을 다시 읽고 장르를 바꿔보자. 같은 아이디어를 다른 장르로 쓰면서 탐구해보자. 다른 장르로 글을 쓰면 언어, 진실성, 주제의 측면에서 어떤 점을 바꿀 수 있는지 생각해보자.

책 읽는 작가들은 장르와 형식이 글의 중심 개념에 영향을 미친다는 사실을 안다. 시를 읽으면서 우리는 영속적인 이미지를 찾고, 픽션이나 창작 논픽션은 줄거리를 파악하며 읽는다. 어떤 창작 논픽션의 경우 독자들은 주제를 찾기도 한다. 작가로서 읽을 때 또 다른 중요한 요소는 작품을 한곳으로 묶는 개념과, 작품이 나아가게 하는 긴장과, 작품에 나타난 이미지, 감정, 주제를 연구하는 것이다.

작가들은 모든 창작 글쓰기가 본질적으로 서사적인 것은 아니라는 사실을 기억해야 한다. 서사는 플롯, 서사 아크, 갈등 없이는 존재할 수 없지만, 비서사적 창작 작품은 주제, 개념, 감정 또는 감각을 이용한다.

작품이 소설, 시, 창작 논픽션 중 어떤 장르든, 아니면 서사적 혹은 비서사적이든 상관없다. 짧아도 좋고 길어도 좋으며 한 권의 책이어도 좋고 아니어도 좋다. 온라인으로 발표되어도 괜찮고 인쇄물이어도 상관없다. 우리가 기억해야 할 점은 어떤 힘이 글을 하나로 묶는다는 점이다. 이번 장에서는 그 힘을 탐구하며 읽는 법을 얘기하고자 한다.

2장

서사와
비서사

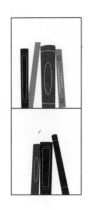

서사의 힘

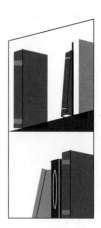

먼저 서사의 힘을 생각해보자. 서사는 소설, 서사적 창작 논픽션, 서사시를 포함한다는 사실을 기억하자. 플롯과 서사 아크Narrative Arc 에서 시작하자. 플롯이나 서사 아크는 소설에만 해당하는 개념이라고 생각하기 쉽지만 서사적 창작 논픽션과 서사시에서도 중요한 요소라는 사실을 기억하자.

플롯

|

이미 보편적으로 널리 알려진 플롯의 개념을 설명하는 일은 다소 불필요하게 느껴지기도 한다. 그러나 한 번 더 짚고 넘어가자면 플롯은 서사적으로 일어나는 일련의 사건들로, 한 사건에 대한 인물의 반응이 다른 사건을 유발하고, 그로 인해 계속해서 사건이 일어나는 과

　　　　　　　　　　　　　　작가처럼 읽는 법

정이라고 할 수 있다.

　작가가 플롯을 구성한 방식을 연구하며 읽어보자. 서사적 논픽션 작가를 포함한 모든 서사 작가들은 이런 방식으로 작품을 읽는다. 소설에서 작가는 사건을 창조하고 완전한 서사 아크로 플롯을 형성한다. 창작 논픽션에서 작가는 실제 사건에 관한 이야기를 매력적인 플롯과 눈에 띄는 서사 아크로 배열한다.

서사 아크Narrative Arc

|

　서사 아크(혹은 스토리 아크)는 많은 작가와 문학 연구가들이 글 속에서 플롯이 전개되는 방식을 논의하기 위해 사용하는 용어이다. 전통적 의미의 서사 아크는 다섯 부분으로 이루어진다.

- 해설Exposition: 정지 상태. 이야기 전개를 위한 구성으로, 모든 중요한 요소, 즉 주인공·배경·플롯을 형성하는 갈등을 소개한다.
- 상승부Rising Action: 이야기가 전개된다. 인물들은 갈등을 자극하는 방향으로 행동한다. 인물들의 삶을 변화시키는 사건이나 인물들이 원하는 일을 가로막는 사건이 일어난다.
- 클라이맥스Climax: 서사가 절정에 이른다. 반드시 사건이 발생해야 하며, 결국 발생한다. 인물의 실상이 드러난다. 플롯은 정점에 도달한다. 인물의 상황이 그가 원하는 방향으로 진행되지 못한다. 그리고 변화의 순간이 도래한다.

- 하강부Falling Action: 이제 어떻게 될까? 서사의 시간이다. 작가는 클라이맥스가 지난 후의 사건과 행동을 취해야 할 방향으로 모든 인물과 플롯을 전개한다.
- 해결Resolution: 대단원. 작품을 마지막 단계로 이끌어 마무리 짓고 독자에게 서사의 종결을 알린다.

플롯을 읽는 유용한 기술 중 하나는 서사 아크에 따라 전개되는 플롯을 그림으로 직접 그려보는 것이다. 위에 제시된 다섯 가지 개념에 유의해 다음과 같이 서사 아크를 그려보자.

서사 아크 ‖‖‖

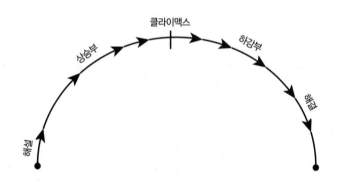

읽고 있는 작품에 서사 아크를 적용하여 각 지점에서 어떤 일이 일어나는지 주목하자. 예시는 다음과 같다.

작가처럼 읽는 법

서사 아크: 그웬 커비의 〈제리의 크랩 쉑: 별 한 개〉 ||||||||||||||||||||||||||||||||||||||

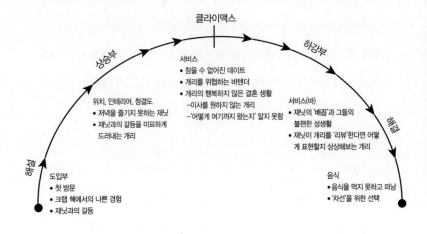

부록에 실린 〈제리의 크랩 쉑: 별 한 개〉의 서사 아크이다. 내가 그림을 잘 그리는 편은 아니지만 여러분은 여기에서 서사 아크의 중요한 사항들을 확인할 수 있을 것이다.

플롯과 서사 아크를 공부하는 또 다른 방법은, 읽으면서 밑줄을 치거나 표시를 하는 것이다. 어떤 작가들은 이 방법을 습관처럼 활용하기도 한다. 자신의 분류 기준마다 색깔을 정한 다음 읽으면서 해당 부분을 표시하는 것이다. 인쇄물과 전자책에 공통적으로 적용할 수 있는 전략으로는, 서사의 분기에 메모하는 것이다. 이 메모 역시 색깔로 구분해도 좋다. 읽을 때마다 플롯과 서사 아크를 메모하는 작가들도 있다. 기록을 꼭 종이에 남길 필요는 없다. 휴대폰 메모 앱을 활용해도 좋다.

내가 제시한 방법이나 여러분이 스스로 만든 방법 중 어떤 전략을 선택하든, 플롯과 서사 아크에 주목해야 한다. 다른 작가들이 어떻게 플롯과 서사 아크를 펼치는지 연구함으로써 자신만의 방법을 찾을 수 있기 때문이다. 모든 서사 장르에서 플롯과 서사 아크를 찾아보자.

갈등
|

갈등은 서사가 전개되기 시작하면서 함께 시작되기도 하지만, 갈등으로 서사를 시작하여 이야기를 전개하는 작가도 있다. 갈등은 서사를 진행시키고, 갈등이 끝나면 이야기도 끝난다. 갈등 만들기는 단순해 보이지만 그렇지 않다. 노련한 작가는 갈등을 조정하고 또 조정하며 갈등의 주체인 양쪽의 힘이 서로 대등해질 때까지 다듬는다. 처음부터 결말을 추측할 수 있는 서사를 읽고 싶어 하는 이는 아무도 없다. 한쪽이 다른 쪽을 이길 것이 분명하기 때문이다. 노련한 작가는 갈등이 정적인 형태로 고정되지 않게 하고, 이야기가 펼쳐지는 내내 유지되다가 절정에 이르고 나서도 지속될 수 있도록 다듬고 다듬는다. 이때 각 주인공은 결말에 이를 때까지 자신의 역할을 계속 수행한다.

갈등에는 두 가지, 즉 내적 갈등(주인공의 내면에서 일어남)과 외적 갈등(외부적인 환경 혹은 인물로 인하여 일어남)이 있다. 이 책에 소개된 작품들은 두 종류의 갈등을 다양하게 보여준다. 〈제리의 크랩 쉑: 별 한 개〉(부록 참조)와 〈대학에서 배우는 것들〉(부록 참조)을 보자. 관심 있는 독자라면 각 서사의 첫 두 문단에서 인물 내면의 갈등(그들이 해야 할, 혹은 하지 말아야 할 일과 원하는 바가 충돌하는 상황)과 외부의 갈등(그들이 현재 향하는 곳과 거쳐온 길)을 확인할 수 있을 것이다.

작가로서 여러분은 갈등을 계속해서 유지하는 일이 얼마나 힘든지 이미 알고 있을 것이다. 독서하는 작가는 작가들이 어떻게 갈등을 일으키고 지속시키는지 이해하면서 읽어야 한다.

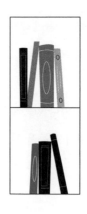

플롯, 서사 아크, 갈등

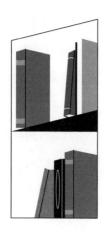

우리는 이미 〈제리의 크랩 쉑: 별 한 개〉의 서사 아크를 그려보았다. 이 작품을 보면 플롯이 큰 범주로 전개되거나 파격적이지 않아도 된다는 사실을 알 수 있다. 작품에서 아무도 주인공 개리나 재닛의 삶을 위협하지 않는다. 또한 그들의 인생을 바꿀 엄청난 사건이 벌어지지도 않는다. 하지만 삶은 여전히 계속된다. 주인공 두 명의 관계는 우리의 일상적 관계처럼 작은 규모로 펼쳐진다. 부차적 플롯에서는 인물의 관계가 어떻게 현재에 이르렀는지 보여주기도 한다. 바람을 피우거나 관계를 변화시킬 만한 비밀을 누설하는 이도 없다. 대신 다른 유형의 불행이 드러난다. 즉, 재닛은 이사를 원했지만 남편인 개리는 원하지 않았던 것이다.

〈제리의 크랩 쉑: 별 한 개〉에서 '서비스' 부문의 발췌문을 보자. 갈등은 미묘하면서도 기발하게 펼쳐진다.

작가처럼 읽는 법

음식은 45분이 걸렸다. 아니 45분 후 테이블에 긴장이 감돌기 시작했다고 표현하는 게 맞을 것이다. 우리는 피곤하고 배가 고팠다. 이사는 힘든 일이다. 우리가 온라인으로 주문한 새 테이블이 세인트루이스의 창고에 갇혀 있는 바람에, 부엌 바닥에서 며칠이나 먹다 남은 피자를 또 먹어야 했다. 아내가 테이블을 주문한 회사에 전화를 걸어 가능한 한 가장 무서운 목소리로 항의했을 때도 그들은 처리 중이라 우리에게 그냥 기다려야 한다고 말했다. 그래서 우리는 둘 다 오늘의 저녁 식사를 고대했었다.

재닛은 "아직 누가 게를 잡아 오는 중이기라도 한 거야?"라고 말했고, 나는 그녀가 자리에서 일어나 우리가 주문한 음식이 왜 아직 나오지 않는지 물어보려고 한다는 사실을 깨달았다. 그래서 소란을 최대한 피해보려고 내가 먼저 자리에서 일어났다. 난 식당에서 소란 피우는 걸 싫어한다. 정말 싫다. 내가 바에 가기 전에 재닛에게 잔소리했을지도 모른다. 그녀는 내가 사람들이 종업원을 괴롭히는 상황을 얼마나 싫어하는지 알고 있었다(짐작하겠지만 재닛에게는 여러 가지 장점이 있다. 난 지금 그 사실을 꼭 알리고 싶다. 물론 지금 내가 아내를 리뷰하고 있는 건 아니다).

이 글이 아내에 대한 리뷰였다면 난 다음과 같은 점에 대해 아내를 리뷰할 것이다.

1. 협조성
2. 공감하는 마음
3. 안정감

4. 유머 감각

5. 외모

6. 나에 대한 인내심

재닛은 나를 지지하는 편이다. 내가 음악 전공으로 대학원 진학을 원했을 때 재닛은 내 선택을 지지하고, 아직 결혼 전이었지만 학비를 지원했다(재닛은 변호사다). 난 오래 사귄 남자친구의 대학원 학비를 지원하는 재닛의 모습이 그녀가 얼마나 공감하는 사람인지 설명할 수 있다고 생각한다. 음악치료사라는 나의 직업을 밝히면 사람들 대부분은 미쳤다고 생각하거나 꾸며낸 직업이라고 생각하기 때문이다. 하지만 재닛은 그러지 않았다. 그녀는 내가 음악을 사랑하고 스미소니언 포크웨이즈(스미소니언 협회에서 운영하는 비영리 음반사—옮긴이)에서 일하는 걸 좋아한다. 그곳은 내게 꿈의 직장이다. 재닛이 집을 사고 싶어 하지만 우리는 워싱턴 D.C.에 집을 사고 아이를 키울 만큼 여유가 없다. 꿈의 직장을 위해 통근에 한 시간 반을 허비하고 퇴근 후 동료들과 어울리지 못하더라도, 뭐 어때?

물론 나도 D.C.에 살고 싶긴 하다.

재닛은 매우 안정적인 사람이다. 그녀를 바위라고 불러도 될 정도다. 바닥이 평평한 바위. 재닛의 몸매가 평평하다는 말은 아니다(그녀에게 매력 점수를 준다면, A+를 줄 것이다). 내 말은 그녀를 언덕 같은 곳에서 굴릴 수 없다는 뜻이다. 왜냐하면 그녀는 그런 종류의 돌이 아니기 때문이다. 재닛은 무언가를 하겠다고 하면 꼭 실천한다. 만약 그녀가 함께 좋은 식당에 가자고 말했더라면 우리는 하얀 린넨과 현지에서 조달한 칵테일 비터스(주로 유럽에서 악용으로 쓰이던 술로, 알코올 농도가 매우 높아 희석하여 복용한다—옮긴이)가 있는 술집인 제리의 가게에 있을 것이다. 난 가끔 그녀가 사물과 사람들을 자신의 생각에 끼워 맞추려고 한다고 생각할 때가 있다.

재닛은 유머 감각도 뛰어나다. 재닛은 제리의 크랩 쉘에 들어서면서 고무로 만든 게를 발견하곤 웃음을 터뜨렸다.

내가 부정적인 말을 할 수 있는 유일한 항목은 6번, 나에 대한 인내심일 것이고 특히나 요즘 그렇다. 그녀는 우리가 볼티모어로 이사하는 것에 대해 '올인'하고 있다. 만약 내가 '의심이 있었다면' '우리가 빌어먹을 집을 사고 모든 물건을 옮기기 전에' 무슨 말이든 해야 했다. 그녀의 말에 동의하지 않는 것은 아니다. 나는 무엇이 최선인지 안다고 확신하는 그녀를 지지한다. 그러나 동시에 앞으로 무슨 일이 일어날지, 그걸 좋아할지 확신할 수 없다고 내가 느낀다는 사실을 재닛은 모른다.

서비스(바)

바로 이 부분이 문제의 핵심이다. 나는 식당 주인 제리가 바 직원을 어디서 구하는지 모르지만 바에서 일하는 직원들은 세상에서 가장 무례하고 불쾌한 사람들이다.

나는 바로 걸어가서 바텐더에게 우리 음식이 언제 준비될지 정중하게 물었다. 지방 교도소에서 출소한 것이 분명하거나, 그도 아니면 너무 불쾌하게 행동한다는 이유로 폭주족 무리에서조차 쫓겨났을 법해 보이는 바텐더가 음식은 때가 되면 나올 거라고 말한다. 그리고 그 바텐더는 마지못해 주방으로 흘깃 시선을 돌린 다음 곧 음식이 나올 거라고 말했다. 별로 심각한 상황 같지 않다는 걸 나도 안다. 지금 돌이켜보면 꽤 합리적인 상황인 것 같다. 하지만 나는 우리 테이블로 돌아가서 재닛에게 '아마도 곧' 음식이 나올 것이라고 말할 수 없었다. 우리가 주문한 음식이 언제 나오는지, 그게 아니면 음식이 늦게 나오는 이유라도 알아야 했다. 주방 화재, 주방장 가족 중 누군가의 사망, 아니면 체서피크를 휩쓸고 있는 갑작스러운 게 부족 사태. 무엇이든 이유를 찾아야 했다. 나는 이미 우리의 저녁 식사를 망쳤다. 그래서 더 적극적으로 나서보기로 했다. 내가 그녀를 위해 제대로 할 수 있는 유일한 일이었기 때문이다. 그래서 내가 말했다. "다시 주방으로 가서 확인해줄래요? 아니면 우리 테이블 담당 종업원을 찾아줄래요?" 그러자 바텐더는 "이보게 친구! 나는 바를 맡아야 하오. 당신이 술을 원하는 게 아니라면 난 다른 고객을 챙기겠소."라고 말했다. 바에 있던 다른 남자들이 나를 쳐다보기 시작했다. 나는 그들이 내 옷차림과 모습에 대해 이러쿵저러쿵하고 있다는 사실을 알 수 있었다. 유난히 긴 팔을 가진 내가 좀 어색해 보인다는 걸 나도 잘 알고 있다. 나는 "이 상황을 도저히 받아들일 수 없네요."라고 말했다. 나는 사실 그 상황을 받아들일 수 없다고 느꼈던 것이 아니라 재닛을 행복하게 해주고 싶었다. 내가 제리랑 직접 통화하고 싶다고 말했던 것 같다. 내 목소리가 좀 컸을 수도 있다. 그때 바텐더가 나보고 그 망할 D.C. 스타일 양복을 입은 채로 자리에 앉아서 다른 사람들처럼 기다리라고 말했다. 술집에 앉아 있던 다른 남자들은 무슨 우스운 일이라도 생긴 것처럼 우르릉우르릉 수컷이 낼 법한 웃음소리를 냈고 바텐더가 내 얼굴이 '홍당무'가 됐다고 놀리자 남성들은 다시 웃기 시작했다. 나는 그런 바텐더의 행동에 대해 할 말을 찾지 못해 아무 말도 하지 않았다. 나는 그 순간 아무 말 없이 재닛에게로 돌아간 내 행동을 절대 후회하지 않는다.

나는 이 도시 사람들이 워싱턴 D.C.에 대해 어떤 반감을 품고 있는지 모른다. D.C.에 사는 모든 사람이 재수 없는 것도 아니다. 그리고 난 심지어 D.C. 출신도 아니다. 난 오하이오 사람이다.

내 마음속에서 그 일을 떨쳐버리니 기분이 좋다. 미래의 옐프 이용자인 여러분에게 거짓말하고 싶지도 않다. 나는 우리가 스스로의 부담을 덜고 서로 연결되어 있는 것처럼 느낀다. 몇 가지 덧붙이고 싶다. 나는 지금 맥주를 마시고 있고 이제 세 병째다. 술이 약간 도움이 되기 시작한다. 아내는 몇 시간 전에 잠들었다. 나는 앞으로 거실로 쓰일 공간의 마룻바닥에 앉아 컴퓨터와 빈 병, 작은 램프를 마주하고 있다. 아직 책상도 없고 위층으로 올라가고 싶지 않다. 내가 기대했던 모습은 이런 게 아니다. 난 '정말 특별한' 밤을 보내고 싶었다. 내 말은 아내와의 섹스를 기대했었다는 말이다. 나는 남자와 여자 사이의 자연스러운 행동에 관해 이야기하는 게 문제가 된다고 생각하지 않는다. 바텐더와는 달리 나는 부적절한 호칭이 될 수 있는 동성애 혐오에 의지해야 할 정도로 내 성적 취향에 대해 자신 없는 사람이 아니다. 아내 앞에서 '바보'라고 불리고도 기분이 좋을 수는 없었다. 사실 난 짜증이 났다. 나는 그 바텐더의 말이 내 머릿속에서 끊임없이 떠오르는 게 싫다. 또한 그 순간 내가 할 수 있었던 반응,

내가 할 수 있었던 말들을 머릿속으로 되뇌고 싶지 않다. 왜냐하면 다시 말하지만 나는 그 자리를 떠난 내 행동을 절대 후회하지 않기 때문이다.

사실 나는 섹스에 관해 이야기하는 게 껄끄러울 때도 있다. 그에 대해 언급함으로써 나보다 보수적인 옐프 사용자들에게 충격을 주고 싶지는 않았기 때문에 성에 대한 완곡한 표현을 쓴다고 할 수 있지만, 사실 두 사람이 한 몸이 되는 일이 불가능해 보이는 지금과 같은 순간이 있다. 몸의 모든 부분이 합창하면서 반복적인 무의식적 리듬을 내는 조화로움은 거의 기적에 가깝다. 몸은 신기하고, 토실토실하고, 뚫리기 쉽다. 가끔 나는 끝없는 통근길에 올라 혹시 사고가 나게 되면 내 차의 부품 중 나를 관통할 가능성이 가장 큰 부분이 어딘지 생각한다. 운전대일까? 브레이크일까? 아니면 다른 차의 파편일까? 피부가 실제로 얼마나 얇은 막인지 떠올리고 싶지 않지만 일단 생각이 시작되면 헤어나오기 어렵다. 이것이 내가 CD를 잃어버린 일에 더 화가 나는 이유이다.

재닛은 이사에 '진심'이지만 관계에 대해서는 그렇지 않을 수도 있다. 개리는 이사에 '진심'이 아닐 뿐만 아니라 아내가 곁에 있는데도 아내를 그리워한다. 이 단편에서 갈등은 두 가지 방식으로 전개된다. 즉 식당 방문이라는 갈등과 결혼 생활을 통해 흐르는 더 깊은 갈등의 기류이다(서사 아크를 다시 살펴보면 두 가지 갈등이 동시에 어떻게 전개되는지 알 수 있을 것이다). 여기서도 우리는 내적·외적 갈등을 찾을 수 있다.

작가처럼 읽는 법

식당에서의 상황이 갈수록 긴박해지면서 외적 갈등이 쌓인다. 재닛을 행복하게 하기 위해 개리가 바텐더에게 식당 주인과 얘기할 수 있는지 부탁하는 상황에서 갈등은 정점에 도달한다. '그때 바텐더가 나 보고 그 망할 D.C. 스타일 양복을 입은 채로 자리에 앉아서 다른 사람들처럼 기다리라고 말했다. 술집에 앉아 있던 다른 남자들은 무슨 우스운 일이라도 생긴 것처럼 우르릉우르릉 수컷이 낼 법한 웃음소리를 냈고 바텐더가 내 얼굴이 '홍당무'가 됐다고 놀리자 남성들은 다시 웃기 시작했다.' 이 부분에서 또 다른 외적 갈등—이 결혼의 위기—은 재닛이 이사를 강력하게 밀어붙인 까닭에 개리가 D.C.를 떠날 수밖에 없었다는 사실을 드러내면서 정점에 이른다.

우리는 개리의 옐프 리뷰가 돌연 그의 성생활에 관한 내용으로 옮겨 갈 때 서비스 부문에서도 내면의 갈등이 최고조에 달하는 모습을 본다. 여기서 그는 옐프 이용자들에게 '사실 두 사람이 한 몸이 되는 일이 불가능해 보이는 지금과 같은 순간이 있다.'라고 털어놓는다. 옐프 리뷰에 누가 이런 글을 쓰겠는가? 하지만 개리는 쓴다. 개리의 내적 갈등이 개리가 이런 글을 쓰도록 이끌었기 때문이다.

창작 논픽션에서 또한 두 가지 유형의 갈등을 볼 수 있다. 하지만 우리는 사실 기반의 이야기에도 서사 아크가 있을 수 있다는 사실을 기억해야 한다. 창작 논픽션의 서사 아크는 소설보다 더 미묘할 수 있으며, 요점이 항상 명확하게 정의되지는 않는다. 하지만 서사가 있는 곳에는 언제나 서사 아크가 있다. 갈등으로 무르익은 〈대학에서 배우는 것들〉의 서사 아크는 화자가 술병 돌리기 게임에 참여했다가 탈출했던 일을 회상하며 게임의 진행과 서술자의 내면 풍경을 따라간다.

〈대학에서 배우는 것들〉의 발췌문을 보자. 여기서 살펴보는 내용은 다른 장르에도 적용될 수 있다는 사실을 기억하자.

당신은 맥주 맛을 싫어하지만 취기醉氣를 좋아하고, 맛을 혐오하는 까닭에 오히려 빨리 마실 수 있다는 사실을 배운다. 당신은 술에 취한 자신의 대담함과, 스스로의 순진함에 방해받지 않는 느낌을 사랑한다. 새로운 대학 친구들과 성적인 풍자와 허풍이 난무하는 추접한 교류를 할 때 당신은 스스로 용감하고 세속적이라고 느낀다. 취한 당신을 만나기 전 술에 취하지 않은 당신을 환영했던 사람들과 같이 웃는다. 그들이 농담에 끌린 기숙사 친구들이 들어오지 못하도록 문을 닫을 때 당신은 웃고, 그들과 바닥에 동그랗게 둘러앉아 병 돌리기 게임을 시작한다.

당신은 자신이 즐기고 있다는 사실을 깨닫고, 스스로의 용기에 감탄하며, 첫 번째와 두 번째 라운드를 지나면서도 동요하지 않는다는 사실을 만끽한다. 당신은 맨투맨을 벗어 어깨 위로 던진다.

병이 빙글빙글 돈다.

당신은 맥주로 인한 대담함을 기대했지만, 생각만큼 자신이 용감하지 않다는 사실을 알게 된다. 맥주병이 몇 번 더 돌고, 마지막 맥주 거품이 병의 테두리에서 날아간다. 그리고 당신은 병 돌리기 게임으로 옷을 생각했던 것보다 더 많이 벗어야 한다.(당연하지 않은가?) 병이 계속 돌고 당신이 신발, 양말, 그리고 마침내 티셔츠를 벗게 되면 당신은 이제 술기운이 달아났다는 사실을 깨닫는다.

작가처럼 읽는 법

에세이 전반에 걸쳐 흐르고 있는 다양한 갈등의 흐름에 주목하자. 내면의 갈등은 서술자가 게임에 참여하고 싶어 하는 모습을 보여주며 '당신은 술에 취한 자신의 대담함과, 스스로의 순진함에 방해받지 않는 느낌을 사랑한다'고 설명한다. 하지만 술병이 계속 돌고, 참가자들이 옷을 점점 더 많이 벗자 그녀는 게임을 계속하고 싶은 마음이 남아 있음에도 자신이 게임을 계속할 수 없다는 사실을 깨닫는다.

외적 갈등은 '병이 빙글빙글 돈다'에서 시작되며 서술자를 포함한 참가자들은 갈수록 옷을 더 많이 벗는다. 에세이가 계속되면서 '잠긴' 문이라는 외압에 의해 갈등은 심화된다. 서술자는 떠날 수 없고 다른 이들도 그 자리를 떠나지 못한다.

병이 빙글빙글 돈다.

당신은 배짱이 있어도 그 자리를 떠날 수 없다는 걸 알게 된다. 복도에서 파티에 참석하고 싶었던 불만 가득한 사람들이 던진 동전이 문틈에 박혔기 때문이다. 당신은 짧은 속옷 바지를 입은 에드가 문을 잡아당겨 열려고 애쓰다가 어깨를 으쓱하고는 옷을 하나둘 벗은 이들이 동그랗게 모여앉은 곳으로 돌아가는 모습을 본다. 아무도 그 자리를 떠나지 않는다.

병이 빙글빙글 돈다.

당신은 자신의 차례가 끝나고 나서, 웃고, 머리가 빙글빙글 돈다고 말하고는, 에드의 침대에 올라간다면 술에 취해 정신을 잃은 척할 수 있다는 사실을 깨닫게 된다. 당신은 이 방법으로 옷을 더 벗거나 무언가를 더 잃는 일을 막을 수 있길 바란다. 당신은 에드의 침대에 얼어붙은 듯 누워 있고 이는 당신이 생각할 수 있는 유일한 탈출구다. 소란스러운 상황에서 당신은 가짜로 잠을 청하고, 병이 부딪치는 소리와 낄낄거리고 울부짖는 소리가 들린다. 심장의 두근거림이 들린다.

병이 빙글빙글 돈다.

서술자가 '술에 취해 정신을 잃은 척'하면서 내적 갈등과 외적 갈등이 교차하고 친구들은 그녀를 게임에 다시 끌어들이려 하지만 그대로 게임이 계속되면서 갈등도 이어진다. '당신은 에드의 침대에 얼어붙은 듯 누워 있고 이는 당신이 생각할 수 있는 유일한 탈출구다. 소란스러운 상황에서 당신은 가짜로 잠을 청하고, 병이 부딪치는 소리와 낄낄거리고 울부짖는 소리가 들린다. 심장의 두근거림이 들린다.' 이 부분은 서로 얽혀 있는 내적 갈등과 외적 갈등을 모두 보여준다.

반성은 회고록의 결정적인 부분인 까닭에 '파티가 끝나고, 참석자들이 다시 옷을 입고, 동전이 박힌 문을 열고 흩어진 후에도' 서사 아크는 마무리되지 않는다. 또한 화자가 잠에서 깨어난 척하고 자신의 옷을 입고 나서 '적당히 비틀거리고 킥킥거리면서, 문밖으로 걸어 나간다.'에서도 마찬가지다. 계속 읽어보면 우리는 어떻게 서사 아크가 확장되어 그녀의 반성으로 연결되는지 볼 수 있다. 이 문장은 그날 밤 집으로 걸어가는 현재 시제로 쓰여 있지만, 경험을 되돌아보는 더 현명해진 화자의 관점을 전달한다. 마지막 단락을 읽어보자.

당신은 에드의 방에서 당신의 방까지 캠퍼스를 가로질러 걷는 일은 이번이 마지막이라는 사실을 안다. 그리고 이번 일로 짐작할 수 있었던 후회는 반짝이는 검은 등을 가진 밤의 바다 생물처럼 깨진다. 당신은 친구들의 나체를 보지 못한 것처럼 당신의 뒤에 있는 그 생물을 보지 못한다. 하지만 마찬가지로 당신은 그것이 당신의 시야 너머 깊은 곳으로 미끄러져 가는 것을 느낄 수 있다. 하지만 후회는 사라지지 않는다. 후회는 결코 사라지지 않을 것이고 당신은 배울 필요가 없다. 당신은 이미 알고 있다.

여기서 작가는 게임의 시간을 떠나 앞으로 나아가며 '결코 사라지지 않을' 후회로 매끄럽게 잇는다. 하지만 그녀에게 후회의 대상은 무엇일까? 여기서 우리는 서술자의 내면 풍경에 대한 탐구를 서사 아크의 일부로 본다. 그녀는 게임에 참여했다는 사실을 후회하는가? 게임에 참여함으로써 에드에 대한 자신의 감정이 바뀌고 말았다는 점을 후회하는가? 아니면 게임이 그녀의 인생을 바꾸어놓기 전 그만두기로 한 자신의 결정을 후회하는가? 작가는 이러한 질문에 대한 답을 제시하지 않으므로 작품을 주의 깊게 읽은 독자들은 그녀가 어느 정도 후회할 수도 있고, 모든 사실을 후회할 수도 있으며, 어쩌면 어떤 점을 후회하고 있는지 확신하지 못하고 있을 것이라고 생각하게 된다.

우리는 이 짧은 회상이 술병 돌리기 게임을 했다는 사실뿐만 아니라 어떤 결정에 따라 함께 상실된 다른 가능성에 관한 내용임을 알 수 있다. 작품은 우리가 소설에서 흔히 볼 수 있는 방식과는 다르게 느슨한 결말로 마무리된다. 하지만 이 부분이 서사 아크의 최종 지점이 된다.

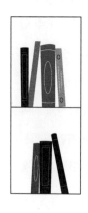

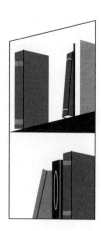

비
서
사
의
힘

많은 독자들이 좋은 서사를 찾지만 우리는 훌륭한 비非서사 또한 즐긴다. 비서사 문학의 힘을 연구하는 일은 플롯과 서사 아크를 위한 독서만큼 직관적이지는 않을 수 있지만 그만큼 중요하다. 핵심은 비서사인 시나 창작 논픽션 작품을 한데 묶는 무언가가 있고, 독자에게 반향을 일으킬 중심 주제와 개념 혹은 이미지의 존재를 기억하는 것이다. 우리의 감정은 작품을 지탱하는 개념, 주제 또는 이미지와 수시로 연결될 것이다. 시뿐만 아니라 비서사적 힘은 창작 논픽션에 작용하기도 한다.

중심 주제와 개념
|
'주제'와 '개념'이라는 단어는 학술적 글쓰기를 연상시킨다. 그렇지

작가처럼 읽는 법

않은가? 물론 주제와 개념은 학술적 글쓰기에서 중요한 역할을 하지만, 창의적 글쓰기에서도 마찬가지이다. 창의적인 글 한 편은 모든 주제를 다룰 수 있다. 작가들은 작품이 무엇에 관한 내용인지 판단하며 읽는다. 어떤 개념이나 주제가 작품을 이끄는지, 혹은 작품 전체에 걸쳐 전달되는지 스스로 질문하면서 읽자. 만약 여러분이 이 질문에 대해 두 개 이상의 답을 찾았다면 아마도 두 가지 이상의 주제나 개념이 전달되는 작품을 읽고 있을 것이다. 이처럼 하나의 작품이 한 가지 이상의 주제를 다룰 수도 있다. 이럴 때 주제들은 어떤 식으로든 개념적으로 연결될 것이다. 중심 주제나 개념을 찾기 위한 독서는 비서사인 창작 논픽션과 시에도 적용될 수 있다.

중심 주제와 개념에 대한 읽기 전략은 플롯과 서사 아크에 대한 전략과 유사한 방식으로 작동한다. 첫 번째 단계는 중심 주제나 개념을 단어로 치환하는 것이다. 거기에서부터 독자들은 그 주제나 개념이 어떻게 작품 안의 단락들이나 자잘한 아이디어들을 연결하는지 마인드맵을 그릴 수 있다. 어떤 독자들은 중심 주제나 개념을 쓴 다음, 각각의 아이디어가 중심 개념에 어떻게 닿는지 읽는 동안 추가적인 메모를 한다. 특정 주제나 개념이 작품을 이끌 때 그것들이 서로 연결되는 방식에 대해 메모하면서 주제들이 교차하는 위치를 지도처럼 표현해볼 수도 있다.

울림을 자아내는 이미지, 감각 또는 감정

|

우리는 종종 울림을 자아내는 이미지를 시와 연관 짓는데, 여기에는 그럴 만한 이유가 있다. 시는 대개 이미지로 가득 차 있다. 마지막 줄을 읽은 후 독자에게 울림을 주는 이미지의 잔상을 남기는 것은 시의 역할에서 큰 부분을 차지한다(이미지는 또한 비서사적인 형태를 서로 잇는 접착제의 역할도 수행한다).

독자의 할 일은 이미지를 알아차리고 왜 그 이미지가 울림을 주는지, 그 울림이 전체 작품의 맥락에서 어떻게 중요한지 알아내는 것이다. 시를 읽은 후에 이미지를 생각하기 위해 잠시 멈추었다가, 그 이미지가 시의 감정적·개념적 추진력의 중심을 차지하는 이유를 생각하며 전문을 다시 읽어보자.

예시로 메리 올리버의 〈단서〉를 읽어보자.

이야기가 있다
당신의 가슴을 아프게 할.
들어볼 텐가?
올겨울
아비새 떼가 항구로 왔다
그리고 죽었다, 한 마리씩,
알 수 없는 이유로.
한 친구가 말해주었다
해안에 있던 한 마리가

머리를 들고

우아한 부리를 열고 소리쳤다고,

생애의 길고 달콤한 맛을.

그 소리를 들었다면

신성한 소리임을 알 것이다.

만일 들어본 적 없다면

그곳으로 서두르는 편이 좋으리라,

그들이 노래하는 곳으로.

그리고, 절대 아무에게도 말하지 마라,

그곳이 어디인지.

그다음 날 아침

얼룩덜룩한 무지갯빛을 띤

아비새들은

집으로 돌아가기 위해

숨겨진 호수를 찾기 위해

해안에서 숨을 거두었다.

나는 그대에게 말한다

당신의 가슴을 아프게 하는,

단지

그 말은 열리면 다시 닫히지 않는다,

세상의 다른 곳으로.

이 시에서 울림을 주는 이미지는 죽어가는 아비새의 모습이다. 시를 읽으면서 우리는 그 장면을 마치 눈으로 보는 것처럼 볼 수 있다. 이미 길을 잃은 새가 죽음이 다가옴에 따라 어떻게 움직이는지, 가만히 있을 때 어떻게 보이는지 알 수 있다. 하지만 이 이미지는 왜 반향을 일으키는 것일까? 첫째, 이미지는 시가 전달하는 중심 메시지의 일부이다. 새들은 화자가 모르는 이유로 죽어간다. 작가는 다시 둥지로 날아갔어야만 했던 새의 죽음을 명명한다.

죽어가는 아비새는 작가가 시의 서두에서 제시하는 가슴 아픈 이야기이기도 하다. 죽어가는 아비새의 모습이 없었다면 시를 읽으며 무엇에 대해 슬퍼하겠는가? 아비새의 이미지는 우리의 뇌리에 계속 남는다. 또한 그 이미지로써 올리버는 우리에게 행동을 요구한다. 아비새의 이미지를 계속 전달함으로써 올리버는 자연계의 얼마나 많은 부분이 파괴되고 있는지 우리가 지속적으로 지켜봐야 알아차릴 수 있다고 말한다. 시를 다 읽고 난 후에도 계속해서 우리가 자연을 눈여겨볼 수 있게 하는 것은 바로 울림을 주는 아비새의 이미지이다.

시는 다른 감각에 의존하기도 한다. 시에서 울려 퍼지는 것이 시각적인 메시지가 아닌 감각적인 메시지일 때도 있다. 〈단서〉를 다시 보자. 우리는 아비새를 볼 수도 있고, 그들의 울음소리를 들을 수도 있다. 그 울음소리는 시각적인 이미지가 아닌 소리지만, 우리에게 여운을 남긴다. 중요한 것은 우리가 아비새의 소리를 들은 다음 그것을 잃어버린다는 것이다. 아비새의 울음소리와 이의 상실은 중심 이미지의 일부가 된다. 그것이 죽어가는 새의 일부이기 때문이다. 여기서 올리버는 우리에게 이미지를 뛰어넘는 감각적 경험을 제공하고 그 경험은

작가처럼 읽는 법

그녀가 말하고 싶은 주제를 이뤄낸다.

이러한 유도는 또한 독자들을 특정한 감각과 중심 주제로 이끌 수 있다. 예를 들어 조이 하르조의 〈은혜〉는 '은혜를 향한 서사시적인 탐구'와 함께 차갑고 얼어붙는 듯한 감각을 불러일으킨다. 아래 발췌문을 확인해보자.

나는 우리에게 잃을 것이 없었던 그해의 바람과 그 거친 방식을 생각한다. 결국 우리는 저주받은 여우의 나라에서 바람을 잃었다. 우리는 여전히 그 겨울을 이야기하고 어떻게 추위가 설원의 꽉 찬 지평선에 있던 상상의 버펄로를 얼게 했는지 이야기한다. 뇌리에서 떠나지 않는 굶주리고 불구가 된 사람들의 목소리는 울타리를 부수고, 온도 조절기에 관한 우리의 꿈을 무너뜨렸다. 이제 더는 견딜 수 없었다. 그래서 우리는 다시 한번 고집스러운 기억 속에서 겨울을 잃었고, 값싼 아파트 외벽을 지나, 유령들의 들판을 매끄럽게 지나 결코 우리를 원하지 않는 마을로 들어갔다. 그것은 은혜를 향한 서사시적 탐구였다.

코요테처럼, 토끼처럼 우리는 두려움을 억누를 수 없었고 거짓된 자정의 계절을 헤쳐나갔다. 우리는 그 마을을 웃음으로 삼켜야 했다. 그래야 아주 쉽게 내려갈 수 있었기 때문이다. 어느 날 아침 태양이 얼음을 깨기 위해 애쓰고, 꿈속에서 80번 고속도로 위 트럭 정류장에서 커피와 팬케이크를 발견했을 때 우리는 은혜를 찾았다.

주의 깊게 읽은 독자들은 다음의 두 문장에서 고통의 겨울과 은총을 찾는 여정을 느낄 것이다.

- 우리는 여전히 그 겨울을 이야기하고 어떻게 추위가 설원의 꽉 찬 지평선에 있던 상상의 버펄로를 얼게 했는지 이야기한다.
- 어느 날 아침 태양이 얼음을 깨기 위해 애쓰고, 꿈속에서 80번 고속도로 위 트럭 정류장에서 커피와 팬케이크를 발견했을 때 우리는 은혜를 찾았다.

시의 나머지 부분과 마찬가지로, 이 구절의 육체적 감각은 독자들을 감정적 이해뿐만 아니라 '추방과 편견'이라는 근본적인 개념으로 이끈다.

울려 퍼지는 이미지, 혹은 감각 또는 감정을 찾는 것은 비서사적 창작 논픽션 읽기의 일부가 될 수 있는데, 1장에서 논의했듯이 시에 뿌리를 둔 서정적 에세이에서 특히 그렇다. 창작 논픽션에서 하나의 이미지나 감각 또는 감정이 울림을 준다면 그것은 중심 주제와 연결될 것이다.

작가처럼 읽는 법

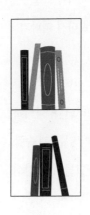
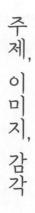

주제, 이미지, 감각

헤스투르라는 특정 장소를 배경으로 한 포토 에세이인 《헤스투르: 포토 에세이》는 문학 작품의 범주에 들어맞는다. 플롯이 작품을 주도하는 것은 아니지만 중심 주제는 존재한다. 언뜻 보기에 주제는 분명하다. 즉 헤스투르, '폭풍이 휩쓸고 간' 페로제도이다. 작가는 사진을 소개하기 위해 쓴 단락에서 이 중심 주제를 소개하며, 사진과 설명은 모두 섬에서의 삶에서 볼 수 있는 여러 측면을 전달한다. 《헤스투르: 포토 에세이》의 발췌문을 살펴보자.

나는 얼른 짐을 내리고 싶어서 테이스틴의 우르릉거리는 갑판 위에 감당할 수 있는 최대한으로 짐을 쌓아 올렸다. 선체가 열리고 헤스투르의 인적이 드문 부두를 향해 램프가 내려가기 시작했을 때 페리의 유압장치가 날카로운 소리를 냈다. 무거운 경사로가 비에 젖은 콘크리트를 강타하는 소리에 나는 움츠러들고 압도당했다. 그날 오후 뭍에 오른 승객은 나 혼자였다. 나머지 승객들은 페리가 스코푸나피외르드를 가로질러 사람이 더 많은 산두르섬으로 다시 떠나기만을 기다리고 있었다.

좀 더 자세히 읽어보면 섬세하고 구체적인 생각이 드러난다. 쇠퇴하고 있는, 스무 명의 주민이 사는 이 마을의 일상과 뿌리 깊은 관습들은, 죽어가고 있지만 주민들과 그곳에서의 삶에 대한 그들의 충성심에 의해 여전히 살아 있다. '헤스투르의 인적이 드문 부두'라는 서술자의 묘사와 그녀가 '그날 오후 뭍에 오른 승객은 나 혼자'라는 사실을 깨달으면서 생각이 어떻게 뻗어나가는지 주목하자.

이어지는 단락에서 작가는 헤스투르의 중요한 특징들, 즉 마을의 농어촌 문화, 마을의 기반시설을 유지하는 주민들, 그리고 마을의 삶에 대한 그녀의 개입에 대해 언급한다. 그녀는 '내가 그들과 연대하는 가장 온화한 방식은 저녁에 부엌 불을 켜 사람들에게 내가 그곳에 있다는 사실을 알리는 일이었다.'라고 설명한다.

작가는 에세이의 나머지 부분에서 각각의 사진과 캡션을 통해 헤스투르의 미묘한 요소들을 다룬다. 다음의 사진과 설명을 살펴보자.

작가처럼 읽는 법

양모는 페로제도의 금 ‖‖‖

헤스투르섬에는 약 580마리의 양이 살고 있다. 어업이 등장하기 훨씬 전, 모직물은 페로제도 경제의 주된 요소 중 하나였다. 그러나 양모는 더 이상 '페로제 금'으로 간주되지 않는다. 시장 가치가 너무 낮은 까닭에 사람들은 양모를 팔거나 실을 만들기보다는 태워버린다.

‖‖‖

두 사람을 위한 차 ‖‖

헤스투르에 혼자 사는 호이리우 포울센이 자신의 집 부엌에서 찍은 사진. 헤스투르에는 스무 명도 안 되는 사람들이 살고 있으며 학교에 다니는 아이들이 없다.

‖‖‖

페로인의 약 80%가 복음주의 루터교회인 폴카키르키안에 다닌다. 이 교회는 2011년 100주년을 맞았다.

||||||||||||||||||||||||||||||||||||||||||||||||||||||||||||||||||||||||||||||||||||||||||||||||||||||||||||||||||||||||

이 사진들은 헤스투르에서의 고립된 삶과, 주민들이 서로에게 그리고 섬에서의 삶의 방식에 대해 가지고 있는 강렬하고 개인적인 연결고리를 보여준다. 바람에 휩쓸린 광활한 육지와 바다가 (헤스투르 인구의 대부분을 구성하는) 노인과 마을 생활에 없어서는 안 될 양 떼의 클로즈업 사진과 나란히 제시된다. 중심 주제의 맥락에서 사진을 보면서 독자들은 각 사진이 에세이를 이끌어가는 주제의 한 측면을 어떻게 보여주는지 이해하게 된다. 또한 사진에서 보이는 내용뿐만 아니라 헤스투르섬, 주민, 전통에 대한 맥락이 담긴 더 많은 정보를 독자에게 제공하고 영역을 확장하기 위해 작가가 사진 캡션을 어떻게 활용하는지 주목하자.

작가처럼 읽는 법

예를 들어, '교회'는 어두워지는 땅과 바다를 배경으로 서 있는 예배당 건물을 보여주는데, 밝은 창문 틈으로는 안에 모인 마을 사람들의 윤곽이 보인다. 캡션을 읽으면서 우리는 교회에 대해 더 자세한 사실(복음주의 루터교회이며 100년 이상 된 교회라는 것)을 알게 된다. 설명은 사진에 맥락을 제공하고 이 황량한 섬마을의 전통에 대해 더 구체적인 정보를 준다.

중심 주제는 시에서 응집력을 제공하기도 한다. 시 〈노인이 젊은이를 겁주는 16가지 방법〉은 젊은이들이 노인들을 두려워한다는 생각을 이용하면서도 우리가 노화에 대한 두려움 속에서 산다는 진지한 생각을 꼬집는다. 소위 '탑 텐 리스트TOP 10 List'가 그 제목과 관련된 생각의 나열로 묶여 있는 것처럼 이 시 또한 마찬가지다(이 시는 16개 항목이지만 말이다).

1. 노인도 섹스를 한다.

2. 노인도 차를 몰고 돌아다닌다.

3. 노인도 생각하는 척한다. 죽음에 대해서는 생각하지 않는 척한다.

4. (긴 시간 동안) 파도를 헤치고 나아가는 에너지. 사랑을 향해 질주하는 몸의 첨벙거림. 수영하지 않을 거라면 바다가 웬 말인가?

5. 해변에서 매일 아침 127킬로미터를 걷는 (내가 모르는) 노인들은 또 뭐람? 피부암은 어쩌시려고요? 여보세요! 그러다 죽어요!

6. '그의 유령을 괴롭히지 말라: 오! 그를 내버려두라! 그는 그를 싫어하오. 이 험한 세상의 선반 위에서 (그의 수명을) 더 길게 늘릴 뿐이오.' (리어왕, 5.3.315-17)

7. '그들도 한때는 젊었다'라는 말은 거짓이다.

8. 휴일은 노인들이 차려입고 이 모든 것이 젊은이들을 위한 선물인 척하려고 만든 날이다.

9. 사랑과 죽음의 축 위에 그려진 서사 아크.

10. 노인들이 실제로 컴퓨터를 발명했다.

11. 아! 노인들도 시를 썼다.

12. 노인들의 망가진 음감. 기타와 헤드폰 거부, 차나 총도 안 됨. TV 광고는 무음. 전화기, 고양이, 하늘만 가능.

13. 시멘트풀, 접착제, 껌. 무엇이든 노인들의 뼈를 붙일 수 있으면 됨.

14. 노인은 죽고 싶어 한다.

15. 노인은 많은 사람에게 둘러싸여 큰 건물에서 죽고 싶어 한다. 아주 드물긴 하지만 어쩌면 그들 중 한 명은 영화 속 잘사는 사람들처럼 숲이나 해변과 같은 멀리 떨어진 곳에서 죽으려고 떠날 수도 있다.

16. 아니면 그냥 죽는다. 오늘 해변에서 죽은 한 노인처럼. 겨울에는 오직 세 사람에게만 발견될 수도 있다.

번호가 매겨진 각 항목이 개념의 새로운 측면에 어떻게 적용되는지 (1. 노인도 섹스를 한다. 2. 노인도 차를 몰고 돌아다닌다.), 이미 언급된 측면을 어떤 다른 시각으로 바라보는지 유심히 들여다보자(10. 노인들이 실제로 컴퓨터를 발명했다. 11. 아! 노인들도 시를 썼다).

항목 4와 16에서 감각 텍스트가 어떻게 울림을 주는지도 확인하자. 촉각·시각 이미지의 파편들은 앞서 언급된 내용과는 상반된 관점을

취하며 독자에게 여운을 남긴다('파도를 헤치고 나아가는 에너지', 해변의

'죽은 한 노인').

토론 질문과 쓰기 길잡이:
서사와 비서사에 집중하기

토론 질문

1. 베스 우즈니스 존슨의 〈음성 결과〉(부록 참조)와 에린 M. 푸시먼의 〈사람들은 그녀의 얼굴을 가리키며 속삭인다〉(부록 참조)의 서사아크를 그려보자. 최대한 창의력을 발휘해 서사 아크에 표시하고 필요한 만큼 세부 정보를 적는다. 각 서사 아크가 글로 어떻게 전개되는지 설명하고 차이점을 탐구하면서 작품들을 비교하자.

2. 조이 하르조의 〈은혜〉(110쪽 참조)의 전문을 읽어보자. 이 산문시를 이끄는 중심 주제와 이미지를 정의하자. 그런 다음 이미지가 시 안에서 이루는 것이 무엇인지 설명하자. 이미지는 어떻게 독자인 우리가 중심 주제를 더 깊이 이해할 수 있도록 하는가? 이미지는 작가가 시에서 사용하는 감각적 세부 사항과 어떻게 조화를 이루는가? 그리고 그 이미지는 왜 작품을 다 읽은 후에도 독자의 머릿속에 남는가?(만약 중요한 이미지가 두 가지 이상 떠오른다면 그 이미지들이 시 안에서 어떻게 서로 조화를 이루는지 설명해보자.)

작가처럼 읽는 법

쓰기 길잡이

새로운 소재로 쓰기

선택 1 현재 작업하고 있는 글의 인물을 떠올려보자. 먼저 인물이 겪는 격렬한 갈등의 순간을 묘사하기 위해 문장 하나를 쓰자. 그다음, 인물에게 가해지는 외적 갈등의 목록을 작성해보자. 그 뒤 인물의 행동과 반응에 영향을 미칠 내적 갈등의 목록을 작성한다. 이제 시작했던 문장으로 돌아가서 그 순간을 확장하자. 목록에 기록한 갈등을 골라서 사용하자.

선택 2 쓰고 싶은 작품의 중심 주제를 써보자. 만약 시를 쓰고 있다면 이미지를 불러일으킬 단어들을 사용해보자. 이제 그 주제의 한 측면을 탐구하기 위해 범위를 좁힌다. 산문 한 단락이나 시의 두 행을 써보자. 다음으로 주제의 또 다른 측면을 발전시키기 위해 단락이나 행을 쓴다.

수정해서 쓰기

선택 1 완성한 초고의 서사 아크를 그려보자. 다음과 같은 질문을 생각해보자. 틈이 있는가? 서사 아크의 각 지점이 너무 가깝지는 않은가? 각 지점과 갈등의 전개가 일치하는가? 완성한 서사 아크를 다시 보면서 파악한 내용을 바탕으로 수정한다.

선택 2 퇴고가 필요한 작품의 주제를 작성하고, 관련된 개념의 마인드맵을 그린다. 연결의 설득력이 부족한 구절을 다듬고 수정한다. 그런 다음 울림을 주는 이미지를 만드는 작업을 한다(산문을 쓸 때도 똑같이 하자. 더 강한 힘을 가진 글이 될 것이다).

3장

구조

구조의 개념

구조는 우리가 책을 읽으면서 가장 어려워하는 개념 중 하나이고, 글을 쓸 때 가장 바로잡기 힘든 기술적 요소라 할 수 있다. 독자로서 구조에 접근하면서 우리는 글이 처음 작성된 그대로 출판될 수 있는 상태가 아니라는 사실을 잊을 때가 많다. 그러나 작가처럼 읽으려는 우리는 작가들이 작품의 구조를 만들기 위해 얼마나 열심히 노력하는지 기억해야 한다. 작가들은 의도적으로 글의 구조를 결정한다. 그래서 글의 구조에 관한 연구는 작가의 독서에 있어서 또 한 가지 중요한 부분이다.

간단히 말해 구조는 페이지나 화면에 글이 나타나는 방식이다. 여기에는 아이디어의 조직이나 순서, 작품의 형태, 구조적 패턴이나 기법, 구조 역학 등이 포함된다.

작가처럼 읽는 법

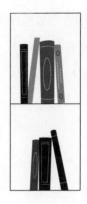

구조 역학

앞서 나열한 마지막 항목에서부터 시작해보자. 마지막 항목부터 시작한다고 하면 특이하다고 생각할 수 있지만 이는 의도적인 선택이다. 구조를 거시적으로 논의하려면 작가가 페이지 혹은 화면에서 사용하는 구조 역학에서부터 시작해야 한다. 여기에는 여백, 단락, 연聯·절·장 나눔의 다섯 가지가 있다.

여백
|

구조의 가장 기본적인 요소는 독자들이 가장 자주 무시하는 여백이다. 여백은 페이지나 화면에서 텍스트나 이미지가 없는 공간이다. 쉽게 말해 여백은 빈 공간을 의미한다. 배경색이 있는 페이지를 읽을 때도 마찬가지다. 여백은 페이지를 깔끔하게 보이게 하지만 구조보다

는 인쇄와 더 관련이 있다.

여백은 시각적인 형식의 일부이기도 하다. 그러나 시각적 작업에서 흰 공간은 다른 색깔일 수도 있다. 포토 에세이에서 사진을 둘러싼 공간이 텍스트와 분리된다는 점을 기억하자. 또한 그래픽 노블에서 사용되는 개념인 '거터'(프레임과 프레임 사이의 공간—옮긴이)는 흰색이 아니더라도 프레임을 분리할 수 있다.

하지만 여러분은 작가들이 시와 산문에 사용하는 구조 역학을 식별하는 방법을 이미 알고 있을 것이다. 시인들은 종종 시를 구절로 나눈다. 에세이와 단편소설 작가들은 단락의 나눔으로는 충분하지 않을 때 더 큰 절로 분리한다. 창작 논픽션과 장편소설 작가들은 작품을 장으로 나누고 장을 절로 나누기도 한다. 독서하는 작가로서 여러분은 문단, 절 또는 장의 분리가 있을 때 왜 분리가 필요한지, 작가가 분리를 어떻게 사용하는지, 독자를 한 부분에서 다음 부분으로 이동시키기 위해 작가가 분리와 여백을 어떻게 사용하는지 파악해야 한다.

단락

|

단락은 여백을 만든다. 단락이 마무리될 때 우리는 단어보다 그 단어 주위의 빈 공간에 주목한다. 단락은 생각 하나가 마무리된다는 사실을 독자들에게 알리거나 잠깐의 휴식 후 글의 흐름이 변한다는 신호가 된다. 작가가 단락이라는 휴식을 줄 때 독자들은 생각의 전환이 일어나고 있다는 사실을 알아차린다.

작가처럼 읽는 법

더 큰 전환이 일어날 때, 작가들은 문단 사이에 여백을 사용한다. 지금 여러분이 읽고 있는 지금 이 단락과 바로 아래 단락 사이의 여백을 보자. 더 넓은 공간으로 여유를 갖는 것이다. 즉 더 큰 변화가 일어난다는 뜻이다. 작가들이 단락 사이에 여백을 줄 때는 다양한 이유가 있다. 시간의 흐름이나 이동을 나타내기도 하고, 시점 사이를 이동하기도 하며 새로운 플롯이나 인물 전개로 전환하기도 하지만, 이 세 가지 예시 말고도 이유는 다양하다. 또 다른 이유에는 한 단락과 그 아래 단락 사이의 개념적 변화가 있다. 어떤 이유든지 간에 알아야 할 점이 있다. 여백이 중요한 이유는 독자가 잠깐 멈춰서 전환이 일어나고 있다는 사실을 이해할 수 있도록 하기 때문이다.

연, 절, 장의 나눔

여백은 또한 독자를 위해 텍스트를 분해하고 구성하는 구조적 장치의 일부이다. 여백이 각 영역에서 수행하는 역할에 주목하자. 당신이 가장 최근에 읽은 작품을 떠올려보자. 아마도 작가는 글을 여러 문단으로 정리했을 것이다. 작가는 연, 절, 장의 구분을 통해 텍스트를 독자가 한 번에 소화할 수 있는 만큼씩 나눈다. 이는 매우 명백하고도 당연하게 보여, 우리는 읽으면서 연, 절, 장의 구분에 주의를 기울여야 한다는 사실을 종종 잊기도 한다. 그렇지만 이를 인지하는 일은 중요하다. 예를 들어 이 단락과 바로 위의 단락 사이의 여백에는 절의 구분을 나타내는 제목도 함께 표시된다.

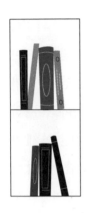

글의 순서와 배치

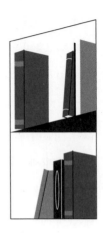

우리는 역학 이외에도 작가가 글을 정리하는 순서로 구조를 생각한다. 창작 수업에서 흔히 하는 조언은, 모든 서사에는 시작, 중간, 끝이 있지만 이것이 반드시 선형적이지는 않다는 점이다. 작가들이 서사 작품을 읽으면서 구조를 생각할 때 그들은 플롯이나 서사 아크가 글로 어떻게 전개되는지 생각하며 읽는다.

앞서 2장에서 이미 서사 아크에 대해 논의했다. 우리는 서사 아크를 구조의 초석을 이루는 개념으로 파악하고자 하지만, 현대 작가들은 온갖 종류의 설득력 있는 비전통적인 방식으로 서사 아크를 작업하고 있다는 사실을 알아두자. 서사 아크는 서사시와 창작 논픽션에도 적용할 수 있다. 소설, 창작 논픽션, 시 등 장르와 관계없이 모든 서사 안에서 서사 구조가 작동한다.

앞서 언급한 대로 (장르를 불문하고) 모든 이야기는 시작, 중간, 끝을 가지고 있지만 반드시 순서대로 진행되지는 않는다. 다시 말해 이야

작가처럼 읽는 법

기의 시작, 중간, 끝처럼 보이는 부분이 전통적인 서사 아크에서 기대했던 곳에 나타나지 않을 때가 있다. 예를 들어 1장에서 다양하게 활용했던 첫 문장을 다시 생각해보자. '나는 여섯 살 때 여동생을 총으로 죽였다. 나는 총 쏘는 법을 몰랐다.' 만약 이것이 소설의 첫 문장이라면 우리는 작가가 이야기의 중간에서 글을 시작하고 있다는 사실을 알 수 있다. 여기에서 시작된 이야기는 여섯 살짜리 아이가 어떻게 총을 접하게 되었는지에 관한 내용을 보완하고 전개하며 그 후의 이야기로 넘어갈 것이다.

작가들은 창작 과정에서 서사 아크를 통해 글을 안내하는 구조를 선택하거나 또는 이를 발명한다. 구조는 단순한 것부터 복잡한 것까지 다양하며, 장르와 마찬가지로 정의하기 쉬운 것부터 쉽지 않은 것까지 폭넓은 범위가 있다. 이번 장에서 모든 구조적 가능성을 논의할 수는 없지만 몇 가지 공통된 구조를 다룰 수는 있다.

지금부터 논의할 구조들은 모든 장르의 이야기에서 발견할 수 있다는 점을 기억하자. 이러한 구조는 비서사적 논픽션과 시에도 적용될 수 있다(본 장의 뒷부분에서 간략히 설명할 것이다).

선형적 구조
|
선형적 구조에서 이야기는 하나의 서사 아크로 전개되고 단순하게 시작, 중간, 끝의 방식으로 전개된다. 에세이나 시가 선형적 구조를 가지고 있다면 중심 개념은 직선적으로 간단히 제시될 것이다. 〈성계〉,

〈대학에서 배우는 것들〉, 〈은혜〉, 〈지도 만들기〉, 〈사람들은 그녀의 얼굴을 가리키며 속삭인다〉, 〈음성 결과〉, 〈캄보디아 대사관〉, 《헤스투르: 포토 에세이》, 《모순》을 비롯한 많은 작품이 선형적 구조로 전개된다. 〈제리의 크랩 쉑: 별 한 개〉와 같은 작품은 다른 형식을 차용하면서도 선형적 구조를 취한다. 이러한 작품이 각 장르를 어떻게 대변하는지 주목하자.

선형적 구조는 시간에 따라 발생하는 사건의 순서를 따른다는 점에서 점진적이기도 하다. 정해진 시간 안에 선형적 구조를 가진 이야기들은 보통 하나의 서사 아크로 전개되지만, 반드시 정해진 시간 안에 발생하는 사건의 순서를 중심으로 구성되지는 않는다. 〈사람들은 그녀의 얼굴을 가리키며 속삭인다〉가 그 예시이다. 연표가 존재하지만, 블로그에 포스팅된 에세이는 연대기와 결합되지 않는다. 대신 서술 전반에 걸쳐 선형적으로 제시된 중심 주제가 글을 이끌어간다. 어떤 작가들은 모든 선형적 구조가 연대기의 요소를 가지고 있다고 말하곤 하는데 이는 대개의 경우 맞는 말이다. 그러나 기억해야 할 것은, 선형적 구조가 항상 연대기에 집착할 필요는 없다는 점이다.

선형적 구조를 그림으로 표현한다면 다음과 같은 모습일 것이다.

작가처럼 읽는 법

중심
개념

ⅢⅢⅢ

연대기적 구조

|

연대기적 구조는 가장 자주 사용되는 선형적 구조이다. 이 작품들
은 시작, 중간, 끝이라는 시간의 순서를 따른다. 연대기적 구조 중에
는 하나 이상의 서술 아크를 가지고 있거나 둘 이상의 연대기를 오가
는 것도 있다. 이러한 구조는 하나의 서사 아크나 연대기적 구조를 가
진 것보다 더 복잡할 것이다. 이 책의 부록에서 볼 수 있는 예시는 〈성
게〉와 〈대학에서 배우는 것들〉이다.

플래시백Flashback은 작가들이 연대기적 구조 안에서 작업하면서 독
자들에게 중요한 것을 보여주기 위해 시간을 거슬러 가야 할 때 사용
하는 구조적 기법이다. 서술 시간은 시작부터 끝까지 이어지는 시계
나 달력이다. 따라서 플래시백은 이야기의 현재 서술 시간 이전 또는
이야기가 시작되기 전에 발생한 중요한 사건을 다루기도 한다. 〈캄보
디아 대사관〉에서 제이디 스미스는 파투가 카리브 비치 호텔에서 일

하던 시간과 그곳에서 악마를 만났던 상황을 기억할 때 플래시백을 사용한다. 만약 우리가 연대순으로 구조를 그린다면 이렇게 보일 수도 있다.

연대기적 구조 ‖‖

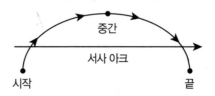

‖‖

작가처럼 읽는 법

엮은 구조

엮은 구조는 여러 개의 서사 아크를 한 편의 글로 엮는다. 비서사적 형식에서 엮은 구조는 몇 가지 중심 개념이나 이미지를 엮는다. 다른 길이의 끈 세 가닥을 엮어서 하나의 팔찌를 만든다고 상상해보자. 바로 그 아이디어가 엮은 구조의 바탕을 이룬다. 반드시 세 가닥이어야 할 필요는 없다. 엮은 구조는 작가가 감당할 수 있는 한 얼마든지 많은 가닥을 엮을 수 있다. 엮은 구조는 또한 비서사적인 창작 논픽션이나 산문시에도 적용될 수 있다. 비서사적 작품을 엮을 때, 작가들은 개념적·감정적 실을 땋고 있는 것과 마찬가지다. 엮는 작업을 할 때 작가들은 여백을 사용하여 가닥을 분리한다. 여백에는 때때로 독자에게 힌트를 주기 위해 간단한 텍스트가 수반된다. 〈조각들〉은 이러한 구조의 한 예다. 엮은 구조를 그림으로 그리면 다음과 같을 것이다. 이는 창작 논픽션에서 더 흔히 볼 수 있다.

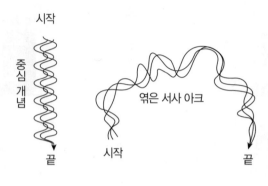

분할 구조

|

분할(혹은 콜라주) 구조는 세분화된 개념이나 이야기의 조각들을 서로 연결하여 다양한 부분으로 전체를 형성한다. 분절된 산문이 아이디어나 이야기를 서로 밀어 올리기 때문에 많은 작가들은 분절 구조가 당기기보다 미는 구조라고 말할 것이다. 아이디어가 서로 부딪치는 것 자체가 세분화된 에세이에서 의미를 만드는 데 도움이 된다. 작가들은 분할된 구조에서도 여백을 사용한다. 여백은 독자들이 글을 읽을 때 끊어주는 역할을 하며, 때때로 전환 역할을 하기도 한다. 엮은 구조의 작품과 마찬가지로 여백에는 텍스트가 있을 수도 없을 수도 있다. 많은 작가들은 분할 구조의 하위 분류에 엮은 구조를 포함한다. 분할 구조는 다른 장르보다 창작 논픽션에서 더 많이 나타난다. 다음 그림은 분할 구조를 나타낸 것이다. 이는 창작 논픽션에서 더 흔하다.

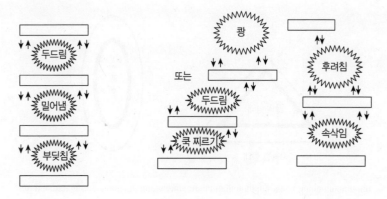

||||||||||||||||||||||||||||||||||||||||||||||||||||||||||||||||||||||||||||||||||||||||||||||||||||||

차용 구조

|

창작 작품 중에서도 특히 장르가 혼합된 작품들은 다른 형태의 글이나 매체로부터 구조를 차용한다. 〈제리의 크랩 쉑: 별 한 개〉, 〈노인이 젊은이를 겁주는 16가지 방법〉, 그리고 〈조각들〉은 각각 다른 형태의 글쓰기, 즉 옐프 리뷰, 리스트, 그리고 개요에서 구조를 차용한다. 특히 〈조각들〉이 몇몇 구조적 개념을 어떻게 표현하는지 주목하자. 이러한 차용 구조 작품들은 작품 바깥의 보이지 않는 여백에 차용한 양식을 포함하고 있다. 만약 우리가 차용 구조를 그림으로 그린다면 다음과 같이 다양한 형태를 보일 것이다.

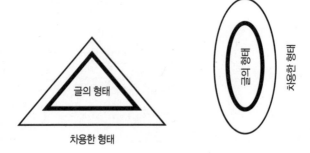

글의 형태

차용한 형태

차용한 형태

|||||||||||||||||||||||||||||||||||||||||||||||||||||||||||||||||||||||||||||||||||||||||||||||||||||||||

그 밖의 구조

|

앞으로 여러분은 내가 여기서 언급한 예시에 포함되지 않는 구조를 가진 작품도 만나게 될 것이다. 닉 플린Nick Flynn이 《구린 도시의 또 다른 허접한 밤Another Bullshit Night in Suck City》에서 사용하는 나선형 적 구조처럼, 일부 구조는 정의하기 어려울 것이다. 엘리자베스 스트 라우트Elizabeth Strout가 《올리브 키터리지Olive Kitteridge》에 적용한 액 자식 구조도 등장했다. 어떤 구조에도 들어맞지 않는 작품을 읽게 되 면, 그 작품이 작동하는 방식에 주의를 기울이고 자신만의 단어로 정 의해보자.

작가처럼 읽는 법

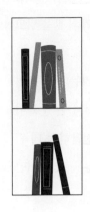

시의 구조

시는 우리가 논의한 구조 중 어느 것이든 사용할 수 있다. 어떤 작가들은 시의 특성상 분할된 구조를 사용한다고 말할 것이다. 서사시는 선형적 또는 연대기적 구조를 따른다. 시를 읽다 보면 엮은 구조나 차용 구조(《노인이 젊은이를 겁주는 16가지 방법》)를 따르는 시를 발견하게 될 것이다.

시는 또한 유형이나 형태에 맞는 다양한 구조를 적용한다. 여기에서 시적 구조를 전부 다룰 수는 없지만, 작가들이라면 시를 읽을 때 그 시가 특정한 형태로 구조화되어 있는지 항상 살펴봐야 한다. 시인이 특정한 형태의 시를 쓸 때 구조가 시의 형태를 좌우한다. 예를 들어, 14행으로 쓰여야만 소네트가 될 수 있다. 그리고 소네트는 이 행들이 5분 음계로 쓰인 경우에만 전통적 소네트가 될 수 있다. 하이쿠가 되기 위해서는 시를 5, 7, 5 음절의 세 행으로 써야 한다. 전원시와 같은 몇몇 시적 구조들은 너무 복잡해서 쓰는 작업 자체가 특별한 도전이 된다. 읽기에는 아름답고 쓰기에는 까다로운 전원시는 구체적이고 엄격한 운율 체계 패턴과 일련의 반복과 절제가 있는 19개의 행을 담고 있다.

자유시는 특정한 구조나 운율 체계, 리듬을 따르지 않는다. 운율이 시에 유기적으로 나타날 수도 있다. 메리 올리버의 〈단서〉는 운율이 있는 자유시의 예시이다. 자유시는 시인이 메시지를 전달하는 데 필요한 만큼의 행을 포함한다. 자유시는 또한 앞서 살펴본 구조 중 어떤 형태든 취할 수 있다. 많은 현대 시인들이 자유시를 쓴다.

행갈이는 시적 구조에서 중요한 부분이다. 시를 읽을 때는 행갈이에 주목하자. 만약 시인이 앞서 언급한 특정한 구조를 따르고 있다면 그에 따라 행을 나눌 것이다. 자유시를 쓰는 시인들은 생각, 이미지, 감정을 강조하거나 소리나 말의 패턴을 위해 행을 나눈다. 산문 형식으로 쓰인 시는 행갈이를 완전히 반대로 생각해야 할 필요가 있다. 산문시에서 우리는 행갈이가 없는 형태가 시에 어떤 영향을 주는지 생각하며 읽는다. 산문시에서 행이 끊어지거나 행이 끊어지지 않는 것 또한 결과물로 나타날 시의 윤곽을 형성한다.

모든 행의 길이가 똑같은 행갈이가 있는 시를 상상해보자. 이 시는 깔끔하고, 질서정연하고, 대칭적이고, 매끄럽게 보일 것이다. 자, 모든 행의 길이가 다른 행갈이가 있는 시를 상상해보자. 날카롭고, 고르지 않고, 들쭉날쭉해 보일 것이다. 각각의 시는 형태로 느낌을 전달한다. 들쭉날쭉한 형태의 시는 질서정연한 시와는 다른 느낌을 전한다.

시인들은 행갈이의 배치를 주제로 한 토론에 상당한 시간을 할애한다. 작가로서 시를 읽을 때도 마찬가지다. 이는 산문 작가에게도 적용되는 내용이다. 시의 핵심 구조를 감상하는 것을 넘어 행갈이를 탐구함으로써 작가들은 다른 장르의 구조에 대한 통찰력을 얻는다(구조를 다루는 작업이 필요한 글을 직접 쓰게 된다면 며칠 동안 자신의 원고를 잠시 제쳐두고 시에서의 행갈이를 공부하도록 하자. 작가들이 통찰력을 얻는 과정에 대한 구체적인 단계별 레시피를 설명할 수는 없겠지만, 이는 분명 도움이 될 것이다). 이어서 행갈이를 위한 독서에 대해 조금 더 자세히 설명할 것이다.

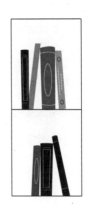

작가의 구조 선택

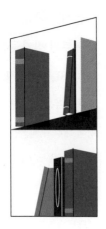

　작품의 구조와 내용 사이에는 일종의 관계가 형성되어 있다. 예를 들어 하이쿠를 상상해보자. 단 세 줄, 총 17음절이라는 형식은 시의 내용에 영향을 준다. 시인이 17음절로 주제를 다루는 방법은 행이나 음절의 수에 제한을 받지 않는 자유시에서 주제를 다루는 방법과 다를 것이다.

　산문에서 구조와 내용의 관계 역시 같은 방식으로 작용한다. 만약 하나 이상의 중심 개념을 에세이에 도입하거나 두 개 이상의 서사 아크를 도입하기를 원한다면, 작가는 엮는 구조 혹은 분할 구조를 도입할 것이다. 이것은 비비안 비쿨리지가 에세이 〈조각들〉에서 적용한 방법이다. 작가는 이질적으로 보이는 글들을 한 편의 에세이로 엮었다. 이는 선형적 구조로는 불가능했을 것이다. 엮은 구조 또는 분할(혹은 콜라주) 구조는 작가들에게 다른 방법으로는 서술할 수 없는 이야기를 하나의 작품에 모을 수 있는 공간을 제공한다.

장르가 혼재된 작품의 내용과 구조에 대해서도 마찬가지이다. 텍스트 소개, 사진, 캡션으로 구성된 《헤스투르: 포토 에세이》에서 랜디 워드가 적용한 방법처럼, 포토 에세이에서 장소를 다루는 방법은 내용에 영향을 미친다. 그웬 E. 커비의 〈제리의 크랩 쉑: 별 한 개〉는 구조와 내용의 관계를 보여주는 또 다른 놀라운 예이다. 옐프 리뷰의 형식을 도입한 작가는 옐프 리뷰라는 특정 구조를 지킨다. 구조를 따라가다 보면 예상치 못한 방향으로 작품이 전개된다. 관습적 이야기에 서라면 끌어내기 힘들었을지도 모를 내용을 이 구조에서 어떻게 달성할 수 있었는지 주목하자.

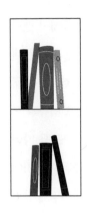

구조를 중심으로 읽기

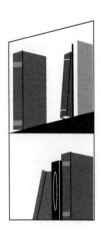

서사 작품을 읽으면서 우리는 플롯, 서사 아크와 전체적인 구조의 관계를 탐색하길 원한다. 비서사 작품을 읽으면서 우리는 개념, 감정과 전체적인 구조의 관계를 연구하길 원한다. 이를 위한 방법 중 하나는 작품의 구조를 그림으로 그리거나 마인드맵으로 표현하는 것이다. 앞서 제시한 그림들과 유사하게 그릴 수도 있고, 자신만의 방법으로 그리거나 혹은 마인드맵으로 표현하는 방법을 찾을 수도 있다.

독자로서 그림을 그리고 마인드맵을 그리는 방법도 글의 구조를 만드는 데 도움이 될 것이다. 많은 훌륭한 작가들 또한 서사 아크를 그리며 작품의 구조를 설계한다. 글을 쓰기 시작하기 전에 항상 그런 것은 아니지만 우리 중 일부, 특히 비선형적 구조를 사용하는 사람들은 작품을 인쇄하고, 자르고, 심지어 그 조각을 퍼즐처럼 움직여 섞는 이들도 있다.

특히 문학 작품에서 구조를 읽는다는 말은 여러분이 이전에 보지

작가처럼 읽는 법

못했거나 자주 보지 못했던 구조에 주목하는 것을 의미한다. 여러분이 필독 도서 목록을 만들 때 파격적인 구조의 작품들을 한데 모으고 그 구조들에 대해 써보자. 읽은 작품의 구조를 그리거나 마인드맵으로 표현했을 때 미묘한 차이가 있는 이미지가 생성되었다면, 평범하지 않은 구조의 작품을 읽고 있다는 사실을 알게 될 것이다. 이 작업은 여러분에게 도움이 될 것이다.

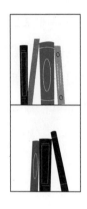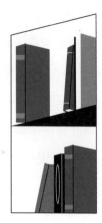

'전환'이라는 용어는 흔히 학술적 에세이와 연관된다. 작가들은 '추가적으로', '반면', '더 나아가', '반대로'와 같은 단어나 구절을 사용한다. 이 단어들은 학술적 작품을 읽는 독자들이 기대하는 연결 고리, 즉 이곳과 저곳을 자연스럽게 연결하는, 잘 지어진 다리를 제공한다.

하지만 창작 글쓰기에서는 전환을 더 넓은 의미로 생각한다. 전환은 언제든지 일어날 수 있고, 작가는 어떤 식으로든 독자를 하나의 생각이나 공간에서 그다음으로 이동시킨다. 전환에 대한 연구는, 우리가 다양한 장르에서의 전환을 고려하는 데 도움이 될 것이다.

훌륭한 작가들은 훨씬 더 창의적이고 덜 형식적인 방식으로 전환한다. 훌륭한 작가들은 글에서 흔히 쓰이는 연결을 피하기 위해 노력한다. 그들의 다리는 좁고, 울퉁불퉁하고, 흔들리고, 또 다른 방식으로 흥미로울 것이다. 때때로 창의적인 작가들은 숫자, 문자, 단어 또는 어떤 표시를 이용해 여백을 포함하는 전환을 사용한다. 부록에 실린

〈제리의 크랩 쉑: 별 한 개〉를 살펴보자. 작가는 특수문자 및 기타 표시(옐프 리뷰에서 볼 수 있는 '위치', '인테리어', '청결도', '서비스', '음식' 등)와 함께 여백을 사용한다.

작가들은 전환을 위해 반복을 사용하기도 한다. 〈대학에서 배우는 것들〉(부록 참조)을 간단히 훑어보면, 작가가 전환을 위해 짧은 에세이 전체에 걸쳐 여백으로 둘러싸인 반복적인 문구를 사용한다는 점을 알 수 있을 것이다.

병이 빙글빙글 돈다.

당신은 배짱이 있어도 그 자리를 떠날 수 없다는 걸 알게 된다. 복도에서 파티에 참석하고 싶었던 불만 가득한 사람들이 던진 동전이 문틈에 박혔기 때문이다. 당신은 짧은 속옷 바지를 입은 에드가 문을 잡아당겨 열려고 애쓰다가 어깨를 으쓱하고는 옷을 하나둘 벗은 이들이 동그랗게 모여앉은 곳으로 돌아가는 모습을 본다. 아무도 그 자리를 떠나지 않는다.

병이 빙글빙글 돈다.

당신은 자신의 차례가 끝나고 나서, 웃고, 머리가 빙글빙글 돈다고 말하고는, 에드의 침대에 올라간다면 술에 취해 정신을 잃은 척할 수 있다는 사실을 깨닫게 된다. 당신은 이 방법으로 옷을 더 벗거나 무언가를 더 잃는 일을 막을 수 있길 바란다. 당신은 에드의 침대에 얼어붙은 듯 누워 있고 이는 당신이 생각할 수 있는 유일한 탈출구다. 소란스러운 상황에서 당신은 가짜로 잠을 청하고, 병이 부딪치는 소리와 낄낄거리고 울부짖는 소리가 들린다. 심장의 두근거림이 들린다.

병이 빙글빙글 돈다.

'병이 빙글빙글 돈다'의 다음 문단은 '당신은…… 알게 된다'로 시작한다. 독자는 한 구절에서 다음 구절로 매끄럽게 이동하면서 게임이 계속됨에 따라 이야기의 시간이 흐른다는 사실을 인식한다.

작가들은 텍스트로서의 연결고리를 완전히 포기하고, 여백만 사용하는 전환을 만들기도 한다. 두 단락 사이에 넓은 간격이 있는 시의 연 나눔이나 산문의 단락 나눔을 보자. 분할 구조의 에세이 역시 이런 방식을 이용하기도 한다. 전환의 주체는 여백이다. 에세이는 다른 생각들이 서로를 밀어내는 방식으로 작용한다.

작품 내에서 점층적으로 의미가 커지는 단어들을 사용함으로써 창의적 전환이 이루어지기도 한다. 〈제리의 크랩 쉑: 별 한 개〉를 다시 보자. 옐프 리뷰의 카테고리는 작품 안에 자연스럽게 녹아 있다. 더 긴 전환도 마찬가지이다. 화자가 서비스 리뷰에서 아내에 대한 리뷰로 내용을 전환할 때 작가는 다음의 간단한 단락을 이용한다.

(짐작하겠지만 재닛에게는 여러 가지 장점이 있다. 난 지금 그 사실을 꼭 알리고 싶다. 물론 지금 내가 아내를 리뷰하고 있는 건 아니다.)

이 글이 아내에 대한 리뷰였다면 난 다음과 같은 점에 대해 아내를 리뷰할 것이다.

1. 협조성

2. 공감하는 마음

3. 안정감

4. 유머 감각

5. 외모

6. 나에 대한 인내심

여기서 우리는 이야기의 자연스러운 전환을 볼 수 있다. 여기에서 어색함을 느낀다면, 그것은 이 글이 엘프 리뷰인 척하고 있다는 데에서 기인한다(만약 당신이 전환을 학문적 용어를 넘어서는 범주로 받아들이기 힘들다면, 작가가 이 부분을 쓰면서 얼마나 큰 재미를 느꼈을지 상상해보자).

어떤 경우든, 구조를 위한 독서의 기본은 작가들이 어떻게 독자를 텍스트의 한 장소에서 다음 장소로 이동시키는지를 보는 것이다. 그 수단으로는 시간, 장면, 개념, 감정, 이야기의 가닥이나 조각 또는 단락의 끝과 시작 사이에 다리를 놓는 문장이나 문단 등이 있다.

형태

|

시와 일부 혼합 장르 작품에서 구조를 파악하기 위해서는 형태를 살펴봐야 한다. 시가 인쇄된 형태는 구조의 일부이다. 문학 잡지에 실린 시들 중 고른 행과 절로 이루어진 시가 어떤 형태를 보이는지(예를 들어 소네트와 전원시), 혹은 들쭉날쭉한 행과 절로 이루어진 시는 어떤

형태를 보이는지 확인해보자. 어떤 형태를 띠든 간에 그것은 시에서 구조의 일부이다. 형태는 독자들이 시를 소비하는 방식에 영향을 미친다.

메리 올리버의 〈단서〉를 보자.

이야기가 있다
당신의 가슴을 아프게 할.
들어볼 텐가?
올겨울
아비새 떼가 항구로 왔다
그리고 죽었다, 한 마리씩,
알 수 없는 이유로.
한 친구가 말해주었다
해안에 있던 한 마리가
머리를 들고
우아한 부리를 열고 소리쳤다고,
생애의 길고 달콤한 맛을.
그 소리를 들었다면
신성한 소리임을 알 것이다.
만일 들어본 적 없다면
그곳으로 서두르는 편이 좋으리라,
그들이 노래하는 곳으로.
그리고, 절대 아무에게도 말하지 마라,

그곳이 어디인지.

그다음 날 아침

얼룩덜룩한 무지갯빛을 띤

아비새들은

집으로 돌아가기 위해

숨겨진 호수를 찾기 위해

해안에서 숨을 거두었다.

나는 그대에게 말한다

당신의 가슴을 아프게 하는,

단지

그 말은 열리면 다시 닫히지 않는다,

세상의 다른 곳으로.

　　시를 읽으면서 우리는 단어뿐만 아니라 행의 형태를 읽는다. 〈단서〉에서 행은 들쭉날쭉하고 뾰족하기까지 하다. 만약 시가 형태로 상처를 입힐 수 있다면 〈단서〉가 그 예시가 될 것이다. 작가는 죽어가는 새들을 보여줄 때, 독자가 비통함을 느낄 수 있도록 시의 행들을 뾰족하게 배치하고, 이는 꼭 페이지의 여백을 찌르는 것처럼 보인다. 이전 장에서 살펴보았듯이 〈단서〉의 언어는 조용하고 차분한 슬픔을 표현하는 완전한 문장으로 쓰여 있다. 하지만 이 들쭉날쭉한 선에서 우리는 날카로움이 전하는 급박함을 본다. 작가가 형태를 통하여 의도한 바를 생각하면서 시를 읽자.

　　비슷하지만 다른 방식으로, 산문시는 단락이라는 형태로 감정을 끌어올릴 수 있다. 조이 하르조가 미국 학제에 내재한 인종차별에 대해 쓴 시 〈은혜〉를 보자.

나는 우리에게 잃을 것이 없었던 그해의 바람과 그 거친 방식을 생각한다. 결국 우리는 저주받은 여우의 나라에서 바람을 잃었다. 우리는 여전히 그 겨울을 이야기하고 어떻게 추위가 설원의 꽉 찬 지평선에 있던 상상의 버펄로를 얼게 했는지 이야기한다. 뇌리에서 떠나지 않는 굶주리고 불구가 된 사람들의 목소리는 울타리를 부수고, 온도 조절기에 관한 우리의 꿈을 무너뜨렸다. 이제 더는 견딜 수 없었다. 그래서 우리는 다시 한번 고집스러운 기억 속에서 겨울을 잃었고, 값싼 아파트 외벽을 지나, 유령들의 들판을 매끄럽게 지나 결코 우리를 원하지 않는 마을로 들어갔다. 그것은 은혜를 향한 서사시적 탐구였다.

코요테처럼, 토끼처럼 우리는 두려움을 억누를 수 없었고 거짓된 자정의 계절을 헤쳐나갔다. 우리는 그 마을을 웃음으로 삼켜야 했다. 그래야 아주 쉽게 내려갈 수 있었기 때문이다. 어느 날 아침 태양이 얼음을 깨기 위해 애쓰고, 꿈속에서 80번 고속도로 위 트럭 정류장에서 커피와 팬케이크를 발견했을 때 우리는 은혜를 찾았다.

은혜는 시간이 촉박한 여자라고 할 수도 있고, 기억에서 벗어난 하얀 물소라고 할 수도 있다. 하지만 희미한 빛 속에서 그것은 균형의 약속이었다. 우리는 다시 한번 동물들의 이야기를 이해했고, 봄은 아이들과 옥수수의 희망으로 살이 빠지고 배가 고팠다.

나는 우리가 우아하게 몸을 일으켜 봄의 해빙 속으로 걸어 들어갔다고 말하고 싶다. 하지만 우리는 그러지 않았다. 다음 계절은 더 나빴다. 당신은 리흐호수Leech Lake로 가서 부족과 함께 일했고 나는 남쪽으로 갔다. 바람아, 나는 아직도 미쳤소. 나는 빼앗긴 사람들의 기억보다 더 큰 무언가가 있다는 것을 알고 있다. 우리는 그것을 보았다.

(바람과 짐 웰치Jim Welch를 위해)

작가가 시에 녹여내는 이미지에 주목하자. 그리고 감정적으로 충만한 언어와 일상적인 용어를 결합해 그 이미지들을 창조하는 방식 또한 눈여겨보자. '뇌리에서 떠나지 않는 굶주리고 불구가 된 사람들의 목소리는 울타리를 부수고, 온도 조절기에 관한 우리의 꿈을 무너뜨렸다. 이제 더는 견딜 수 없었다.' 하르조는 이 언어와 이미지들을 단락으로 묶는다. 단락들은 그 자체에 '학문적 시스템'의 의미를 내재하고 있다. 이 시에서 단락은 '부서진 울타리'와 구조적으로 상반되는 의미를 갖는다. 산문시의 구조와 단락의 형태가 시를 읽는 방식을 어떻게 바꾸는지, 다수에게 특권을 주는 학문적 시스템 내에서 고군분투하는 미국 원주민 작가들이라는 주제를 어떻게 강조하고 초점을 맞추는지 보자. 독자로서 여러분은 행을 나누고 싶을 수도 있겠지만, 행은 개별적 단락으로 구성되어 있기 때문에 끊을 수 없다.

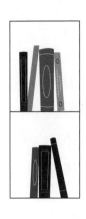

이미지와 텍스트

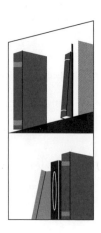

작품이 이미지와 텍스트의 조합으로 이루어지면, 현명한 독자들은 이미지의 배열과 함께, 이미지와 텍스트의 동시 배열을 연구한다. 포토 에세이가 사진과 텍스트로 이루어진 단락으로 구성되어 있는지, 아니면 텍스트 소개가 앞서고 이미지가 뒤따르는지 주목하자. 《헤스투르: 포토 에세이》에서 작가는 여러 이미지를 배열한 다음, 텍스트로 설명한다. 그녀는 또한 사진에 대한 캡션을 제공한다. 이 구조는 포토 에세이가 포토 저널리즘의 뿌리에 더 가까워질 수 있도록 하여, 이미지가 독립적으로 기능할 수 있는 공간을 제공한다. 또한 캡션이 사진에 보이는 것보다 조금 더 많은 정보를 제공할 때도 있다. 작가는 이미지가 대부분의 역할을 담당할 수 있게 하면서도 간단한 소개와 캡션이 있는 사진의 구조를 사용하여 독자들의 충분한 이해를 돕는다.

그래픽 노블에서 패널(이미지를 포함하고 있는 각 프레임―옮긴이)이 배

작가처럼 읽는 법

열되는 방식, 텍스트가 나타나는 위치 및 각 이미지에 수반되는 텍스트의 양에 주목하자. 다음《모순》의 발췌를 보고 차이점을 찾아보자.

작가처럼 읽는 법

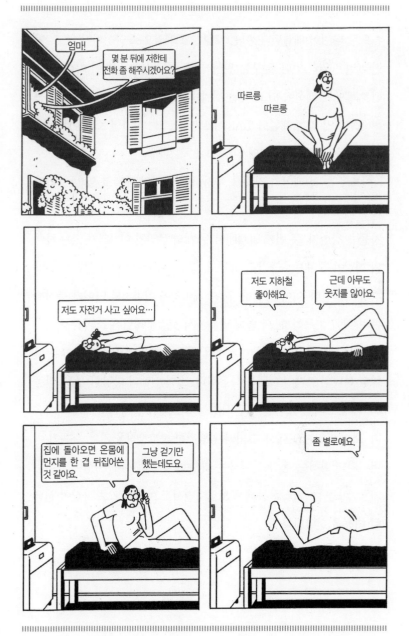

어떤 패널은 페이지 전체를 차지하고 어떤 패널은 한 페이지에 여러 칸으로 나뉘어 배열된다. 어떤 패널은 프레임으로 구성되어 있고, 어떤 패널은 열려 있다. 일부는 원형이지만 대부분은 원형이 아니다. 어떤 패널에는 캡션이 있고 어떤 패널에는 말풍선이 있으며 단어가 전혀 포함되지 않은 패널도 있다. 이 모든 요소는 작가인 소피 야노우가 만들어가는 구조적 선택의 일부이다.

야노우는 첫 페이지 전체를 차지하는 커다란 패널로 말없이 독자들을 이 그래픽 노블 속으로 끌어들여, 적나라한 흑백의 이미지로 독자들을 감싼다. 두 번째 발췌에서 두 개의 분리된 이미지가 있는 하나의 패널이 페이지의 공간을 나누고, 캡션(자막)은 소피의 생각을 반영하기 시작한다. 이야기가 계속되며 페이지에 이미지와 단어가 축적되는 방식에 주목하자. 세 번째 발췌에서 3단의 패널은 소피가 어머니와 나눈 대화를 보여준다. 여기에서 세부 사항을 설명하는데, 세부 사항당 하나의 프레임 패널을 사용한다. 소피 신체의 다양한 부분, 말풍선, 음향 효과를 포함한 세부 사항들이 그림을 통해 우리에게 다가온다. 소피가 있는 곳에서, 그녀의 광범위한 사고방식을 거쳐, 소피가 어머니와 전화하는 동안 전달하는 다양한 행동과 세부 사항이 보이는가? 야노우는 구조를 통해 주도적이면서도 예술적으로 자신이 선택한 내용을 전달한다.

작가처럼 읽는 법

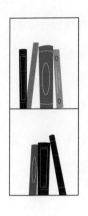

구조를 위한 독서 전략

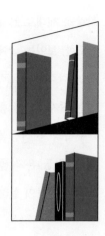

　작가로서 우리는 구조를 찾으며 읽는다. 독서의 과정에서 구조를 공부하면 스스로의 작품을 어떻게 구조화할 수 있는지를 배울 수 있기 때문이다. 우리는 처음 읽을 때 주의를 기울여 구조를 연구할 수 있지만, 더 중요한 것은 독서를 마친 다음 작품의 구조를 다시 들여다보는 것이다. 완독 후에야 작품 전체를 구성하는 모든 부분을 볼 수 있기 때문이다. 구조를 파악하기 위해서는 줄 나눔, 여백, 전체적인 구조, 전환, 형태, 페이지의 배열, 그리고 작품 전체를 이루는 각각의 부분들이 어떻게 조화를 이루는지 봐야 한다.

　구조 파악을 위한 재독이 별로 마음에 들지 않는다면 먼저 작품을 훑어보면서 구조만을 눈여겨보자. 작품을 자세히 읽기 전에, 여백이 어디에 있는지, 전환은 어디에서 이루어지는지, 어떤 것이 반복되는지 (또는 여백에 둘러싸여 있는지), 절, 연 또는 장 나눔이 있는지 확인하기 위해 훑어보자. 이 모든 것을 메모한 다음 구조에 주의를 기울이면서 작품을 제대로 읽자.

또한, 보이는 글에는 당연하게도 변동이 없지만, 작가가 글을 쓰는 동안 각각의 구조적 요소들은 유동적이었다는 사실을 생각하자. 작가는 독자에게 작품을 전하기 위해 수많은 결정을 내렸다.

부록의 두 작품을 통해 구조 중심의 독서를 적용해보자. 비쿨리지의 〈조각들〉은 작품 전체가, 제이디 스미스의 〈캄보디아 대사관〉은 장문의 발췌문이 실려 있다. 여기서는 이 중 일부를 살펴볼 것이다.

비쿨리지의 〈조각들〉은 엮은 구조 에세이 혹은 분할 구조 에세이라고 이미 언급한 바 있다. 비쿨리지는 에세이를 네 가닥으로 나눈 다음 그 가닥들을 고르게 땋아, 머리를 땋아 올릴 때처럼 앞뒤로 짠다. 이 단어 땋기의 효과는 아래 발췌문에서 입증된 것처럼 사랑스러우면서도 동시에 복잡하다.

1. 작은 조각들

A.

《뉴욕 데일리 뉴스》의 자료 보관실에는 길거리에서 치과 진료비를 내려 간 레비 아론을 기다리고 있는 레이비 클레츠키의 사진이 보관되어 있다. 브루클린 출신인 이 소년은 학교 캠프에서 집으로 돌아가다가 길을 잃었고 2011년 7월 11일 감시 카메라에 그 순간이 포착되었다. 7분을 기다린 레이비는 집에 갈 수 있을 거라 믿고 아론의 1990년식 혼다 어코드에 탔다.

B.

나는 내 애완견인 비글종 토비를 데리고 쿠소 강변을 걸었다. 습지 숲으로 흐르는 강에서 갯고랑이 갈라진다. 우리는 사우스캐롤라이나 저지대의 모래 언덕 꼭대기까지 달리기 게임을 한다. 통통한 토비를 기다리는 동안 나는 진흙탕에서 가냘픈 다리로 조용히 집중한 채 힘겹게 걷는 백로를 본다.

C.

시인 메리 올리버는 잡초 속에서 목소리를 듣는다. 그녀는 블루베리 들판을 향해 가면서 그 목소리가 딱정벌레인지 두꺼비인지 궁금해한다. 그녀의 상상력은 꽃잎으로 만들어진 관 속에서 죽은 요정을 안고 있는 요정들의 이미지에 생기를 불어넣는다.

D.

이슬람 국가의 참수 동영상은 온라인에서 확인할 수 있다. 그 영상을 보면 이해하지 못하는 것을 다루는 데 도움이 될 수 있으므로, 시청을 고려한다. 2014년, 잔인함이 세계 지형의 일부가 되고 나는 레이비를 기억한다. 나는 이렇게 자문한다. "왜 우리는 서로를 조각낼까?"

2. 격자 모양

A.

버로우 파크는 브루클린 버로우의 동네이자 미국에서 가장 큰 유대인 공동체의 본거지이다. 공동체의 중심은 11번가와 18번가, 40번가와 60번가가 교차하는 격자 모양 내부에 있다. 레이비는 18번가에서 아론을 만났다. 소년은 13번가와 50번가 모퉁이에서 어머니를 만나기로 되어 있었다.

B.

7월 12일, 나는 95번 주간 고속도로를 타고 남쪽으로 차를 몰아 서배너/힐턴 헤드 국제공항으로 간다. 비행기로 뉴어크까지 간 뒤 다음 날 맨해튼으로 가는 기차를 탈 것이다. 한 시 뉴스는 브루클린에서 8세 소년이 살해되어 토막 난 사건을 보도한다. 뉴스 진행자는 그 이야기를 먼 곳까지 정확히 전달한다. 나는 숨이 막혀 라디오를 끈다.

C.

〈여행The Journey〉에서 시인 올리버는 예언한다. 그녀는 내가 무엇을 해야 하는지 알게 될 날이 올 것이라고 말한다. 나쁜 충고와 반대론자들의 아우성에도 불구하고 그녀는 내게 시작을 허락했고 마지막 날까지 나를 격려한다.

작가처럼 읽는 법

D.

프랑스인 산악가이드 에르베 구르델은 55세 생일을 맞은 직후 알제리 주르주라 국립공원 산을 오르던 중 납치됐다. 구르델은 프랑스 정부의 공습에 대한 보복으로 이라크·시리아 이슬람국가(ISIS)에 의해 참수당한다. '주르주라'라는 이름은 '엄청난 추위' 또는 '고도'를 의미하는 커바일어Kabyle의 '예르헤르Jjerjer'라는 단어에서 유래했다. 예술, 연필, 펜 그리고 종이로 냉혹한 살인에 맞서며 나는 잔인함보다 아름다움을 더 높이 평가할 수 있다. 단절된 사람과 장소들은 시에서 공통점을 찾는다.

〈조각들〉은 겉보기에 이질적인 네 가닥을 엮는다. 화자는 걷고, 여행하다가 뉴스를 듣는다. 어린 유대인 소년이 살해되어 토막 났다. 그리고 메리 올리버와 그녀의 시가 있다. 테러리즘과 ISIS의 참수 또한.

왜 이 네 가지 생각을 한데 모으는 것일까? 인생이 바로 이런 모습이기 때문이다. 작품을 구성하는 이질적인 가닥들은 서로 합쳐지고, 어떤 가닥들은 아무리 원치 않더라도 다른 가닥에 강제로 스며든다. 말로 표현할 수 없는 폭력이 아이에게 일어난다. 아무리 잔인하더라도 뉴스는 그 내용을 말한다. 점점 더 폭력적이고 혼란스러운 세상에 사는 인간으로서 우리는 폭력이 우리 자신의 삶에 영향을 미치지 않기를 바라지만, 폭력을 다룬 뉴스는 여전히 개인적인 방법으로 우리에게 도달할 수 있다. 이것은 비쿨리지 에세이에서 내면 풍경의 일부다. 폭력은 그녀의 개인적인 삶에서 일어나지 않지만, 그녀에게 닿는다.

앞서 언급한 바와 같이 이 에세이는 또한 A, B, C, D 패턴의 윤곽 구조를 차용한다. 하지만 윤곽과는 달리 A, B, C, D는 반복되며 작품에서 텍스트 전환의 표시로 사용된다. 비쿨리지는 최근 자신의 에세이를 주제로 한 대담에서 이렇게 말했다. "A는 A와 같고, 또한 A와 같다. 그 글자들은 독자들에게 신호를 보낸다." 결국 독자들에게 신호를 보내는 것은 작가들이 구조적인 표시를 사용하는 이유이다. 이러한 경우, 문자는 독자가 복잡한 구조를 따라갈 수 있게 하고, 그중 어떤 가닥을 따르고 있는지 즉시 알 수 있게 한다. 주위의 여백과 함께 문자는 다른 연결 단어 혹은 구절 없이 곧바로 전환할 수 있게 한다. 숫자 1, 2, 3, 4와 부제목이 더 큰 절을 추가로 구분하고 전환 표시를 제공한다는 사실에도 주목하자.

제이디 스미스의 〈캄보디아 대사관〉에서 우리는 여백과 숫자로 나뉜 작은 절들의 선형적 구조를 볼 수 있다. 절은 정확하게 장은 아니지만 번호가 매겨져 있으며, 여백이 존재하므로 독자는 절 사이에서 더 큰 분리를 경험한다. 이는 다음의 발췌문 같은 길이의 이야기에서 중요하다.

0–1

누가 캄보디아 대사관을 떠올리겠는가? 아무도 없다. 그 누구도 기대하지 못했고 앞으로도 불가능할 것이다. 뜻밖의 일이다. 우리 모두에게. 캄보디아 대사관이라니!

대사관 옆에는 헬스 센터가 있다. 반대편에는 개인 주택들이 줄지어 있는데 대부분은 부유한 아랍인들이 소유하고 있다(라고 우리 윌즈덴 사람들은 주장한다). 그곳에는 현관문 양쪽으로 코린트식 기둥이 있고—많은 이들이 그렇게 믿고 있다—뒤편에는 수영장이 있다. 그에 반해 대사관은 그다지 웅장하지 않다. 대사관 건물은 1930년대에 지어졌고, 약 2.5미터 높이의 붉은 벽돌로 된 담장으로 둘러싸여 있으며, 네다섯 개의 침실을 갖추고 있는, 런던 북부 교외에서 볼 수 있는 시골 저택이다. 그리고 이 담장을 따라 셔틀콕이 오고 간다. 그들은 캄보디아 대사관에서 배드민턴을 치고 있다. 퍽, 스매시, 퍽, 스매시.

이 대사관이 실제로 대사관이라는 사실을 알리는 유일한 표시는 문에 달린 '캄보디아 대사관'이라고 적힌 작은 놋쇠 명판과, 기울어진 붉은색 지붕 위에서 휘날리는 캄보디아 국기다.(그렇다고 추측할 뿐이다. 국기가 아니라면 도대체 무엇이란 말인가?) 누군가는 "그 건물이 높은 담장으로 둘러싸여 있다는 점은 그 거리의 다른 사저私邸와는 다르다는 뜻이므로 대사관이라는 거죠."라고 말하기도 한다. 그렇게 말하는 사람은 어리석다. 많은 사저가 캄보디아 대사관처럼 높은 담장으로 둘러싸여 있지만 그 건물들은 대사관이 아니다.

0-2

8월 6일, 파투는 수영장으로 가는 길에 처음으로 대사관을 지나쳤다. 그곳은 올림픽을 개최할 만한 규모는 아니지만 제법 큰 수영장이다. 1.5킬로미터 정도를 수영하기 위해서는 82회를 왕복해야 하는데, 그 지루함은 수영이 육체적인 운동일 뿐 아니라 정신적인 운동이라는 사실을 깨닫게 한다. 그곳은 수영보다는 사우나에서 몸을 풀거나 풀장 가에서 느긋하게 쉬기 위해 헬스 센터를 찾는 사람들이 대부분이다. 이들이 만족할 수 있도록 물은 비정상적일 만큼 늘 따뜻하다. 파투는 지금까지 이곳에서 대여섯 번 수영을 했고, 수영장에 오는 사람 중 가장 어린 축에 든다. 고객은 대부분 백인이거나 남아시아인이거나 중동 출신이지만 파투는 때때로 자신과 같은 아프리카인을 마주치기도 한다. 어린 애들처럼 미친 듯이 헤엄치거나 오로지 물에 뜨기 위해 애쓰는 이 덩치 큰 남성들을 보노라면 파투는 몇 년 전 아크라Accra의 카리브 비치 리조트에서 수영하는 법을 혼자 깨우친 자신의 능력에 자부심을 느낀다. 파투가 수영한 곳은 호텔 수영장은 아니었다. 직원은 수영장에 들어갈 수 없었다. 그녀는 리조트 담장 반대편에 있는 거친 회색 바다를 힘겹게 헤쳐 나가면서 수영을 배웠다. 솟아오르고 가라앉고, 솟아오르고 가라앉았다. 더러운 거품 속에서. 관광객은 해변에 발을 디딘 적이 없었고(해변은 쓰레기로 뒤덮여 있었으므로) 하물며 차갑고 위험한 바다에 들어갈 리는 더더욱 없었다. 다른 객실 여종업원들도 마찬가지였다. 늦은 밤의 무모한 십 대 소년들, 그리고 이른 아침의 파투뿐이었다. 카리브 해변에서의 수영과 목욕처럼 따뜻하고 고요한 헬스 센터에서의 수영은 전혀 비교 대상이 되지 못한다. 파투는 수영장으로 가는 길에 캄보디아 대사관을 지나면서 높은 벽 너머 보이지 않는 두 선수 사이를 오가는 셔틀콕을 본다. 셔틀콕은 큰 아치를 그리며 오른쪽으로 부드럽게 날아가다 스매시를 맞고 제자리로 돌아가기를 계속 반복하는데 오른쪽 플레이어는 어떻게든 스매시에 성공해 반대편으로 부드럽게 떠 날아가는 아치를 만들어낸다. 높은 곳에 떠 있

작가처럼 읽는 법

는 태양은 물기 가득한 회색빛 구름 천장을 통과하려고 애쓴다. 퍽,
스매시. 퍽, 스매시.

여기서도 여백과 숫자가 전환을 일으킨다. 이야기 속 시간의 작은
분절 사이에서 파투의 이해에 대한 전이가 일어난다. 하지만 다른 전
환에도 주목하자. 전체적으로는 선형적 구조를 따르지만 이야기는 여
전히 구조적인 복잡성을 가지고 있다. 윌즈덴 사람들의 목소리를 전
하는 '나/우리(I/we)'에서 파투에 초점화된 3인칭 서술로 전환되는 시
점의 변화에 주목하자. 이러한 변화는 여백 이후에 일어난다. 거의 모
든 전환은 자체적으로 번호가 매겨진 절에서 일어나며, 이는 성격이
다른 서술을 서로 분리하는 역할을 한다.

이러한 전환은 여백과 번호가 붙은 절이 없다면 작동할 수 없다. 이
러한 전환 방식이 어떻게 이야기를 전달하는지 주목하자. 스미스는
그 이상의 변화를 쓰지 않는다. 작품을 읽을 때 우리가 만약 작가가
전환하기 위해 사용한 도구를 인지한다면, 그것은 보통 전환이 제 기
능을 하지 못하고 있기 때문일 것이다. 최초 독서에서 전환할 때 여백
과 절이 구분되는 것을 알아차리지 못했다면 이는 그것이 제 역할을
훌륭히 수행하고 있기 때문이다. 그러니 앞으로 돌아가서 몇 개의 절
을 다시 읽고 빈칸을 찾아 한 문단이나 절에서 다음 절로 이동하는
데 필요한 것이 더 이상 없다는 점을 확인하자.

토론 질문과 쓰기 길잡이:
구조에 집중하기

토론 질문

1. 이 책에 실린 작품에서 세 종류의 구조를 찾아보자(부록의 〈조각들〉, 〈음성 결과〉, 77쪽의 〈노인이 젊은이를 겁주는 16가지 방법〉을 읽어보자). 각 작품의 구조를 설명하거나 그림으로 그려보고 왜 작가들이 이러한 구조를 선택했을지 토론해보자. 그 구조는 작품에 어떤 영향을 주는가? 구조는 여러분이 각 작품을 읽는 방식에 어떤 영향을 미치는가? 구조는 글의 주제와 특별한 관계가 있는가?

2. 〈단서〉(34쪽)와 〈성게〉(부록 참조)를 읽어보자. 작가들이 어떻게 여백, 반복, 행갈이 또는 단락 나눔 및 기타 구조적 표시물을 사용하여 전환하는지 설명하자. 다음으로 이러한 전환이 독자를 (이야기의 시간, 개념, 감정 등의) 틈새로 이동시키는 동력이 무엇인지 설명하자.

쓰기 길잡이

새로운 소재로 쓰기

다른 형식을 차용하거나 비선형적 구조로 초고를 작성한다. 어떻게 시작해야 할지 잘 모르겠다면 '아마존 상품 리뷰'의 형식으로 에세이를 쓰거나 세 가지 아이디어를 선택해 세 가닥으로 써보자.

수정해서 쓰기

선택 1 소설, 시 또는 에세이의 초고에서 전환을 시도해보자. 여백을 텍스트 전환 표시 또는 반복과 같은 다양한 방법으로 사용해보자. 실험을 두려워하지 말자. 전환을 여러 가지로 시도해보고 나서 작품을 다시 읽어보자. 변경 사항이 마음에 든다면 유지한다. 그렇지 않다면 다른 전환 방법을 시도해보자.

선택 2 원고의 구조를 변경하면, 원하는 결과에 도달하지 못한 원고를 수정해 다시 작업할 수 있다. 구조를 다양하게 시도함으로써 어떻게 작품을 시작하고 새로운 아이디어를 가져올 수 있는지 배울 수 있다. 작업 중인 원고로 구조적 실험을 수행해보자. 구조를 완전히 변경해보자. 새로운 아이디어나 이야기를 작품으로 가져와 서사를 짜보자. 또는 장르를 쉽게 알아볼 수 있는 작품을 혼합된 장르로 바꾸자. 만약 여러분이 쓴 단순한 형식의 시나 에세이 작품을 리스트 형식으로 바꾼다면 어떻게 될까? 다른 양식을 빌리면 어떻게 될까? 또 다른 방법으로서 시작, 중간, 끝을 다시 정렬해보자. 작업을 하면서 여러분의 작품을 인쇄해서 가위로 잘라 재배치해보자.

4장

인물 구축

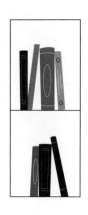

인물과 친해지기

　여러분은 문학 속 인물과 개인적인 감정과 관련된 질문들을 소셜미디어에서 본 적이 있을 것이다. 만약 당신이 문학작품의 등장인물과 데이트를 할 수 있다면 상대는 누구일까? 만약 문학작품의 등장인물과 커피를 마실 수 있다면 여러분은 누구를 선택하겠는가? 만약 점심을 먹을 수 있다면/쇼핑을 할 수 있다면/볼링을 칠 수 있다면/친구가 될 수 있다면, 누구를 고를 것인가? 이러한 질문에 답할 수 있는 이유는 인물(캐릭터) 구축이 있기 때문이다. 독자가 데이트나 쇼핑을 상상할 수 있을 정도로 인물을 파악했을 때, 독자는 그 인물을 잘 안다고 할 수 있다.

　본질적으로 인물 구축은 이러한 친근감이 형성되는 과정이다. 훌륭한 작가들은 독자들에게 단지 인물을 소개하는 것이 아니라 독자들이 (적어도 주요 인물들에 대해서는) 인물을 친밀하고 미묘한 방식으로 이해하도록 한다.

독자와 작가들은 인물 구축이 모든 장르의 이야기 전개에 적용된다는 점을 기억해야 한다.

글쓰기에서 기본적인 이 부분은 독서의 기본적인 부분이기도 하다. 인물 구축은 독자로서 간과하기 쉽다. 인물 구축이 잘되면 이야기 속으로 매끄럽게 스며들어 줄거리와 갈등을 보완한다. 이는 작지만 구체적인 일련의 세부 사항들로 이루어지며, 점점 쌓여간다. 이러한 인물에 관한 세부 사항이 축적되면 독자들은 서사가 잘 작동할 수 있을 만큼 인물을 파악할 수 있다. 때때로 이러한 세부 사항들로 인해 인물을 너무 잘 이해하는 까닭에 독자들은 인물을 거의 친구나 연인으로 알고 있다고 느끼기도 한다.

아마도 여러분은 이렇게 애정을 느끼는 인물을 이미 만난 적이 있을 것이다(내게도 이런 인물이 있지만 아직 이름을 짓지는 않았다). 만약 그렇다면 작가가 여러분을 이렇게 느끼게 한 세부 사항에 대해 생각해 보자. 만약 아직 그런 인물이 없다면 현실에서 알고 싶은 인물을 찾는 것이 좋은 대안이 될 수 있다.

잘 쓰인 인물 구축은 세부 사항들을 눈보라처럼 몰아치듯 제시하지 않는다. 오히려 온화하지만 지속적으로 내리는 눈과 같은 형태로 다가온다. 인물을 중심으로 독서하며 우리는 무분별한 정보 더미가 아닌, 점점 더 추가되는 세부 사항을 찾는다. 장르에 상관없이 인물 구축을 공부하는 것은 여러분이 어떤 장르에서든 더 나은 독자이자 작가가 되도록 도울 것이다. 이번 장에서는 소설 두 작품을 통해 인물 구축을 이야기할 예정이지만, 이 내용은 서사적 논픽션과 시의 인물 구축에도 적용할 수 있다.

〈제리의 크랩 쉑: 별 한 개〉의 옐프 리뷰 작성자인 개리를 보자.

개리 F.

볼티모어, 메릴랜드

2015년 7월 14일부터 옐프 회원

리뷰: 제리의 크랩 쉑

리뷰 작성일: 2015년 7월 15일 오전 2시 8분

별 5개 중 1개

레스토랑의 웹사이트를 방문하고 옐프에서 긍정적인 리뷰를 읽은 뒤, 오늘 아내와 나는 저녁 식사를 하러 '제리의 크랩 쉑'에 갔다. 우리는 좋은 시간을 보내지 못했다. 제리의 크랩 쉑은 다른 리뷰 작성자들의 말처럼 홈런이 아니었다. 나는 리뷰 작성자들이 평소 저녁 식사를 하러 어떤 식당을 가는지 모른다. 몇 가지 짐작 가는 점이 있긴 하지만, 나는 그런 내용을 입력했다가 삭제했다. 왜냐하면 그것은 결코 호의적이지 않은 데다가 감히 말하건대 너무도 정확해서 상처를 줄 수 있을 것이지만, 난 그럴 의도는 없기 때문이다. 나는 그저 기록을 수정하고 싶을 뿐이다.

나는 제리의 크랩 쉑을 체계적이고 공정한 방법으로 리뷰해 아내와 나처럼 볼티모어에 처음 온 사람들이 옐프가 제공하는 정보를 기반으로 저녁 식사 계획을 세우면서 가능성을 파악하고 스스로 결정 내릴 수 있도록 할 것이다. 사랑하는 내 아내의 말처럼 여러분이 시간을 내서 무언가를 할 생각이라면, 제대로 하거나 아예 신경 쓰지 말

작가처럼 읽는 법

고 아내가 처리하도록 내버려두어라.(하하!)

위치

제리의 크랩 쉑은 펠즈 포인트Fell's Point '근처'에 있다(이용자들의 착각을 불러일으키는 웹사이트의 정보와 달리, 역사적인 펠즈 포인트에 있지 않다). 사실 '판잣집(shack)'이 아니라 미용실과 매트리스 가게 사이에 끼어 있는 일반 상점인 '쉑'은 동쪽으로 몇 블록 떨어진, 맛집 구역과는 다른 곳에 있다. 만약 미래의 옐프 사용자인 당신이 이 글을 읽고 나서도 여전히 제리의 크랩 쉑에 갈 계획이라면 가게 근처에 주차하는 일은 피하길 바란다. 펠즈 포인트에 안전하게 주차하고 걸어가기를 추천한다. 혹시라도 당신이 차량 강도를 당해 지갑을 털리더라도, 우리처럼 차량 앞 오른쪽 창문이 파손되거나, 가면Garman 사의 내비게이션 장치, CD 다섯 개(스미스소니언 포크웨이즈Smithsonian Folkways의 CD 세트, 출퇴근길에 듣기를 고대하고 있었던 아이티 부두Haitian Vodou의 음악 〈황홀한 리듬〉 포함)는 도난당하지 않을 것이다.

옐프라는 설정과 처음 세 단락에서 우리는 개리에 대한 다음과 같은 자세한 내용을 알게 된다. 그는 옐프 회원이 된 지 하루밖에 되지 않았다. 그는 얼마 전 볼티모어로 이사했다. 그는 아내가 '모든 것'을 한다고 생각하고, '하하'라며 농담하고 싶어 한다. 그는 이사한 뒤로 통근 시간이 길어졌고 긴 통근 시간 동안 CD로 다양한 취향의 음악을 듣는다.

글을 읽으면서 우리가 어떻게 인물과 친해질 수 있는지 보자. 우리는 이 세부 사항들을 여기저기서 알게 된다. 모든 내용이 한 구절에 담겨 있는 것은 아니다. 옐프 리뷰에서 보이는 그의 태도에도 불구하고, 우리는 심지어 개리를 불쌍해하기 시작한다. 만약 우리가 이 모든 정보를 한 번에 얻었다면 이러한 감정은 유발되지 않을 수 있다. 만약 이 세부 사항들에 미묘한 뉘앙스가 없다면 우리는 그를 전혀 흥미롭게 여기지 않을 것이다. 개리를 설명하는 덜 흥미로운 방법은 이를테면 다음과 같은 문장이 될 수 있다. '최근 볼티모어로 이주한 개리는 결혼 생활에 약간의 위기감을 느끼고 있으며, 옐프에서 레스토랑 리뷰를 읽기 시작했고, 긴 통근 시간 동안 음악을 듣는다.' 이런 설명은 인물에 관한 정보가 될 것이다. 구체적이긴 하지만 미묘한 차이가 없는 세부 사항도 포함될 것이다. 하지만 우리는 운 좋게도 〈제리의 크랩 쉑: 별 한 개〉를 통해 훌륭한 작가를 만났고 처음 몇 단락을 읽기만 해도 인물 구축에 관해 많은 내용을 배울 수 있다.

4장에서는 방금 언급한 내용을 기억해야 한다. 시작 부분에서 개리라는 인물을 소개하는 데에서 알 수 있듯이 인물 구축은 사소하고, 구체적이며, 미묘한 세부 사항이 점점 축적되는 형태로 나타난다.

신체적 특성
|

우리는 모두 육체를 가지고 살며, 주변 사람들(그리고 생명체)의 육체를 인식한다. 그런 까닭에 신체적 특성은 인물 구축의 한 부분이다. 주인공이 가끔 사람이 아니라 다른 우주에서 온 생명체일 때도 있기

때문에 나는 주인공을 생물이라고 표현하겠다(레일린 폴Laline Paull의 소설 《꿀벌》을 읽어보자. 더듬이를 지금까지와는 완전히 다른 방식으로 받아들일 수 있게 될 것이다). 인간이든 아니든 캐릭터의 외양적 특성에 대한 이해는 인물 구축의 기본적인 부분이다.

신체적 특징을 파악하면서 우리는 인물과 친해진다. 신체적 세부 사항을 읽으면서 우리는 그 캐릭터가 어떻게 보이고, 무슨 냄새가 나고, 어떤 소리를 내며, 어떤 느낌인지 상상할 수 있기 때문이다. 우리는 또한 캐릭터의 나이뿐만 아니라 기본적·신체적으로 인물이 어떤 사람인지 알려줄 다른 중요한 특징을 파악하길 원한다. 이 책에 등장하는 작가들은 자신의 이야기 속 인물을 독자들에게 알려준다. 예를 들어 제이디 스미스는 〈캄보디아 대사관〉에서 인물을 전개하면서 섬세하지만 세밀한 필치를 사용한다.

0-2에서 인물에 관한 신체적 세부 사항이 드러나기 시작한다.

8월 6일, 파투는 수영장으로 가는 길에 처음으로 대사관을 지나쳤다. 그곳은 올림픽을 개최할 만한 규모는 아니지만 제법 큰 수영장이다. 1.5킬로미터 정도를 수영하기 위해서는 82회를 왕복해야 하는데, 그 지루함은 수영이 육체적인 운동일 뿐 아니라 정신적인 운동이라는 사실을 깨닫게 한다. 그곳은 수영보다는 사우나에서 몸을 풀거나 풀장 가에서 느긋하게 쉬기 위해 헬스 센터를 찾는 사람들이 대부분이다. 이들이 만족할 수 있도록 물은 비정상적일 만큼 늘 따뜻하다. 파투는 지금까지 이곳에서 대여섯 번 수영을 했고, 수영장에 오는 사람 중 가장 어린 축에 든다. 고객은 대부분 백인이거나 남아시아인이거나 중동 출신이지만 파투는 때때로 자신과 같은 아프리카인을 마주치기도 한다. 어린 애들처럼 미친 듯이 헤엄치거나 오로지 물에 뜨기 위해 애쓰는 이 덩치 큰 남성들을 보노라면 파투는 몇 년 전 아크라Accra의 카리브 비치 리조트에서 수영하는 법을 혼자 깨우친 자신의 능력에 자부심을 느낀다. 파투가 수영한 곳은 호텔 수영장은 아니었다. 직원은 수영장에 들어갈 수 없었다. 그녀는 리조트 담장 반대편에 있는 거친 회색 바다를 힘겹게 헤쳐 나가면서 수영을 배웠다. 솟아오르고 가라앉고, 솟아오르고 가라앉았다. 더러운 거품 속에서. 관광객은 해변에 발을 디딘 적이 없었고(해변은 쓰레기로 뒤덮여 있었으므로) 하물며 차갑고 위험한 바다에 들어갈 리는 더더욱 없었다. 다른 객실 여종업원들도 마찬가지였다. 늦은 밤의 무모한 십 대 소년들 그리고 이른 아침의 파투뿐이었다. 카리브 해변에서의 수영과 목욕처럼 따뜻하고 고요한 헬스 센터에서의 수영은 전혀 비교 대상이 되지 못한다. 파투는 수영장으로 가는 길에 캄보디아 대사관을 지나면서 높은 벽 너머 보이지 않는 두 선수 사이를 오가는 셔틀콕을 본다. 셔틀콕은 큰 아치를 그리며 오른쪽으로 부드럽게 날아가다 스매시를 맞고 제자리로 돌아가기를 계속 반복하는데 오른쪽 플레이어는 어떻게든 스매시에 성공해 반대편으로 부드럽게 떠 날아가는 아치를 만들어낸다. 높은 곳에 떠 있는 태양은 물기 가득한 회색빛 구름 천장을 통과하려고 애쓴다. 퍽, 스매시. 퍽, 스매시.

작가는 파투가 수영하는 곳을 묘사하고 이 특별한 수영장의 다른

작가처럼 읽는 법

사람들과 파투를 대조함으로써 신체적인 인물의 특성을 전개한다. '파투는 지금까지 이곳에서 대여섯 번 수영을 했고 대체로 가장 어린 사람 중 한 명이다. 고객은 대부분 백인이거나 남아시아인이거나 중동 출신이지만 파투는 때때로 자신과 같은 아프리카인을 마주치기도 한다.' 여기서 독자는 파투의 민족성과 그녀의 젊은 시절을 파악하는데, 이 두 가지 특성은 모두 부유한 헬스클럽 고객들과 대조된다. 이 같은 인물 구축은 독자들이 파투에 대해 더 잘 알 수 있도록 하며 플롯을 파악하는 데 도움이 된다.

이후 0-11에서 작가는 파투와 앤드루라는 두 주인공에 대한 세부 사항을 전달한다.

앤드루와 파투는 튀니지 커피숍에 앉아 비가 그치기를 기다렸지만 오후 세 시가 되도록 비는 그치지 않았다. 파투는 그냥 비를 맞아야겠다고 말했다. 그녀는 전철까지 앤드루의 우산을 함께 쓰고 걸었다. 걷는 동안 앤드루는 자신의 습하고 냄새나는 몸 쪽으로 파투를 바짝 끌어당겼다. 브론즈버리 역에서 앤드루가 기차를 타야 했던 까닭에 그들은 작별 인사를 했다. 앤드루는 여러 번 우산을 빌려주려고 했지만 파투는 그가 액튼 센트럴 역에서 한참을 걸어야 집에 도착할 수 있다는 사실을 알고 있었다. 그녀는 자신으로 인해 그가 고통받는 걸 원치 않았다.

"다 큰 여자는 누가 멋대로 자신을 보호하게 놔두지 않아."

"비는 무섭지 않아."

파투는 헬스 센터 탈의실 바닥에서 발견한 수영모를 주머니에서 꺼냈다. 그녀는 머리를 땋아 묶고 수영모를 썼다.

"완전 창의적인 생각이네."라며 앤드루가 웃었다. "그 모자로 장사를 시작해! 백만 달러는 벌 수 있겠다!"

파투는 "네게 평화가 함께하길."이라고 말하며 그의 뺨에 담백하게 키스했다. 앤드루는 필요 이상으로 길게 파투의 뺨에 키스했다.

파투의 머리카락에 대한 사소하지만 자세한 세부 사항에 주목하자. 작가가 파투의 행동을 '머리를 땋아 묶고 수영모를 썼다'고 묘사했기 때문에 독자는 그녀의 머리카락에 대한 확실하고 감각적인 묘사를 얻는다.

우리는 앤드루의 신체에 관해서도 자세히 알게 된다. 작가는 '습하고 냄새나는 몸'이라고 썼다. 앤드루의 신체에 관한 지나치게 세밀한 (심지어 불편한) 정보는 인물의 행동과 조화를 이룬다. 전체 문장을 다시 읽어보자. '그녀는 전철까지 앤드루의 우산을 함께 쓰고 걸었다. 걷는 동안 앤드루는 자신의 습하고 냄새나는 몸 쪽으로 파투를 바짝 끌어당겼다.'

또한 0-11에서 묘사된 앤드루의 신체에 대한 이러한 세부 사항은 0-10에서 조심스럽게 전개된 일련의 세부 사항 **이후에** 나온다는 사실에 주목해야 한다.

"하지만 파투. 넌 가장 중요한 걸 잊고 있어. 누가 예수님을 위해 가장 많이 울었을까? 그의 어머니야. 누가 너를 위해 가장 많이 우니? 네 아버지야. 생각해보면 매우 논리적이지. 유대인은 유대인을 위해 울고 러시아인은 러시아인을 위해 울어. 우리는 아프리카를 위해 울어. 왜냐하면 아프리카인이기 때문이지. 그리고…… 미안해, 파투." 앤드루의 통통한 얼굴에 미소가 떠올랐다. "만약 나이지리아가 코트디부아르와 경기를 하는데 우리나라가 나이지리아를 이긴다면 나는 웃을 거야, 친구야! 거짓말은 못 하겠어. 축하해야지. 쾅! 쾅!" 앤드루는 춤추듯 상체를 살짝 움직였다. 파투는 또 한 번 그가 남편이 되면 어떤 모습일지 상상해보았다. 파투는 앤드루의 아내가 된 자신의 모습을 떠올리려 했지만, 남편이 아니라 밝고 상냥한 십 대 아들로서의 모습만 자꾸 떠올랐다. 실제로 앤드루가 파투보다 세 살 더 많았음에도 불구하고. 뚱뚱하고 콧수염을 힘겹게 움직이는 그에게서 아이의 모습을 떠올린 것은 확실히 잘못된 선택이었다. 여기 좋은 사람이 있잖아! 그녀는 그가 자신을 아끼고, 순결하며, 독실한 기독교 신자라는 걸 알았다. 하지만 파투의 마음 한구석에는 신성하지 않은 그의 어떤 면을 아직도 거부하고 있었다.

이 대목에서 우리는 작가가 대화를 통해 앤드루의 신체에 관한 세부 사항을 아우르는 방법을 볼 수 있다. 처음에는 그의 '통통한 얼굴에 미소가 떠올랐다', 그다음에는 '앤드루가 파투보다 세 살 더 많았음에도', 그리고 '뚱뚱하고 콧수염을 힘겹게 움직이는 모습'이 등장한다.

파투와 앤드루 두 인물 모두에 관한 세부 사항은 점점 쌓여간다. 이야기가 계속됨에 따라 우리는 미묘하면서도 중요한 물리적 묘사를 얻게 되고, 결국 이러한 인물들을 보고, 느끼고, 심지어는 냄새까지 알게 된다. 인물의 세부 사항에 관한 뉘앙스에도 주목하자. 파투가 그녀의 머리를 어떻게 묶는지 묘사함으로써 우리는 그녀의 머리카락이 길고 땋아져 있다는 사실을 파악한다. 우리는 앤드루가 단순히 통통한 얼굴을 가지고 있다는 정보를 보는 것이 아니라 그의 웃는 모습을 통해 통통한 얼굴을 보게 된다. 콧수염이 '힘겨워'하고 있다. '습한' 몸은 '냄새'난다. 이런 표현들은 작가가 미묘한 세부 사항을 얘기할 때 표현하는 내용으로, 바로 이 글에서만 읽을 수 있는 내용이다.

정서적·내적·정신적 특성
|

인간에게 눈에 보이는 것보다 더 다양한 내면이 있듯이 잘 구축된 인물에도 신체적 세부 사항을 뛰어넘는 내용들이 있다. 훌륭한 작가들은 내면에서도 캐릭터를 발전시켜 완성된 인물을 만들어낸다. 〈캄보디아 대사관〉의 0-10부터 0-11을 보면 작가가 등장인물의 내면을 묘사하는 방법을 파악할 수 있다.

0-10

캄보디아인을 보고 난 뒤 파투는 앤드루에게 질문하고 싶은 게 생겼다. 일요일이었던 그날 두 사람은 튀니지 카페에 앉아 크림과 커스터드가 들어 있고 초콜릿 아이싱을 얹은 길쭉한 빵 두 개를 먹고 있었다. 파투는 앤드루와 구체적으로 홀로코스트에 관한 대화를 시작했다. 앤드루는 런던에서 그녀가 깊은 대화를 나눌 수 있는 유일한 상대였다. 그가 인내심이 있고 그녀에게 동정적이었기 때문이기도 하지만 앤드루는 교육받은 사람이기도 했기 때문이다. 그는 노스웨스트런던대학교에서 시간제로 경영학을 공부하고 있었다. 그는 학생증으로 24시간 무료로 인터넷에 접속할 수 있었다.

파투는 "하지만 르완다에서 더 많은 사람이 죽었어. 그리고 아무도 그에 대해 말하지 않아! 아무도!"라고 따졌다.

"맞아. 나도 그렇게 생각해." 앤드루는 인정했다. 그러곤 커피에 설탕을 네 스푼이나 넣었다.

"확인해봐야겠어. 하지만, 맞아, 수백만 명이 죽었어. 정확한 수치를 숨기려 들지만 온라인에서 누구든 그 수치를 확인할 수 있지. 항상 비밀이 많아. 다들 마찬가지야. 관료적인 나이지리아 정부 같아. 수비학數祕學(연쇄적인 사건과 특정 숫자 간의 기이한 연관성을 연구하는 학문–옮긴이)에 뛰어난 그들은 숫자를 숨기고 자신들의 목적에 맞게 바꾸지. 난 그걸 '수비학'이 아니라 '악마론'이라고 표현하고 싶어. '악마론'."

파투는 평소처럼 대화가 나이지리아 정부의 금융 부패로 되돌아가는 걸 경계하며, "그래. 하지만 내가 하고 싶은 말은 이거야. 우리가 고통받기 위해 태어났나? 나는 가끔 우리가 다른 모든 것들보다 더 고통받기 위해 태어났다고 생각해."라고 압박했다.

앤드루는 교수처럼 보이는 안경을 콧등 위로 밀어 올렸다. "하지만 파투. 넌 가장 중요한 걸 잊고 있어. 누가 예수님을 위해 가장 많이 울었을까? 그의 어머니야. 누가 너를 위해 가장 많이 우니? 네 아버지야. 생각해보면 매우 논리적이지. 유대인은 유대인을 위해 울고 러시아인은 러시아인을 위해 울어. 우리는 아프리카를 위해 울어. 왜냐하면 아프리카인이기 때문이지. 그리고…… 미안해, 파투." 앤드루의 통통한 얼굴에 미소가 떠올랐다. "만약 나이지리아가 코트디부아르와 경기를 하는데 우리나라가 나이지리아를 이긴다면 나는 웃을 거야, 친구야! 거짓말은 못 하겠어. 축하해야지. 쾅! 쾅!" 앤드루는 춤추듯 상체를 살짝 움직였다. 파투는 또 한 번 그가 남편이 되면 어떤 모습일지 상상해보았다. 파투는 앤드루의 아내가 된 자신의 모습을 떠올리려 했지만, 남편이 아니라 밝고 상냥한 십 대 아들로서의 모습만 자꾸 떠올랐다. 실제로 앤드루가 파투보다 세 살 더 많았음에도 불구하고. 뚱뚱하고 콧수염을 힘겹게 움직이는 그에게서 아이의 모습을 떠올린 것은 확실히 잘못된 선택이었다. 여기 좋은 사람이 있잖아! 그녀는 그가 자신을 아끼고, 순결하며, 독실한 기독교 신자라는 걸 알았다. 하지만 파투의 마음 한구석에는 신성하지 않은 그의 어떤 면을 아직도 거부하고 있었다.

"입 다물어." 그녀는 혐오감보다는 장난기 어린 소리를 내려고 애썼다. 그가 까불기를 멈추고 테이블 위에 두 손을 얹자 그녀는 안도감을 느꼈다. 앤드루의 얼굴은 갑자기 꽤 엄숙해졌다.

"날 믿어, 파투. 그건 자연법칙이야. 순수하고 단순하지. 오직 하나님만이 우리 모두를 위해 울어. 우리는 모두 그의 자녀이기 때문이야. 아주, 아주 논리적이지. 잠시만 생각해봐."

파투는 한숨을 쉬며 입에 커피 거품을 조금 떠 넣었다. "하지만 나는 여전히 우리에게 더 많은 고통이 있다고 생각해. 내가 직접 봤어. 중국인들은 노예가 된 적이 없어. 그들은 항상 최악의 상황을 피하지."

앤드루는 안경을 벗어 셔츠 끝자락으로 닦았다. 파투는 앤드루가 그녀에게 지식을 전수할 준비를 하고 있다는 걸 알 수 있었다.

"파투. 잠시만 생각을 해봐. 제발. 히로시마는 어떠니?"

히로시마. 들어본 적 있는 이름이었다. 가끔 앤드루의 엄청난 지식은 파투를 조마조마하게 했다. 그녀는 자신이 이미 알고 있다고 믿었던 것들조차 기억하기 위해 고군분투하게 될지도 몰랐다.

확신이 없던 파투는 "엄청난 파도가……."라며 머뭇거렸다. 틀린 답이었다. 그는 크게 웃으며 파투를 향해 머리를 저었다.

"아냐! 엄청난 폭탄이었지. 전 세계에서 가장 강력한 폭탄이었어. 물론 미제였지. 그 폭탄으로 1초 만에 5백만 명이 죽었어. 상상이나 할 수 있겠니? 눈이 이렇게 생겼기 때문이라고 생각하니?" 그는 양쪽 관자놀이의 피부를 잡아당겼다. "동양인들이 항상 보호받고 있다고? 다시 생각해봐. 그 폭탄은 당장 널 날려버리지 않더라도 일주일 후에 네 뼈에 붙은 피부를 녹여버릴 수도 있어."

파투는 예전에 이런 이야기를 들어본 적이 있다는 사실을 깨달았다. 그러나 그녀는 이번에도 아주 오래전 과거의 고통에 대해 그랬던 것처럼 모호한 짜증을 느꼈다. 과거의 고통에 대해 무엇을 할 수 있단 말인가?

"그래. 누구나 역사를 거슬러 올라가면 힘들었던 시간이 있겠지. 하지만 내가 하려는 말은……."

"반박할 말이 있어." 앤드루가 손을 뻗어 그녀의 어깨를 잡으며 말했다. "파투, 진지하게 생각해봐. 방해해서 미안하지만 나는 이 문제에 대해 많은 생각을 했고 네게 그 생각을 전하고 싶어. 왜냐하면 나는 네가 심각하게 생각한다는 것을 알기 때문이야. 이 사람들과는 다르게……." 그는 다른 테이블에서 케이크를 먹고 있는 사람들을 가리켰다. "넌 클럽이나 머리 모양만 생각하는 내가 아는 다른 여자애들과는 달라. 넌 생각이 있는 사람이야. 내가 전에 말했잖아. 알고 싶은 거 있으면 다 나한테 물어봐. 내가 찾아볼게. 조사해볼게. 난 할 수 있어. 그리고 너한테 설명해줄게."

"앤드루, 넌 아주 좋은 친구야, 정말이야."

"잘 들어, 우리는 서로에게 좋은 친구야. 세상을 살아가려면 친구가 필요해. 하지만, 파투, 내 말 들어봐. 네가 말한 내용과 반대야. 우리가 무엇보다도 그의 이름을 찬양할 때 왜 하나님이 고통을 위해 우리를 선택하셨을까? 아프리카는 가장 빠르게 성장하는 기독교 대륙이야! 잠시만 생각해봐! 말이 안 돼!"

"그가 아니야." 파투는 앤드루의 어깨 너머로 창문을 두드리는 비를 바라보며 조용히 대답했다. "그건 악마야."

0–11

앤드루와 파투는 튀니지 커피숍에 앉아 비가 그치기를 기다렸지만 오후 세 시가 되도록 비는 그치지 않았다. 파투는 그냥 비를 맞아야겠다고 말했다. 그녀는 전철까지 앤드루의 우산을 함께 쓰고 걸었다. 걷는 동안 앤드루는 자신의 습하고 냄새나는 몸 쪽으로 파투를 바짝 끌어당겼다. 브론즈버리 역에서 앤드루가 기차를 타야 했던 까닭에 그들은 작별 인사를 했다. 앤드루는 여러 번 우산을 빌려

작가처럼 읽는 법

주려고 했지만 파투는 그가 액튼 센트럴 역에서 한참을 걸어야 집에 도착할 수 있다는 사실을 알고 있었다. 그녀는 자신으로 인해 그가 고통받는 걸 원치 않았다.

"다 큰 여자는 누가 멋대로 자신을 보호하게 놔두지 않아."

"비는 무섭지 않아."

파투는 헬스 센터 탈의실 바닥에서 발견한 수영모를 주머니에서 꺼냈다. 그녀는 머리를 땋아 묶고 수영모를 썼다.

"완전 창의적인 생각이네."라며 앤드루가 웃었다. "그 모자로 장사를 시작해! 백만 달러는 벌 수 있겠다!"

파투는 "네게 평화가 함께하길."이라고 말하며 그의 뺨에 담백하게 키스했다. 앤드루는 필요 이상으로 길게 파투의 뺨에 키스했다.

앤드루와 파투의 인물 구축에 있어 감정적·내적·정신적 측면을 엿볼 수 있는 세부 사항을 탐구해보자. 앤드루는 '노스웨스트런던대학교에서 시간제로 경영학을 공부'하고 있다. 주인공이 대학에서 어떤 분야를 공부하고 있는지 이해하는 것은 인물의 사고방식에 관한 중요한 부분, 즉 앤드루가 사업가가 되고 싶어 한다는 내용을 전달한다. 다른 세부 사항에도 주목하자. 우리는 그가 어디에서 공부하고 있는지 안다. 우리는 그가 시간제로 공부하고 있다는 사실을 안다. 인물 구축을 연구하면서 이러한 추가적인 세부 사항이 앤드루에 관해 무엇을 드러내는지, 왜 그것들이 이야기에서 중요한지를 판단하는 일은 도움이 된다.

파투에 대한 다음의 설명을 보자. '가끔 앤드루의 엄청난 지식은 파투를 조마조마하게 했다. 그녀는 자신이 이미 알고 있다고 믿었던 것들조차 기억하기 위해 고군분투하게 될지도 몰랐다.' 여기서 우리는 파투의 지성과, 자신이 어렵게 얻은 지식에 대해 그녀가 느끼는 불확실성을 엿볼 수 있다. 파투는 앤드루에 대한 그녀의 로맨틱하지 않은 감정에 대해 '하지만 파투의 마음 한구석에는 신성하지 않은 그의 어떤 면을 아직도 거부하고 있었다.'라고 말한다. 파투가 자신의 품성에 대해 어떻게 느끼는지 보여주는 이 모습이 어떻게 갈등을 부추기면서도 그녀의 마음 상태를 전달하는지 주목하자. 이는 단순한 반감이 아니다. 그녀는 이러한 감정이 잘못되었다고 생각한다.

파투의 정신적 신념은 또한 그녀 성격의 측면을 드러내면서 갈등을 부추긴다. 0-10의 끝부분에서 앤드루가 파투에게 왜 신이 고통을 위해 그들을 선택했는지 물었을 때 어떤 일이 일어나는지 보자. '파투는 앤드루의 어깨 너머로 창문을 두드리는 비를 바라보며 조용히 대답했다. "그건 악마야."' 0-10이 끝날 때쯤, 우리는 파투에게는 악마가 실재한다는 것과 파투가 세상에서 악을 느낀다는 사실을 이해하게 된다. 갈등이 심화되는 모습을 보자. 주인공이 더 깊이 성장하는 모습을 보자.

인물 구축에서의 정서적·내적·정신적 특성을 자세히 살펴보면 파투와 앤드루 같은 인물의 내면뿐만 아니라 겉으로 드러나는 모습을 완성하기 위해 작가가 얼마나 노력했는지 알 수 있을 것이다.

습관, 상호작용, 반응

|

훌륭한 작가가 인물 구축을 위해 사용하는 또 다른 방법은 인물의 습관, 다른 인물과의 상호작용 그리고 반응이다. 인물 구축의 다른 측면과 마찬가지로 이 세 가지는 갈등을 일으키고 줄거리에 영향을 미칠 수 있다.

0-4에서 파투에 대한 세부 사항을 보자.

파투는 8월 6일(배드민턴을 처음 본 날)부터 수영하러 들어가기 전 5분에서 10분 동안 대사관 맞은편 버스정류장에 머물렀다. (데라왈 부인이 점심시간에 집으로 돌아오는 까닭에) 여유로운 시간을 누릴 만한 형편은 아니었지만, 파투가 그 시간을 포기하기는 쉽지 않았다. 이상하게도 매력적인 대사관의 분위기 때문이었다.

또 다른 세부 사항은 0 -7에서 추가된다.

그리고 파투는 월요일마다 헬스 센터 수영장에 갔다. 물은 아주 따뜻했다. 헬스 센터는 나이트클럽이나 자정 미사 시간처럼 약간 어두운 조명을 유지했는데, 이는 어떤 이유에선지 고객을 유지하는 데 도움이 되었다. 그리고 어두운 조명은 그녀의 수영복이 실은 튼튼한 검정 브래지어와 면 팬티였다는 사실을 숨기는 데 도움이 되었다.

0-11에서도 세부 사항이 또 한 번 추가된다.

"비는 무섭지 않아."
파투는 헬스 센터 탈의실 바닥에서 발견한 수영모를 주머니에서 꺼냈다. 그녀는 머리를 땋아 묶고 수영모를 썼다.

여러 부분에 걸쳐 조금씩 표현된 파투의 습관은 적은 수의 단어로도 독자들에게 많은 내용을 전달한다. 독자는 글을 읽으면서 파투의 습관에 대해 점점 더 많이 알게 된다. 파투는 대사관 건너편에서 잠시 멈춰 있는 '여유로운 시간'을 '누릴' 수 없지만, 어쨌든 그녀는 잠시 멈춰 있다. 그리고 그녀가 '그 시간을 포기하기는 쉽지 않아' 보인다. 파투는 수영복을 살 여유가 없어서 가지고 있는 속옷을 활용한다. 그녀는 또한 낯선 사람이 버린 수영모를 주머니에 넣는다. 파투에게 수영모는 주머니에 챙기고 싶을 만큼 가치 있는 물건이다. 독자인 우리는 그녀에게 공감하면서도 그녀가 속옷을 입고 수영하거나 수영모를 쓰고 빗속에서 집으로 돌아갈 만큼 강인하고 남의 시선을 의식하지 않는 면모를 본다. 파투가 이처럼 복잡하면서도 매력적인 캐릭터로 완성되는 과정에서 이러한 다양한 습관과 반응이 어떤 역할을 하는지 이해했는가? 여러분은 파투를 불쌍해할 수도 있지만 불쌍함 이상의 감정 또한 느낄 수 있다. 작품 속 인물들에게 독자는 다양한 감정을 느낄 수 있기 때문이다.

앤드루의 습관은 그를 완전히 깨달음을 얻은 사람으로 만든다. 0-10을 다시 읽어보자. 이번에는 앤드루의 습관을 설명하는 일련의 세부 사항에 주목하자.

- 앤드루는 '커피에 설탕을 네 스푼이나 넣었다.'
- '앤드루는 교수처럼 보이는 안경을 콧등 위로 밀어 올렸다.'
- '앤드루는 안경을 벗어 셔츠 끝자락으로 닦았다.'

앤드루의 습관에 대한 이러한 설명은 그가 호감을 가진 여성과 커피를 마시며 어떻게 행동하는지 보여준다. 그가 안경을 만지는 모습에 주목하자. 단순히 설탕을 넣은 커피를 마시는 게 아닌, '설탕을 네 스푼이나' 넣는 행동은 글에서 어떤 미묘한 차이를 만드는지 주목하자.

두 인물을 연결시키는 습관 또한 눈여겨보아야 할 사항이다. 0-7의 다음 단락을 읽어보자.

일요일 아침마다 파투는 교회 친구인 앤드루 오콘코를 만나기 위해 집을 나서기도 했다. 그들은 98번 버스정류장에서 만나 킬번 하이로 드 바로 옆 예수성심교회에서 예배를 드렸다. 예배가 끝나면 앤드루는 항상 파투를 튀니지 카페로 데려갔고 그곳에서 그들은 커피와 케이크를 먹었다. 돈은 늘 야간 경비원으로 일하던 앤드루가 냈다.

이 구절은 우리가 인물에 깊숙이 스며들게 한다. 이 대목이 인물이 가진 수많은 습관 중 어떤 의미를 갖는지, 그리고 이러한 습관들이 등장인물과 그들의 관계에 대해 무엇을 드러내는지 주목하자. 우리는 그들이 어디서 예배를 드리는지, 어떤 카페를 방문하는지, 거기서 무엇을 먹고 마시는지, 누가 돈을 지불하는지 본다. 이러한 습관들은 인물에 대한 정보를 제공하고 이후 인물에 대한 자세한 내용을 알게 될수록 더 많은 의미를 지닐 수 있는 층위를 만든다.

나열된 습관을 기억하면서 0-11의 두 가지 상호작용을 읽어보자. '앤드루는 여러 번 우산을 빌려주려고 했지만 파투는 그가 액튼 센트럴 역에서 한참을 걸어야 집에 도착할 수 있다는 사실을 알고 있었다. 그녀는 자신으로 인해 그가 고통받는 걸 원치 않았다.' 그리고 '파투는 "네게 평화가 함께하길."이라고 말하며 그의 뺨에 담백하게 키스했다. 앤드루는 필요 이상으로 길게 파투의 뺨에 키스했다.' 자세히 읽어보면 이 장면이 갈등의 일부인지, 아니면 인물의 성격 전개의 일부인지 궁금해질 것이다. 답은 '둘 다 맞다'이다. 이러한 상호작용에 대해 쓰면서 작가는 인물을 구축하고 갈등을 만들고 있다. 파투의 담백한 키스와 필요 이상으로 오래 지속된 앤드루의 키스 사이의 미묘한 차이에도 주목하자.

이러한 구절들을 작가처럼 읽으면서 우리는 습관, 상호작용, 그리고 반응이 어떻게 인물 구축의 중요한 부분을 형성하는지 본다.

화법, 대화

우리는 등장인물들이 말하는 방식 또한 대화의 일부로 생각한다. 이러한 생각대로, 인물이 말하는 방식도 인물 구축의 한 부분이다.

우리는 앞서 이미 대화를 살펴보았다. 대화는 인물이 그들의 생각과 감정을 서로에게 전달하는 방법이기 때문에 인물을 구축하는 데 쓰일 수 있다. 인물이 사용하는 특정 표현을 통해 성격을 드러낼 수도 있다. 예를 들어 파투가 '평화가 함께하길'이라고 말할 때, 그녀는 기독교인으로서의 유대감을 표현하고 있다. 이 대사에서 우리는 그녀가 기독교 교회의 관습을 수용했다는 사실과 그녀가 신앙을 실천하는 모습을 본다. 두 어절로 이루어진 대사에서 캐릭터에 대해 많은 내용을 알게 되는 것이다.

앤드루가 필요 이상 길게 파투의 뺨에 키스하기 직전에 파투가 앤드루에게 '평화가 함께하길'이라고 말하는 것은 앤드루에 대한 그녀의 감정에 대해 우리가 상상하고 짐작할 수 있게 한다.

0-10의 대화 중 다음을 다시 읽어보자.

> 파투는 "하지만 르완다에서 더 많은 사람이 죽었어. 그리고 아무도 그에 대해 말하지 않아! 아무도!"라고 따졌다.
>
> "맞아. 나도 그렇게 생각해." 앤드루는 인정했다.

파투와 앤드루는 지적인 사람들처럼 말한다. 그들의 대화를 통해 우리는 그들이 누구인지 더 잘 이해할 수 있다. 파투의 경우 이 장면은 이야기 자체보다 더 중요한 내용을 담고 있다. 파투가 말하는 방식은 인신매매 희생자들도 다른 사람들처럼 똑똑하고, 많은 사람이 간과하고 있는 세상에 대한 진실을 알고 있다는 사실을 상기시킨다.

인물의 완성

|

여기서 잠깐! 인물 세부 사항 간의 경계가 다소 흐려졌다고 생각되는가? 그럴 수 있다.

작가들이 미묘한 세부 사항을 통해 각 인물을 완전체로 만들어내는 과정에서 경계가 흐려지기도 한다. 논의를 위해 우리는 인물에 관한 세부 사항을 네 가지로 분리했지만, 작가들은 인물을 통합적으로 전개한다. 인물 구축에 초점을 맞춰 글을 읽을 때 작가들이 다양한 유형의 인물이 지닌 세부 사항을 통합적으로 작업한다는 사실을 기억하자.

예를 들어 지금쯤 여러분은 〈캄보디아 대사관〉에서 살펴보고 있는 인물 구축이 같은 절 혹은 단락의 내용이라는 사실을 알아챘을 것이다. 인물 구축에 유의하면서 작품을 읽다 보면 작가가 어떻게 두 캐릭터를 완전체로 발전시키는지 알 수 있다. 0-10의 구절을 다시 읽어보자.

캄보디아인을 보고 난 뒤 파투는 앤드루에게 질문하고 싶은 게 생겼다. 일요일이었던 그날 두 사람은 튀니지 카페에 앉아 크림과 커스터드가 들어있고 초콜릿 아이싱을 얹은 길쭉한 빵 두 개를 먹고 있었다. 파투는 앤드루와 구체적으로 홀로코스트에 관한 대화를 시작했다. 앤드루는 런던에서 그녀가 깊은 대화를 나눌 수 있는 유일한 상대였다. 그가 인내심이 있고 그녀에게 동정적이었기 때문이기도 하지만 앤드루는 교육받은 사람이기도 했기 때문이다. 그는 노스웨

작가처럼 읽는 법

스트런던대학교에서 시간제로 경영학을 공부하고 있었다. 그는 학생증으로 24시간 무료로 인터넷에 접속할 수 있었다.

파투는 "하지만 르완다에서 더 많은 사람이 죽었어. 그리고 아무도 그에 대해 말하지 않아! 아무도!"라고 따졌다.

"맞아. 나도 그렇게 생각해." 앤드루는 인정했다. 그러곤 커피에 설탕을 네 스푼이나 넣었다.

"확인해봐야겠어. 하지만, 맞아, 수백만 명이 죽었어. 정확한 수치를 숨기려 들지만 온라인에서 누구든 그 수치를 확인할 수 있지. 항상 비밀이 많아. 다들 마찬가지야. 관료적인 나이지리아 정부 같아. 수비학에 뛰어난 그들은 숫자를 숨기고 자신들의 목적에 맞게 바꾸지. 난 그걸 '수비학'이 아니라 '악마론'이라고 표현하고 싶어. '악마론'."

파투는 평소처럼 대화가 나이지리아 정부의 금융 부패로 되돌아가는 걸 경계하며, "그래. 하지만 내가 하고 싶은 말은 이거야. 우리가 고통받기 위해 태어났나? 나는 가끔 우리가 다른 모든 것들보다 더 고통받기 위해 태어났다고 생각해."라고 압박했다.

앤드루는 교수처럼 보이는 안경을 콧등 위로 밀어 올렸다. "하지만 파투. 넌 가장 중요한 걸 잊고 있어. 누가 예수님을 위해 가장 많이 울었을까? 그의 어머니야. 누가 너를 위해 가장 많이 우니? 네 아버지야. 생각해보면 매우 논리적이지. 유대인은 유대인을 위해 울고 러시아인은 러시아인을 위해 울어. 우리는 아프리카를 위해 울어. 왜냐하면 아프리카인이기 때문이지. 그리고…… 미안해, 파투." 앤드루의 통통한 얼굴에 미소가 떠올랐다. "만약 나이지리아가 코트디부아르와 경기를 하는데 우리나라가 나이지리아를 이긴다면 나는 웃을 거야, 친구야! 거짓말은 못 하겠어. 축하해야지. 쾅! 쾅!" 앤드루는 춤추듯 상체를 살짝 움직였다. 파투는 또 한 번 그가 남편이 되면 어떤 모습일지 상상해보았다. 파투는 앤드루의 아내가 된 자신의 모습을 떠올리려 했지만, 남편이 아니라 밝고 상냥한 십 대 아들로서의 모습만 자꾸 떠올랐다. 실제로 앤드루가 파투보다 세 살 더 많았음에도 불구하고. 뚱뚱하고 콧수염을 힘겹게 움직이는 그에게서 아이의 모습을 떠올린 것은 확실히 잘못된 선택이었다. 여기 좋은 사람이 있잖아! 그녀는 그가 자신을 아끼고, 순결하며, 독실한 기독교 신자라는 걸 알았다. 하지만 파투의 마음 한구석에는 신성하지 않은 그의 어떤 면을 아직도 거부하고 있었다.

대부분의 구절은 파투의 관점에서 쓰였지만, 앤드루라는 인물 역시 효과적으로 전개되고 있다. 앤드루는 인용된 부분의 바로 직전에 잠깐 소개되었을 뿐이지만, 우리는 이 여섯 개의 단락에서 그에 대해 많은 내용을 파악한다. 이 단락을 전부 읽고 나면 우리는 작가가 어떻게 인물 세부 사항을 함께 엮는지 알 수 있다.

우리는 또한 세부 사항이 축적되는 방식과 뉘앙스를 본다. 앤드루의 안경과 관련된 습관은 곳곳에서 등장한다. 파투는 앤드루의 젖살과 움직이는 콧수염을 본다. 앤드루의 신체에 대한 파투의 인식이 그에 대한 그녀의 감정을 드러낼 때도 미묘한 관점의 차이를 더한다. 우리는 또한 그가 말하는 내용에서 결국 유치함에 빠지고 마는 대화를 본다. 앤드루의 유치함은 파투를 불편하게 만드는데, 파투의 반응에서 우리는 중요한 사실, 즉 앤드루는 파투보다 세 살 더 많지만 그녀는 왠지 그가 더 어리다고 느낀다는 점을 알게 된다. 앤드루가 파투와 이야기를 나누는 모습을 보고 우리는 배움과 공부에 대한 파투의 열망과, 가능한 모든 방법을 동원해 파투가 알고 싶어 하는 내용을 전하고 싶은 앤드루의 열망을 느낀다.

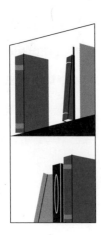

서술자가 인물일 때

인물 구축에 집중하는 일은 대체로 쉽지 않지만, 서술자가 주인공인 경우는 더욱 어렵다. 이야기의 일부이기도 한 인물이 서술자일 때가 바로 이런 경우이다. 작가들은 서술자인 인물의 개념을 복잡하고 흥미롭게 만들 수 있다. 대부분의 경우 서술하는 인물은 1인칭('나')의 관점에서 이야기를 전개한다. 하지만 서술자인 인물이 2인칭('너')의 관점일 때도 있다. 우리는 다음 장에서 이에 관해 더 깊이 파고들 것이다. 여기서 핵심은, 주인공들이 가끔 '나', '너'로 호칭되며 직접 이야기를 들려주기도 한다는 점이다.

소설과 창작 논픽션의 '서술자-인물'
|

소설이나 창작 논픽션에서 인물이 서술자일 때 그 서술자는 이야기

작가처럼 읽는 법

의 중요한 부분이기도 하다. 이는 작가가 그 서술자를 본격적으로 구축한다는 의미이기도 하다. 소설과 창작 논픽션 작가들은 각 장르의 '서술자-인물' 구축을 연구하기 위한 독서를 통해 배울 수 있다.

먼저 카렌 돈리 헤이스의 창작 논픽션 〈대학에서 배우는 것들〉의 발췌문을 들여다보자. 작가는 이 에세이에서 자신을 '당신'으로 부르는데, '당신'은 주인공인 동시에 서술자이다.

당신은 맥주로 인한 대담함을 기대했지만, 생각만큼 자신이 용감하지 않다는 사실을 알게 된다. 맥주병이 몇 번 더 돌고, 마지막 맥주거품이 병의 테두리에서 날아간다. 그리고 당신은 병 돌리기 게임으로 옷을 생각했던 것보다 더 많이 벗어야 한다.(당연하지 않은가?) 병이 계속 돌고 당신이 신발, 양말, 그리고 마침내 티셔츠를 벗게 되면 당신은 이제 술기운이 달아났다는 사실을 깨닫는다.

당신은 에드가 '헤드라이트가 멋지네, 카렌'이라고 말했을 때 그것이 당신의 눈을 얘기하는 표현이 아니라는 사실을 확신하게 되고, 당신이 아직 순진하다는 사실을 깨닫는다. 당신은 다른 사람들과 함께 웃지만, 에드와 다른 친구들을 쳐다보지 않는다. 당신은 계속 웃고, 계속 술에 취한 척하면서, 병 돌리기 게임의 직전 라운드에서 당신이 티셔츠를 벗었을 때 이미 편안한 단계가 지나고 말았다는 사실을 깨닫는다. 당신은 이제 그 자리를 떠나고 싶다. 밤의 차가운 어둠 속으로 뛰어들고 싶지만 그렇게 하지 않는다.

이 두 단락에서 우리는 게임이 점점 진행됨에 따라 '서술자-인물'이 불편함을 느끼고 자신이 취하지 않았다는 사실을 깨닫는 모습을 본다. 또한 우리는 그녀의 정신 상태와 신념과 가치관에 대해 알게 된다. 글에서 '당신'은 이 게임으로 인해 그 정도로 심하게 옷을 벗어야 할 상황이 닥치리라는 점을 예상하지 못했던 여성이고, 결국 불편함을 느낀다. '당신'은 '아직 순진'하다. 그리고 또 하나 중요한 점은 자신이 아직 순진하다는 사실을 스스로 깨닫고 있다는 점이다. 이 서술자에 대한 세부 정보는 게임 중에 그녀가 어떻게 변하고 있는지, 그녀가 어떤 사람인지 독자에게 보여주기 위해 점점 쌓여간다. '당신'이라는 서술자에 대한 인물 구축이 없었다면 에세이는 제 역할을 하지 못할 것이다. 왜냐하면 독자는 그녀가 대학에서 술병 돌리기 게임을 하는 동안 무엇을 했는지 신경 쓸 만큼 그녀에 대해 충분히 알지 못하기 때문이다. 이 '서술자-인물'에 관심을 가지려면 우리는 그녀가 서술하는 것이 창작 논픽션이든 소설이든 상관없이 이러한 세부 사항을 알아야 할 필요가 있다.

두 번째 단락에서 우리는 또한 글 속의 다른 사람들이 그녀를 보는 것과 마찬가지로 신체적 외모에 대한 약간의 정보를 얻는다. 그것은 에드와의 대화를 통해 다른 인물의 시점에서 드러난다. 이 에세이가 옷 벗기 게임과 서술자의 탈출을 다룬 작품이라는 점을 고려할 때 그녀가 전달하는 이야기에서 다른 캐릭터의 '눈'을 통해서만 그녀를 볼 수 있다는 점은 중요하다.

이제 〈제리의 크랩 쉑: 별 한 개〉를 다시 한번 보자. 우리는 옐프 리뷰에 기재된 이름을 보고 서술자가 개리라는 사실을 파악한다. 하지만 개리는 이야기 내내 자신을 '나'라고 지칭했고 따라서 그는 1인칭 서술자이다. 1인칭 서술자에 의해 잘 쓰인 모든 이야기(소설이나 창작 논픽션)에서와 마찬가지로, 〈제리의 크랩 쉑: 별 한 개〉에서 우리는 인물이 자신에 대해 말하는 내용이나 다른 사람들이 그를 어떻게 보는지를 통해 인물에 관한 정보를 확인한다. 다음 발췌문을 읽으면서 작가가 어떻게 인물의 시점에서 벗어나지 않으면서도 탄탄한 인물 구축을 펼쳐나가는지 알아보자.

서비스(바)

바로 이 부분이 문제의 핵심이다. 나는 식당 주인 제리가 바 직원을 어디서 구하는지 모르지만 바에서 일하는 직원들은 세상에서 가장 무례하고 불쾌한 사람들이다.

나는 바로 걸어가서 바텐더에게 우리 음식이 언제 준비될지 정중하게 물었다. 지방 교도소에서 출소한 것이 분명하거나, 그도 아니면 너무 불쾌하게 행동한다는 이유로 폭주족 무리에서조차 쫓겨났을 법해 보이는 바텐더가 음식은 때가 되면 나올 거라고 말한다. 그리고 그 바텐더는 마지못해 주방으로 흘깃 시선을 돌린 다음 곧 음식이 나올 거라고 말했다. 별로 심각한 상황 같지 않다는 걸 나도 안다. 지금 돌이켜보면 꽤 합리적인 상황인 것 같다. 하지만 나는 우리 테이블로 돌아가서 재닛에게 '아마도 곧' 음식이 나올 것이라고 말할 수 없었다. 우리가 주문한 음식이 언제 나오는지, 그게 아니면 음식이 늦게 나오는 이유라도 알아야 했다. 주방 화재, 주방장 가족 중 누군가의 사망 아니면 체서피크를 휩쓸고 있는 갑작스러운 게 부족 사태. 무엇이든 이유를 찾아야 했다. 나는 이미 우리의 저녁 식사를 망쳤다. 그래서 더 적극적으로 나서보기로 했다. 내가 그녀를 위해 제대로 할 수 있는 유일한 일이었기 때문이다. 그래서 내가 말했다. "다시 주방으로 가서 확인해줄래요? 아니면 우리 테이블 담당 종업원을 찾아줄래요?" 그러자 바텐더는 "이보게 친구! 나는 바를 맡아야 하오. 당신이 술을 원하는 게 아니라면 난 다른 고객을 챙기겠소."라고 말했다. 바에 있던 다른 남자들이 나를 쳐다보기 시작했다. 나는 그들이 내 옷차림과 모습에 대해 이러쿵저러쿵하고 있다는 사실을 알 수 있었다. 유난히 긴 팔을 가진 내가 좀 어색해 보인다는 걸 나도 잘 알고 있다. 나는 "이 상황을 도저히 받아들일 수 없네요."라고 말했다. 나는 사실 그 상황을 받아들일 수 없다고 느꼈던 것이 아니라 재닛을 행복하게 해주고 싶었다. 내가 제리랑 직접 통화하고 싶다고 말했던 것 같다. 내 목소리가 좀 컸을 수도 있다. 그때 바텐더가 나보고 그 망할 D.C. 스타일 양복을 입은 채로 자리에 앉아서 다른 사람들처럼 기다리라고 말했다. 술집에 앉아 있던 다른 남자들은 무슨 우스운 일이라도 생긴 것처럼 우르릉우르릉 수컷이 낼 법한 웃음소리를 냈고 바텐더가 내 얼굴이 '홍당무'가 됐다고 놀리자 남성들은 다시 웃기 시작했다. 나는 그런 바텐더의 행동에 대해 할 말을 찾지 못해 아무 말도 하지 않았다. 나는 그 순간 아무 말 없이 재닛에게로 돌아간 내 행동을 절대 후회하지 않는다.

나는 이 도시 사람들이 워싱턴 D.C.에 대해 어떤 반감을 품고 있는지 모른다. D.C.에 사는 모든 사람이 재수 없는 것도 아니다. 그리고 난 심지어 D.C. 출신도 아니다. 난 오하이오 사람이다.

작가처럼 읽는 법

내 마음속에서 그 일을 떨쳐버리니 기분이 좋다. 미래의 옐프 이용자인 여러분에게 거짓말하고 싶지도 않다. 나는 우리가 스스로의 부담을 덜고 서로 연결되어 있는 것처럼 느낀다. 몇 가지 덧붙이고 싶다. 나는 지금 맥주를 마시고 있고 이제 세 병째다. 술이 약간 도움이 되기 시작한다. 아내는 몇 시간 전에 잠들었다. 나는 앞으로 거실로 쓰일 공간의 마룻바닥에 앉아 컴퓨터와 빈 병, 작은 램프를 마주하고 있다. 아직 책상도 없고 위층으로 올라가고 싶지 않다. 내가 기대했던 모습은 이런 게 아니다. 난 '정말 특별한' 밤을 보내고 싶었다. 내 말은 아내와의 섹스를 기대했었다는 말이다. 나는 남자와 여자 사이의 자연스러운 행동에 관해 이야기하는 게 문제가 된다고 생각하지 않는다. 바텐더와는 달리 나는 부적절한 호칭이 될 수 있는 동성애 혐오에 의지해야 할 정도로 내 성적 취향에 대해 자신 없는 사람이 아니다. 아내 앞에서 '바보'라고 불리고도 기분이 좋을 수는 없었다. 사실 난 짜증이 났다. 나는 그 바텐더의 말이 내 머릿속에서 끊임없이 떠오르는 게 싫다. 또한 그 순간 내가 할 수 있었던 반응, 내가 할 수 있었던 말들을 머릿속으로 되뇌고 싶지 않다. 왜냐하면 다시 말하지만 나는 그 자리를 떠난 내 행동을 절대 후회하지 않기 때문이다.

사실 나는 섹스에 관해 이야기하는 게 껄끄러울 때도 있다. 그에 대해 언급함으로써 나보다 보수적인 옐프 사용자들에게 충격을 주고 싶지는 않았기 때문에 성에 대한 완곡한 표현을 쓴다고 할 수 있지만, 사실 두 사람이 한 몸이 되는 일이 불가능해 보이는 지금과 같은 순간이 있다. 몸의 모든 부분이 합창하면서 반복적인 무의식적 리듬을 내는 조화로움은 거의 기적에 가깝다. 몸은 신기하고, 토실토실하고, 뚫리기 쉽다. 가끔 나는 끝없는 통근길에 올라 혹시 사고가 나게 되면 내 차의 부품 중 나를 관통할 가능성이 가장 큰 부분이 어딘지 생각한다. 운전대일까? 브레이크일까? 아니면 다른 차의 파편일까? 피부가 실제로 얼마나 얇은 막인지 떠올리고 싶지 않지만 일단 생각이 시작되면 헤어나오기 어렵다. 이것이 내가 CD를 잃어버린 일에 더 화가 나는 이유이다.

혹시 아이티 부두 음악을 들어본 적이 있는가? 당신이 기대하는 것과는 다르다. 낮은 빗방울이 북을 두드린다. 노래는 마치 구호처럼 한 여성이 앞장서고 온 마을이 뒤따른다. 부르고 답한다. 그들은 영혼들을 초대해 태운다. 하지만 결국 당신을 태우는 것은 음악이다. 내가 어떻게 여기까지 왔는지 모르겠다.

재닛은 배꼽이 크다. 그녀의 배꼽은 배 위에 있는 작은 돼지 꼬리처럼 귀엽다. 재닛은 그걸 싫어한다. 비효율적이라는 이유로 배꼽을 없애고 싶어 하는 것 같다. 그리고 내가 그녀의 배꼽을 만지는 것도 좋아하지 않는다. '이상한 느낌'이라고 말한다. 그녀는 마치 내가 자궁과 배 사이의 이름을 알 수 없는 비밀 장소에 충격을 주는 민감한 코드를 찌르는 것 같다고 표현한다. 섹스하면서 상대방의 튀어나온 배꼽에 닿지 않기는 어렵다. 또한 내가 그 배꼽을 만질 수 없다는 걸 알기 때문에 가끔은 머릿속에 그녀의 배꼽을 만지고 싶다는 생각밖에 떠오르지 않는다.

재닛은 옐프 같은 사이트를 사용하지 않는다. 그녀는 당신이나 나와는 다르다. 재닛은 '불특정 다수'의 의견을 신뢰하지 않는다. 그녀는 음식 비평가들의 글을 읽고 '베스트' 목록을 꼼꼼히 읽는다. 여기로 이사 온 이후로 그녀는 《볼티모어 선》을 읽기 시작했다. 나는 그녀의 이런 점이 좋다. 그녀는 깊이 있게 조사하고 안목이 뛰어나다. 만약 재닛이 나를 검토한다면 어떤 기준을 적용할지 궁금하다. 재닛은 내가 그녀를 웃게 한다고 말할 것 같다. 내 생각에 그녀는 내가 잘생겼다고 말하는 대신, 내가 잘생겼다고 생각한다고 말할 것 같다. 나는 그녀가 사소한 것에 좌절감이라는 단어를 사용할 거라고 생각한다. 예를 들면 쓰레기를 내놓거나 냉장고에서 유통기한이 지난 음식을 처리하거나 날짜를 계획하는 따위의 일들 말이다. 나는 그녀가 나를 충실하다고 생각하며, 그 점을 다른 무엇보다 우선시한다고 말하기를 바란다. 왜냐하면 나는 충성심이 내가 가진 최고의 자질이라고 생각하기 때문이다. 만약 그녀가 그 점을 이해했다면 왜 내가 여기로 이사하는 문제에 대해 소란을 피우지 않았는지, 내가 목소리를 높여야 할 때 왜 그냥 따르는지 알 것이다. 나는 그녀가 나의 이런 자질을 가장 싫어할까 봐 걱정되기도 한다.

개리는 유머러스하면서도 가슴 아픈 문장으로 자신의 신체적 세부 사항을 설명한다. '나는 그들이 내 옷차림과 모습에 대해 이러쿵저러쿵하고 있다는 사실을 알 수 있었다. 유난히 긴 팔을 가진 내가 좀 어색해 보인다는 걸 나도 잘 알고 있다.' 여기서 개리는 바에 앉아 있는 사람들의 눈에 자신이 어떻게 보이는지 설명하고 자신의 외모와 자세에 대해 두 가지 불안감을 드러낸다. 그 뉘앙스와 미묘한 세부 사항들로 인해 우리는 개리를 안타까운 시선으로 보게 된다. 그는 자신의 몸이 '어색'하다고 느낀다. 그는 '유난히 긴 팔을 가진 나'라고 표현한다. 이 짧은 구절에서 우리는 그가 무엇을 입고 있는지 이해하고 자의식을 느끼고 있다는 사실을 감지한다. 우리가 이 두 문장에서 인물에 관해 얼마나 많은 정보를 얻는지 주목하자. 우리는 신체적·감정적으로 개리를 이해한다. 그리고 우리는 두 문장에서 이 모든 내용을 파악한다.

나중에 개리는 자신의 외모를 아내가 어떻게 인식하는지 설명한다. '내 생각에 그녀는 내가 잘생겼다고 말하는 대신, 내가 잘생겼다고 생각한다고 말할 것 같다.' 여기서도 우리는 서술자 '나'가 다른 사람이 보는 모습을 통해 자신의 외모를 설명하는 방법을 볼 수 있다.

이 부분에서 개리는 성관계에 대해 자신이 어떻게 느끼는지에 관한 관점을 제공하고, 자신을 부정함으로써 논리를 완성한다. '나는 남자와 여자 사이의 자연스러운 행동에 관해 이야기하는 게 문제가 된다고 생각하지 않는다. 바텐더와는 달리 나는 부적절한 호칭이 될 수 있는 동성애 혐오에 의지해야 할 정도로 내 성적 취향에 대해 자신 없는 사람이 아니다.' 그리고 다음 단락에서 '사실 나는 섹스에 관해 이야기하는 게 껄끄러울 때도 있다.'라고 말한다. 여기서 서술자는 독자에게 자신의 감정적·정신적 상태를 친밀하게 알려줄 사실들을 공개한다. 이러한 인물에 관한 세부 사항과 이야기 전반에 걸쳐 심겨 있는 다른 요소들에서 독자인 우리뿐만 아니라 옐프 독자들은 원래의 기대보다 훨씬 더 친밀하게 개리를 알게 되는데 이것이 바로 1인칭 서술자에 의한 인물 구축이 매우 효과적인 이유이다.

〈대학에서 배우는 것들〉과 〈제리의 크랩 쉑: 별 한 개〉 두 작품 모두

작가처럼 읽는 법

에서 우리는 독자가 주인공에게 무슨 일이 일어나는지 궁금하다면 알아야 할 세부 사항을 서술자인 인물이 제공한다는 점을 확인할 수 있다. 또한 동일한 유형의 세부 사항이 어떻게 제공되는지 주목하자. 우리는 서술자인 인물이 어떻게 생겼는지 느낌으로 이해한다. 그리고 인물의 감정적이고 정신적인 상태를 이해한다. 또한 우리는 인물의 가치관을 엿볼 수 있다. 그리고 다른 인물의 시점에서 서술된 대화를 통해 인물의 신체적 특징에 대한 힌트를 얻는다. 두 작품의 인물 구축을 함께 연구하면, 인물 구축이 어떻게 창작 논픽션과 소설 양쪽에서 동일한 방식으로 작동할 수 있는지 기억하는 데 도움이 된다.

창작 논픽션 '서술자-인물'의 특수한 복합성

창작 논픽션의 서술자인 인물에게는 몇 가지 추가적인 복합성이 드러난다. 여기서 우리는 1장에서 논의했던 창작 논픽션이라는 주제로 되돌아간다. 서술자의 성격에 대한 세부 사항은 진실이어야 하며, 이야기와 관련된 서술자의 삶의 모습, 즉 작가가 글에서 말하는 모습만 포함되어야 한다. 창작 논픽션 '서술자-인물'의 까다로운 부분은 여기에 있다. 이야기를 서술하는 '나'는 대개 작가이기도 하다. 창작 논픽션을 쓰기 위해서는, 창작 논픽션 작가들이 책에서 스스로를 등장인물로 창작하는 방식에 집중할 필요가 있다. 심지어 '창작'이라는 단어도 여기서는 까다롭다. 창작 논픽션에서 '창작'은 '제작'을 의미하지 않는다. 작가들이 자신을 인물로 창조할 때 해야 하는 일은 독자들에게 인물에 대한 세부 사항이 필요하다는 사실을 기억하고, 그들이 말하고 있는 이야기에서 어떤 세부 사항이 중요한지 알아내는 것이다. 예를 들어 〈대학에서 배우는 것들〉의 서술자는 우리에게 그녀의 외모에 관해 모든 내용을 말할 필요는 없다. 그녀가 티셔츠를 잃고 난 후 그녀를 바라보는 에드의 관점만으로도 충분하다.

이제 〈성게〉의 다음 발췌문에서 이창래의 인물 구축 방식을 알아보자.

1980년 7월. 내가 열다섯 살이 될 무렵 우리 가족은 서울에 간다. 12년 전 서울을 떠난 뒤 첫 방문이다. 서울이 어떻게 달라졌는지 난 모른다. 부모님도 할 말을 찾지 못한다. 부모님은 우리가 다른 지역에 가거나 오래전 친구를 만날 때마다 "어머나 세상에……?"와 같은 말을 반복한다. "이것 좀 봐! 어떻게……?", "이런 엄청난 무더위는……. 맞아, 맞아. 어떻게 이렇게……." 내 여동생은 엄청난 무더위에도 지나칠 만큼 조용하다. 우리 모두 그렇다. 내게서 얼마나 지독한 냄새가 나는지 난 처음 느낀다. 누구든 다른 모든 것들처럼 냄새가 날 수밖에 없다. 엄청난 열기 속에서 모든 것은 발효되고 부패한 것 같은 고약한 냄새를 풍긴다. 겨우 머리 높이의 방 두세 칸짜리 집들이 옹기종기 모인 할아버지가 살던 옛 동네에서도 냄새가 진동한다. "그게 뭐야?"라고 나는 묻는다. 사촌은 "똥."이라고 답한다.

"똥? 무슨 똥?"

"네 똥! 내 똥."이라며 사촌이 웃는다.

도심 근처의 넓은 거리에서 학생들의 시위가 펼쳐진다. 사촌은 광주광역시에서 군부대가 시민을 학살한 사건에 반발해 일어난 시위라고 설명한다. 폭동 진압군이 도로를 평정하고 나자 공기는 매운 최루탄으로 가득하다. 택시를 타고 그곳을 지날 때마다 나는 창문을 열고 혀를 내밀어 독, 혹은 인간의 혐오감을 맛보려고 노력한다. 어머니는 내가 왜 그러는지 궁금해한다.

뭐가 문제인지 모르겠다. 어쩌면 내가 문제일 수도 있다. 심심하다. 난 여자를 갈망하는 것 같다. 부모님 식당에서 접시를 치우는 여성들, 나란히 손잡고 걷는 교복 입은 여학생들, 볶은 김치와 레르뒤땅 L'Air du Temps 향수 냄새를 풍기는 롯데 백화점의 날씬하고 젊은 점원들, 나는 그들에게서 눈을 뗄 수 없다. 숨이 멎을 것 같다. 비록 다들 치아는 못생겼지만……. 나도 모르게 그들 가까이 다가가며 아주 조금만이라도 내 몸이 그들에게 닿길 바란다.

작가가 자신을 묘사한 방법이 얼마나 간결하고 설득력 있는가? 좀 더 나아가서 이 글에 얼마나 많은 인물 구축 요소가 포함되어 있는지, 그리고 이 부분이 회고록에서 서술자이자 주인공인 '나'에 대해 얼마나 많이 보여주는지 살펴보자. 이를테면 인물 구축의 요소는 다음의 내용으로 구성된다. 우리는 그에 관한 중요한 사실, 즉 그의 나이와 민족성, 그리고 그가 갓난아기였을 때 이후 처음으로 서울에 방문한다는 사실을 알게 된다. 신체적인 세부 사항들 또한 알게 된다. 그에게서는 악취가 난다. 우리는 이 회고록에서 작가가 말하는 이야기와 관련된 그의 습관을 본다. 서울에서 그는 열려 있는 택시 창문 너머로 최루탄을 핥으려 하고 있다. 그는 할 수 있는 모든 것을 시도한다. 우리는 그의 정신 상태를 알게 되고, 그가 사춘기의 고통을 겪고 있다는 사실을 이해한다.

이창래의 글에서도 우리는 섬세한 인물 구축 작업을 볼 수 있다. 예를 들어 그의 어머니가 그에 대해 궁금해하는 모습을 어떻게 보여주는지, 여행 기간 스스로의 감정을 되돌아봄으로써 어떻게 행동하는지 주목하자. 이야기로 돌아가서 이창래 작가가 에세이 전반에 걸쳐 이러한 세부 사항을 어떻게 배치했는지 보자.

창작 논픽션 '서술자-인물' 구축의 또 다른 복합성은, 작품을 쓰는 작가와 그 당시를 경험하던 서술자 간의 차이에서 비롯된다. 창작 논픽션 작가가 작품의 등장인물로서 자신의 모습을 전개하려면 작가는 쓰고 있는 경험 당시의 인물을 불러와야 한다. 그와 동시에 작가는 과거를 뒤돌아보는 사람의 관점을 독자에게 제시해야 한다. 이는 매우 복잡하게 들린다. 〈성게〉의 다음 단락을 다시 살펴보자.

뭐가 문제인지 모르겠다. 어쩌면 내가 문제일 수도 있다. 심심하다. 난 여자를 갈망하는 것 같다. 부모님 식당에서 접시를 치우는 여성들, 나란히 손잡고 걷는 교복 입은 여학생들, 볶은 김치와 레르뒤땅 향수 냄새를 풍기는 롯데 백화점의 날씬하고 젊은 점원들, 나는 그들에게서 눈을 뗄 수 없다. 숨이 멎을 것 같다. 비록 다들 치아는 못생겼지만……. 나도 모르게 그들 가까이 다가가며 아주 조금만이라도 내 몸이 그들에게 닿길 바란다.

우리는 이미 작가가 자신을 사춘기에 사로잡힌 열다섯 살 소년으로 묘사하는 것에 대해 논의했다. 하지만 작가가 설명하는 방식을 보자. 당시 소년은 이 모든 것을 느끼고 있었지만 아마 글에 나타난 것처럼 자신의 감정을 표현할 수 없었을 것이다. 글에서는 경험이 풍부한 서술자가 과거를 돌아보며 지금 이해하고 있는 점을 말해준다. 창작 논픽션에서는 이를 성찰reflection이라고 부른다.

카렌 돈리 헤이스 역시 〈대학에서 배우는 것들〉에서 성찰을 사용한다. 다음 두 단락을 보자. 첫 번째 단락은 글의 앞부분이고 두 번째 단락은 글의 뒷부분이며 성찰이 담겨 있다.

> 당신은 맥주로 인한 대담함을 기대했지만, 생각만큼 자신이 용감하지 않다는 사실을 알게 된다. 맥주병이 몇 번 더 돌고, 마지막 맥주 거품이 병의 테두리에서 날아간다. 그리고 당신은 병 돌리기 게임으로 옷을 생각했던 것보다 더 많이 벗어야 한다.(당연하지 않은가?) 병이 계속 돌고 당신이 신발, 양말, 그리고 마침내 티셔츠를 벗게 되면 당신은 이제 술기운이 달아났다는 사실을 깨닫는다.
>
> (……)
>
> 당신은 에드의 방에서 당신의 방까지 캠퍼스를 가로질러 걷는 일은 이번이 마지막이라는 사실을 안다. 그리고 이번 일로 짐작할 수 있었던 후회는 반짝이는 검은 등을 가진 밤의 바다 생물처럼 깨진다. 당신은 친구들의 나체를 보지 못한 것처럼 당신의 뒤에 있는 그 생물을 보지 못한다. 하지만 마찬가지로 당신은 그것이 당신의 시야 너머 깊은 곳으로 미끄러져 가는 것을 느낄 수 있다. 하지만 후회는

사라지지 않는다. 후회는 결코 사라지지 않을 것이고 당신은 배울 필요가 없다. 당신은 이미 알고 있다.

'당연하지 않은가?'라는 질문은 경험이 풍부한 서술자가 그날 밤 순진한 대학생인 자신이 무엇을 기대했는지 궁금해하며 돌아보는 성찰이다. 이 성찰은 마지막 단락에서도 반복된다. 〈성게〉에서 이창래의 성찰처럼, 이 표현은 경험이 풍부한 서술자가 자신을 돌아보는 관점에서 나온다. 여기서 그녀는 후회하는 마음으로 경험을 되돌아본다. 우리는 에세이를 통해 그녀가 옷 벗기 게임을 멈추고 에드에게서 멀어지기 위해 현명한 선택을 했다는 사실을 알고 있지만, 때로는 현명한 선택을 하더라도 후회가 남는다. 대부분의 사람들은 그 사실을 배우는데 시간이 걸리기 때문이다. 〈대학에서 배우는 것들〉의 서술자는 자신이 얻은 교훈을 되새긴다.

결론은 이렇다. 창작 논픽션의 '서술자-인물'은 그 당시의 자신을 캐릭터로 창조하고, 경험이 어떻게 중요한지 성찰하면서 독자에게 서술자의 관점을 보여준다.

작가처럼 읽는 법

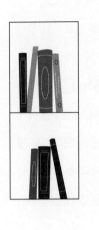

비
서
사
작
품
의
인
물
구
축

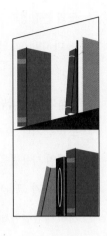

인물 구축은 비서사 작품도 나아지게 할 수 있다. 사실 비서사 작품은 일반적으로 심층적인 인물 구축을 필요로 하지 않는다. 그러나 작가들이 등장인물을 포함할 때 이러한 세부 사항들이 중심 주제나 반향을 불러일으키는 이미지에 영향을 미치기 때문에, 독자들은 그 요소들에 주목해야 한다. 우리가 볼 예시는 《헤스투르: 포토 에세이》이다. 초반부에서 우리는 서술자의 삶에 대한 사소한 사실들을 알 수 있다. 서술자는 또한 사진작가이기도 하다.

나 역시 헤스투르 마을의 소용돌이치는 사회 조류에 휘말리는 일을 피할 수 없었다. 섬에 새로 들어온 사람이자, 가장 어린 주민이며, 어느 조직에도 속하지 않은 독신 여성이자, 외국인인 내 삶에 대해 사람들은 다양한 해석을 내놓았다. 그리 오래지 않아 내 일상과 사회적 상호작용은 다양한 정밀 조사의 대상이 되었다. 하지만 이 극도의 근접성과 고독이 복잡하게 어우러진 모습은 페로제도 중에서도 마지막 6개월을 보낸 헤스투르에서의 내 시간을 절묘하고 생생하게 만든다. 나는 삶과 인간성의 놀라운 스펙트럼을 경험했고 저항하기 힘든 극단에 이르기도 했다. 나는 양 떼를 돕거나, 갓 깎은 건초를 뜯거나, 호이리우와 다채로운 대화를 즐기거나, 요르문트에게 이메일 사용법을 가르치거나, 오후에 에베의 빨랫줄을 빌리기도 했지만 내가 그들과 연대하는 가장 온화한 방식은 저녁에 부엌 불을 켜서 사람들에게 내가 그곳에 있다는 사실을 알리는 일이었다.

이 단락에서 우리는 '서술자-사진작가'에 대해 다음과 같은 세부 사항을 알게 된다.

- 그녀는 여성이다.
- 그녀는 외부인이다.
- 그녀는 6개월째 헤스투르에서 지내고 있다.
- 그녀는 조직에 소속되어 있지 않다.
- 그녀는 섬에서 가장 어린 거주자이다.

이는 그다지 많은 정보가 아니며, 우리는 몇 개의 문장으로 그 내용을 알게 된다. 《헤스투르: 포토 에세이》는 서술자보다 장소에 관한 내용이기 때문에 우리는 이보다 더 많은 부분을 알 필요가 없다. 하지만 이 정보가 우리가 사진을 보는 관점을 포함하여 작품의 나머지 부분을 읽는 방법에 어떻게 영향을 미치는지 보자. 만약 이 정보 중 하

작가처럼 읽는 법

나라도 달라진다면 독자들은 조금 다른 관점을 갖게 될 것이다. 예를 들어 만약 서술자가 그녀가 태어났을 때부터 헤스투르에 살고 있었다면, 우리는 모든 삶이 섬에서 형성된 내부자가 쓴 글이라는 사실을 인지하고 글과 사진을 보았을 것이다. 하지만 우리는 헤스투르섬에 대해 조예가 깊은 외부인인 그녀가 그곳의 삶에 잠시 녹아들기로 결심한 젊은 방문객이라는 사실을 염두에 두고 작품을 읽는다.

이러한 비서사적 작품에서도 인물의 사소한 정보가 독자가 글을 이해하는 방식에 영향을 미칠 수 있다. 따라서 비서사적 작품을 읽을 때도 서사가 있는 작품과 마찬가지로, 작품에서 진정한 차이를 만드는 인물 구축의 매력적인 부분들을 주시하자.

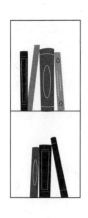

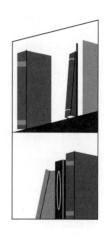

인물 구축 중심의 독서

인물 구축은 모든 형식의 글에서 중요한 부분을 차지한다. 다시 말해 인물 구축은 작품의 형식과 관계없이 중요하다. 인물 구축에 집중하여 읽을 때 작품의 종류에 따라 기교가 어떻게 변화하는지 주목해보자. 예를 들어 엽편소설에서 작가들은 적은 수의 단어와 짧은 문장으로 인물 구축을 실현할 수 있다. 베스 우즈니스 존슨의 〈음성 결과〉에서 다음 구절을 보자. '사실 당신은 남편과 세 명의 아이들이 있고 대체로 좋은 삶을 살고 있다. 아기 기저귀가 떨어졌고 당신의 팀은 볼링 리그에서 우승했다.' 이는 짧은 몇 개의 문장일 뿐이다. 하지만 그 속에서 독자들은 이 이야기를 서술하고 있는 주인공인 '당신'을 엿볼 수 있다.

그래픽 노블의 경우, 독자들이 인물 구축을 살펴봐야 할 이유는 하나가 더 있다. 작업의 핵심을 이루는 것, 즉 시각적으로 이루어진 인

물 구축을 찾는 것이다. 그리고 '글쓴이—일러스트레이터'가 시각적으로 보여주는 인물 세부 사항과 단어로 보여주는 세부 사항을 동시에 확인하면서 읽어야 한다. 예를 들어, 소피 야노우의 《모순》은 소피가 어떻게 생겼는지, 어떤 자세를 하고, 어떻게 몸을 움직이는지를 보여준다.

소피의 모습은 우리에게 중요한 신체적 세부 사항을 보여준다. 소피는 안경을 쓰고 어깨를 구부리고 성큼성큼 걷는다. 같은 패널에서 캡션(자막)은 소피의 캐릭터에 대해 우리에게 더 많은 부분을 알려준다. 그녀는 파리에 자전거를 가지고 왔어야 한다고 생각한다. 그녀는 자신이 동료 유학생들과 친해지기 힘들다고 느낀다. 소피의 말풍선은 소피가 주변과 어울리지 못한다는 사실을 깨달으면서 하는 생각과 동시에 예의를 잃지 않은 얼굴을 보여준다.

인물 구축을 위한 읽기 전략

|

장르와 무관하게 인물 구축 중심의 독서는 제대로 이루어지기만 한다면 흥미롭고 재미있는 작업이 될 수 있다. 그를 위한 전략 몇 가지를 살펴보자.

- 인물에 대한 신체적 세부 사항으로 대략적인 밑그림을 그리자.
- 성격 발달 유형별(신체적·정서적·내적·정신적 특성, 습관·상호작용·반응, 화법·대화)로 카테고리를 나누어 각각의 성격 발달 세부 사

항을 나열한다.

- 읽으면서 인물 구축 정보와 세부 정보에 밑줄을 긋자. 세부 내용이 어떤 유형의 인물 구축인지 주목하자.

- 창작 작품을 한 번 읽은 후 인물 구축 요소 찾기 게임을 한다. '신체적·정서적·내적·정신적 특성, 습관·상호작용·반응, 그리고 화법·대화'의 범주에 대한 인물 구축 세부 사항을 찾아보자.

토론 질문과 쓰기 길잡이:
인물 구축에 집중하기

토론 질문

1. 만약 여러분이 이 책에 나오는 작품의 인물 한 명과 점심을 먹을 수 있다면 그 대상은 누구이고, 이유는 무엇인가? 어떤 종류의 점심이 좋을까? 친근한 분위기? 낭만적 분위기? 푸짐한 식사? 샐러드? 음료를 곁들일 것인가? 실내에서 먹을 것인가? 집에서 요리할 것인가? 여러분이 그 인물에 대해 발견한 세부 사항들을 답변에 포함하자. 그리고 작가가 전달한 어떤 세부 사항이 그 인물과 점심을 먹고 싶다는 마음이 들도록 했는지 그 이유를 반드시 기록하자.

2. 푸르니마 락슈메슈와르의 산문시 〈지도 만들기〉(전문 283~284쪽 참조)와 베스 우즈니스 존슨의 엽편소설 〈음성 결과〉(부록 참조)에서 인물의 전개를 탐구한다. 작가가 사용하는 인물 구축 유형을 나열하고 인물에 대해 알게 된 세부 정보를 인용한다. 작가들은 어떻게 적은 수의 단어로 인물을 전개할 수 있을까? 그리고 인물의 전개는 각각의 이야기에 어떤 영향을 미치는가?

작가처럼 읽는 법

3. 카렌 돈리 헤이스의 에세이 〈대학에서 배우는 것들〉(부록 참조)과 소피 야노우의 그래픽 노블《모순》(부록 참조)을 읽어보자. 이번 장의 마지막 소절에 나열된 전략 중 한 가지를 사용해 각각의 인물 구축을 연구한다. 그리고 다른 작품에서 보이는 인물의 전개를 비교해보자. 작가들은 어떤 비슷한 기술을 사용하는가? 또 어떤 점이 다른가?

쓰기 길잡이

새로운 소재로 쓰기

인물 구축의 다양한 측면을 염두에 두고 주인공을 위한 인물 스케치 목록을 만들자. 가능한 한 재미있게, 구체적으로 설명하자. 다음은 시작하는 데 도움이 될 예제 형식이다.

인물의 이름:

인종/민족:

나이:

신체적 설명/스케치:

직업/학교:

직업이나 학교에 대한 감정/태도:

종교:

취미:

습관:

두려움:

목표:

웃음을 유발하는 것들:

좋아하는 음식:

아침에만 먹는 음식:

한 번만 시도한 음식:

구토 반응을 유발하는 음식:

커피 vs 차 vs 주스:

유제품 vs 두유 vs 아몬드밀크:

탄산수 vs 생수:

종이봉투 vs 비닐봉투 vs 재사용 쇼핑백:

서류 가방 vs 지갑 vs 메신저백 vs 파우치 vs 백팩 vs 책가방:

누군가에게 기꺼이 알려줄 비밀:

누군가에게 말하지 않을 비밀:

아침에 일어나는 이유:

잠들기 전 마지막 생각:

기타:

수정해서 쓰기

선택 1 여러분의 주인공을 위해 개인 광고를 작성하자. 광고글에는 인물의 다양한 측면을 반영하는 세부 사항을 이용해야 한다. 줄거리 또는 서사 아크를 사용해 광고에 정보를 제공하고, 인물이 찾고 있는 대상(반려동물 돌보미, 룸메이트, 데이트 상대 등)을 포함한다. 광고 작성을

작가처럼 읽는 법

마친 후 유용할 것 같은 세부 사항을 끄집어내어 여러분의 작품에 적용하자.

선택 2 여러분이 이미 쓰고 있는 이야기의 주인공을 선택하자. 인물 구축을 염두에 두고 이야기를 다시 읽어보자. 먼저 이미 존재하는 인물의 세부 정보를 더 섬세하게 다시 작성한다. 다음으로 새로운 세부 사항을 작성한다. 인물을 완성해야 한다는 점을 기억하자. 습관과 신념을 포함하여 작성하라. 마지막으로 이러한 세부 사항을 이야기 전체에 걸쳐 도입해 내용을 쌓는다. 예를 들어 이야기의 시작 부분에서 주인공이 습관을 들이는 모습을 보여주자. 중간에 그 습관에 관여하는 인물을 쓰되, 갈등이 인물의 습관을 어떻게 변화시킬 수 있는지 보여주자. 예를 들어 매일 아침 디카페인 커피를 마시는 인물이라면, 갈등이 커질 때마다 카페인이 든 커피를 마신다는 세부 사항을 추가하여 갈등으로 인해 인물이 어떻게 변화하고 있는지에 대해 독자들에게 간접적으로 정보를 줄 수 있을 것이다.

5장

시점

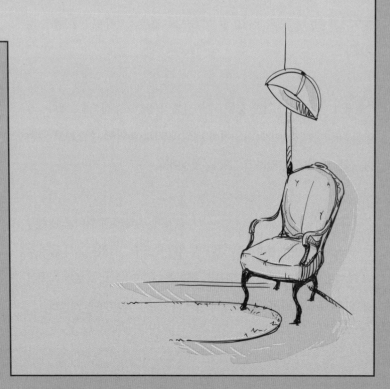

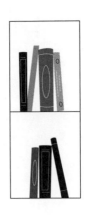

렌즈로서의 시점

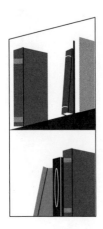

흥미를 유발하기 위해 두 가지 활동으로 시점에 관한 강의를 시작해보려고 한다.(독자의 흥미를 잃지 않는다는 건 작가에게 매우 중요하지 않은가?)

활동 1 옥상이나 건물 지붕 위에 서보자(상상으로 대신해도 좋다). 거리를 내려다보자. 이제 지붕에서 내려와 거리 바닥에 웅크리고 앉는다. 길을 내다보자. 달라진 점은 무엇일까?

달라진 점은 시점(Point of View, POV)이다. 지붕에서 거리로 내려가는 데 오랜 시간이 걸리지 않았다면 거리의 모습 자체는 크게 달라지지 않았을 것이다. 달라진 부분은 여러분이 거리를 바라보는 시점이다. 지붕 위에서 바라보는 풍경과 땅에서 바라보는 풍경은 다르다.

활동 2 캐리어에 고양이를 넣고 붐비는 인도를 걷는 사람을 상상해보자. 그 사람의 시점에서 인도를 상상해보자. 걸어 다니는 사람, 울퉁불퉁한 인도 등 동물을 안고 넘어지지 않으려면 수많은 장애물을 피해야 한다. 이제 시점을 캐리어 안에 있는 고양이의 시선으로 바꿔보자. 쿵, 쿵, 쿵. 표지판을 치지 마세요! 아아! 야옹! 쉬익!

거리에서 보는 모습과 옥상에서 보는 모습이 다른 것처럼, 동물 캐리어를 들고 있는 사람의 시점과 캐리어에 들어 있는 동물의 시점 역시 다르다. 이제 시점을 한 번 더 바꾸어 상상해보자. 보도에 서서 동물의 주인이 고군분투하는 모습을 보고 있는 사람의 시점은 어떤가? 시점에 따라 상황은 조금 다르게 보인다.

시점은 모든 장르에서 글쓰기의 가장 기본적인 부분이다. 조이 하르조의 산문시 〈은혜〉의 일부를 보자.

코요테처럼, 토끼처럼 우리는 두려움을 억누를 수 없었고 거짓된 자정의 계절을 헤쳐 나갔다. 우리는 그 마을을 웃음으로 삼켜야 했다. 그래야 아주 쉽게 내려갈 수 있기 때문이다. 어느 날 아침 태양이 얼음을 깨기 위해 애쓰고, 꿈속에서 80번 고속도로 위 트럭 정류장에서 커피와 팬케이크를 발견했을 때 우리는 은혜를 찾았다.

여기서 시점은 1인칭 복수형인 '우리'이다. 화자는 한 사람으로서가 아니라 한 무리의 사람으로, 마을과 대학 사회에서 소외되어 외부인의 위치에 있다고 느끼는 사람 중 한 명으로서 말하고 있다. 만약 화자가 '우리'가 아닌 '나'의 관점을 제시한다면 시가 어떻게 바뀔지 상상해보자. 시가 투쟁의 면모를 보인다는 면에서는 비슷할 것이다. 그러나 투쟁과 봄의 아침에 관한 묘사는 한 사람, 즉 '나'의 목소리에 집중될 것이다. '우리'라는 시점은 시와 화자의 무게를 변화시킨다. 두 개이상의 목소리가 존재하기 때문이다. 소외와 편견이라는 같은 경험을한 사람이 한둘이 아니라는 의미이다.

독서하는 작가들은 왜 작가가 특정 시점에서 서술하거나 말하는지 고민한다. 또한 그 시점에서 서술하는 것이 작품 내에서 어떻게 작용하는지 분석한다. 이를 적용하기 위해 그웬 커비의 〈제리의 크랩 쉑: 별 한 개〉에서 다음 두 단락을 자세히 보자.

식당 주인 제리는 항해라는 주제에 진심이다. 바 위에는 매력적인 어망이 드리워져 있고 그물에는 플라스틱 불가사리와 마분지로 된 인어가 걸려 있다. 벽에는 액자가 아니라 회반죽에 고정된 범선의 그림이 그려져 있으며, 가장자리는 염분이 많은 환경에 있기라도 한 듯 구겨지고 노랗게 변하고 있다. 바의 끝에는 버드 라이트 맥주를 사랑스럽다는 듯 껴안고 있는 고무로 만든 게가 있다. 그 옆에 있는 표지판에는 이렇게 쓰여 있다. '버드 라이트를 마시고 기분이 나빠질 사람은 없다!'(나는 버드 라이트를 마시고 기분이 나빠질 수 있다고 생각한다. 버드 라이트보다 더 맛있는 온갖 맥주를 생각하면 말이다. 나는 또한 제리의 크랩 쉑 직원들이 볼티모어 '토착민'으로서 자신의 지위에 지나치게 몰입한 나머지 메릴랜드 기업체를 지원하고 지역 맥주만 제공하고 싶어 한다고 표현하고 싶다.)

작가처럼 읽는 법

그곳에는 여덟 개의 테이블이 있고, 테이블은 각각 빨간색과 흰색 체크무늬의 래미네이트 직물 식탁보로 덮여 있는데, 여기에는 구멍이 뚫려 있어 부드러운 흰색 폴리에스터 솜털을 느낄 수 있다. 우리는 '테이블이 몇 개 있는 술집'(아내의 표현)보다는 '진짜 식당'(역시 아내가 쓰는 표현)을 기대했다. 웹사이트에 있는 사진들은 내부를 정확하게 보여주지 못하므로 이 식당을 선택한 건 내 잘못이 아니다. 나는 선박 혹은 항해 분위기의 작은 식당을 기대했지만 나중에 그에 대해 아내는 '별거 아니다'라고 표현했다. 중요한 건 내가 아내에게 특별한 저녁 식사를 약속했었다는 점이다.

이 단편소설은 개리의 시점에서 서술되었다. 그의 시점에서만 나올 수 있는 세부 사항에 주목하자. 그는 아내가 이 '제리의 크랩 쉑'이라는 식당에 대해 말한 내용을 설명한다. 그는 이런 분위기의 식당을 선택한 것이 자신의 '잘못'이 아니라고 지적한다. 그는 그날 밤 그가 가졌던 단순하지만 중요한 희망을 설명한다. 심지어 직원들이 '볼티모어 토착민으로서 자신의 지위에 지나치게 몰입'한 것에 대한 그의 생각조차 개리의 시점에서는 중요한 관찰이며 독자들은 이야기를 읽으면서 그 의미를 또 다른 세부와 결합하게 될 것이다.

시점은 독자가 보는 렌즈이다. 만약 우리가 개리의 아내인 재닛의 관점에서 본다면 이 이야기가 어떻게 바뀔지 생각해보자. 같은 세부 사항이 포함되어 있다고 해도 우리는 '제리의 크랩 쉑'이라는 이름의 식당과 이 부부를 개리의 시선과는 다르게 볼 것이다.

서술자의 렌즈

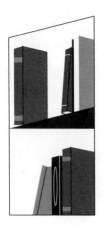

시점이 렌즈라고 하면, 시점을 연구할 때 중요한 부분은 누가 렌즈를 쥐고 있는지 생각하는 것이다. 모든 이야기에는 서술자가 있다. 바로 이 서술자가 렌즈를 쥐고 있다. 서술자는 이야기를 들려주는 목소리다. 〈제리의 크랩 쉑: 별 한 개〉에서는 개리가 직접 렌즈를 들고 있다. 우리는 그의 시점에서, 그리고 그의 말을 통해 식당에서 일어난 사건을 본다. 〈제리의 크랩 쉑: 별 한 개〉의 다음 단락을 보자.

나는 바로 걸어가서 바텐더에게 우리 음식이 언제 준비될지 정중하게 물었다. 지방 교도소에서 출소한 것이 분명하거나, 그도 아니면 너무 불쾌하게 행동한다는 이유로 폭주족 무리에서조차 쫓겨났을 법해 보이는 바텐더가 음식은 때가 되면 나올 거라고 말한다. 그리고 그 바텐더는 마지못해 주방으로 흘깃 시선을 돌린 다음 곧 음식이 나올 거라고 말했다. 별로 심각한 상황 같지 않다는 걸 나도 안다. 지금 돌이켜보면 꽤 합리적인 상황인 것 같다. 하지만 나는 우리 테이블로 돌아가서 재닛에게 '아마도 곧' 음식이 나올 것이라고 말할 수 없었다. 우리가 주문한 음식이 언제 나오는지, 그게 아니면 음식이 늦게 나오는 이유라도 알아야 했다. 주방 화재, 주방장 가족 중 누군가의 사망 아니면 체서피크를 휩쓸고 있는 갑작스러운 게 부족 사태. 무엇이든 이유를 찾아야 했다. 나는 이미 우리의 저녁 식사를 망쳤다. 그래서 더 적극적으로 나서보기로 했다. 내가 그녀를 위해 제대로 할 수 있는 유일한 일이었기 때문이다. 그래서 내가 말했다. "다시 주방으로 가서 확인해줄래요? 아니면 우리 테이블 담당 종업원을 찾아줄래요?" 그러자 바텐더는 "이보게 친구! 나는 바를 맡아야 하오. 당신이 술을 원하는 게 아니라면 난 다른 고객을 챙기겠소."라고 말했다. 바에 있던 다른 남자들이 나를 쳐다보기 시작했다. 나는 그들이 내 옷차림과 모습에 대해 이러쿵저러쿵하고 있다는 사실을 알 수 있었다. 유난히 긴 팔을 가진 내가 좀 어색해 보인다는 걸 나도 잘 알고 있다. 나는 "이 상황을 도저히 받아들일 수 없네요."라고 말했다. 나는 사실 그 상황을 받아들일 수 없다고 느꼈던 것이 아니라 재닛을 행복하게 해주고 싶었다. 내가 제리랑 직접 통화하고 싶다고 말했던 것 같다. 내 목소리가 좀 컸을 수도 있다. 그때 바텐더가 나보고 그 망할 D.C. 스타일 양복을 입은 채로 자리에 앉아서 다른 사람들처럼 기다리라고 말했다. 술집에 앉아 있던 다른 남자들은 무슨 우스운 일이라도 생긴 것처럼 우르릉우르릉 수컷이 낼 법한 웃음소리를 냈고 바텐더가 내 얼굴이 '홍당무'가 됐다고 놀리자 남성들은 다시 웃기 시작했다. 나는 그런 바텐더의 행동에 대해 할 말을 찾지 못해 아무 말도 하지 않았다. 나는 그 순간 아무 말 없이 재닛에게로 돌아간 내 행동을 절대 후회하지 않는다.

개리가 렌즈를 어떻게 조작하는지 주목하자. 개리의 눈을 통해 우리는 술집에서 수치스러운 장면이 시작되는 모습을 본다. 우리는 바텐더가 주문 창을 힐끗 돌아보는 모습을 보고 그의 반응을 본다. 우리는 또한 개리의 생각—바텐더에 대한 냉소적인 의견—을 들여다볼 수 있다. 재닛을 만족시키고 싶은 그의 절박함은 급박하게 커져간다. 개리는 우리에게 내적 갈등과 외적 갈등을 동시에 보여준다. 우리는 이 모든 내용을 개리의 목소리를 통해 직접 듣는다.

렌즈를 잡고 이야기를 들려주는 목소리로서의 서술자는 시에도 적용된다. 시에서 렌즈 뒤에 있는 목소리는 화자라고 불리고, 화자는 이야기를 들려주는 일 이외에도 다른 역할을 한다.

〈노인이 젊은이를 겁주는 16가지 방법〉의 다음 부분을 보자.

1. 노인도 섹스를 한다.

2. 노인도 차를 몰고 돌아다닌다.

3. 노인도 생각하는 척한다. 죽음에 대해서는 생각하지 않는 척한다.

4. (긴 시간 동안) 파도를 헤치고 나아가는 에너지. 사랑을 향해 질주하는 몸의 첨벙거림. 수영하지 않을 거라면 바다가 웬 말인가?

5. 해변에서 매일 아침 127킬로미터를 걷는 (내가 모르는) 노인들은 또 뭐람? 피부암은 어쩌시려고요? 여보세요! 그러다 죽어요!

이 목록은 화자의 렌즈와 목소리를 통해 만들어진다. 이 렌즈가 어떻게 짜증과 유머('섹스', '운전')를 결합하고, 생동감이 넘치는 수영('파도를 헤치고 나아가는', '첨벙거림', '걷는')과 죽음에 가까워진다는 아이디어를 결합하는지 자세히 보자. 목록의 처음 다섯 가지 이유를 읽으며 우리는 이 시에서 '노인'이라는 범주에 속하지 않는 화자의 렌즈를 통해 글을 읽고 있다는 사실을 깨닫는다.

시는 대부분 3인칭으로 쓰여 있으며, 화자는 때때로 '노인들'을 가리키면서 3인칭 대명사인 '그들'을 사용한다. 그러나 5번에서 화자는 1인칭을 삽입한다. '해변에서 매일 아침 127킬로미터를 걷는 (내가 모르는) 노인들은 또 뭐람? 피부암은 어쩌시려고요? 여보세요! 그러다 죽어요!' 여기서 '내가 모르는'은 조금은 비꼬는 말이다. 우리는 화자가 그 노인들이 정말로 127킬로미터를 걷는다고 생각하지 않는다는 사실을 안다. 하지만 여기에서 '내가'라는 단어를 사용함으로써 시선이 어떻게 살짝 바뀌는지 보자. 화자를 통해 우리는 '노인들'에 대한 목록을 얻고 그들에 대한 우리의 감정을 탐구한다. 이 열여섯 가지 이유를 볼 때 우리는 '탑 텐 리스트'를 보듯이 익명인 작성자의 렌즈를 통해서 보는 게 아니라 이 시를 쓴 특정 화자의 렌즈를 통해 작성된 내용을 본다. 우리는 빈정거림과 유머에 주목하지만, 그 이면에는 해변에서 이 노인들을 알아차리는 어느 누군가가 있다. 이를 파악했을 때 내용이 모두 바뀐다. 5번 항목의 '나'가 없다면 16번 항목에 등장하는 해변에서의 죽음은 우리에게 그다지 큰 충격을 주지 못할 것이다. '오늘 해변에서 죽은 한 노인처럼. 겨울에는 오직 세 사람에게만 발견될 수도 있다.'

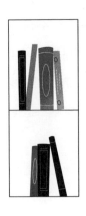

1인칭, 2인칭, 3인칭

우리는 서술자나 화자를 1인칭, 2인칭, 3인칭으로 구분한다. 1인칭 서술자와 3인칭 서술자가 가장 흔하지만 2인칭 서술자도 있다. 이 책에 등장하는 작품에 각각의 예시가 포함되어 있다.

이제 기술적인 부분을 알아보자. 대명사는 우리가 사람, 장소, 사물에 이름이나 다른 특정한 정체성을 부여하지 않고 그들을 지칭할 때 사용하는 단어로 그녀, 그, 그들, 우리, 당신, 나, 그것 등이 있다.

〈제리의 크랩 쉑: 별 한 개〉의 서술자인 개리에 대해 다시 생각해보자. 개리는 자신을 어떻게 부르는가? 그는 자신을 '나'라고 부른다. '나'는 1인칭 대명사이고 '나'의 변형인 '나를', '나의', '나 자신'도 마찬가지이다. 이런 단어를 사용하여 자신을 지칭하는 서술자나 화자는 항상 1인칭 서술자이다. 드물긴 하지만 화자나 서술자가 복수의 1인칭 대명사인 '우리', '우리를', '우리의' 등을 사용하는 경우에도 마찬가지이다. 예를 들어 산문시 〈은혜〉의 화자는 '나'가 아닌 1인칭 복수형 '우리'다.

2인칭 서술자나 화자는 스스로 '너'라고 부르고 2인칭 대명사인 '너의' 등의 표현을 사용한다. 2인칭 서술에서 '너'는 거의 항상 '나'를 대체한다. '너'라는 서술자나 화자는 여전히 그들 자신의 시점에서 설명하고 있지만, 작가들은 이 작품이 1인칭 서술자와 다르게 작동할 수 있도록 2인칭을 선택한 것이다.

3인칭 서술자나 화자는 이야기에 개인적으로 관여하지 않기 때문에 자신을 언급하지 않는다. 3인칭 시점의 작품에서는 등장인물의 이름이나 3인칭 대명사(그녀, 그, 그것, 그들 등)를 사용해 등장인물에게 어떤 일이 일어나는지 설명한다.

3인칭 서술은 다시 세 가지로 나뉜다. '제한적 3인칭'은 서술자나 화자가 한 인물에 바짝 붙어서 그 인물의 생각과 감정을 알고 있는 것을 가리킨다. '제한적 3인칭'은 문학을 논할 때 자주 사용되는 용어이지만, 많은 작가들은 해설이 한 인물에 대한 초점화된 시점을 제공하기 때문에 초점화된 3인칭이라는 용어를 대신 사용한다. 전지적 작가 시점은 작품의 모든 등장인물과 관련된 내용을 알고 있으며 심지어 지나가는 인물들의 생각과 감정도 설명할 수 있다. 반면 객관적 3인칭 시점에서 서술자나 화자는 등장인물들의 생각이나 감정에 대해 언급하지 않고 객관적인 방식으로 무슨 일이 일어나고 있는지를 보고한다. 일반적으로 작가들은 다른 3인칭 시점보다 이 시점을 덜 사용한다.

서술자나 화자를 연구할 때 작가들은 이야기나 시를 들려주는 목소리가 단순히 1인칭인지 2인칭인지 3인칭인지 인식하는 것을 넘어서 다양한 렌즈들이 어떻게 작동하는지, 그리고 왜 특정 렌즈가 사용되는지 고려한다.

1인칭

|

1인칭 서술자나 화자는 등장인물이기도 하다. 또한 이들이 주인공인 경우도 많다.

〈제리의 크랩 쉑: 별 한 개〉의 1인칭 서술자인 개리를 다시 한번 보자(우리는 옐프 리뷰의 첫 부분에서부터 그의 이름이 개리라는 사실을 알지만 개리는 자신을 '나'라고 부른다). 개리는 이 이야기의 주인공이다. 그의 인물 구축과 그에게 일어나는 일에 대한 설명, 내적·외적 갈등 등이 모두 그의 렌즈와 목소리를 통해 우리에게 다가온다.

이 단편소설에서 시점을 파악할 때 '나'라는 서술자가 이야기의 전개 방식에 중요하다는 사실을 알아차리는 일은 중요하다. 옐프 리뷰는 1인칭이다.(다른 시점에서 쓰인 옐프 리뷰를 보신 분들은 내게 전달해주시거나 내 SNS에 게시해주시길 바란다!) 옐프 리뷰 양식으로 글을 쓰려면 필연적으로 서술자는 1인칭이어야 한다.

개리의 1인칭 서술은 또한 이야기를 다른 방식으로 작동하게 만든다. 다음 단락을 읽어보자.

재닛은 배꼽이 크다. 그녀의 배꼽은 배 위에 있는 작은 돼지 꼬리처럼 귀엽다. 재닛은 그걸 싫어한다. 비효율적이라는 이유로 배꼽을 없애고 싶어 하는 것 같다. 그리고 내가 그녀의 배꼽을 만지는 것도

작가처럼 읽는 법

좋아하지 않는다. '이상한 느낌'이라고 말한다. 그녀는 마치 내가 자궁과 배 사이의 이름을 알 수 없는 비밀 장소에 충격을 주는 민감한 코드를 찌르는 것 같다고 표현한다. 섹스하면서 상대방의 튀어나온 배꼽에 닿지 않기는 어렵다. 또한 내가 그 배꼽을 만질 수 없다는 걸 알기 때문에 가끔은 머릿속에 그녀의 배꼽을 만지고 싶다는 생각밖에 떠오르지 않는다.

재닛은 옐프 같은 사이트를 사용하지 않는다. 그녀는 당신이나 나와는 다르다. 재닛은 '불특정 다수'의 의견을 신뢰하지 않는다. 그녀는 음식 비평가들의 글을 읽고 '베스트' 목록을 꼼꼼히 읽는다. 여기로 이사 온 이후로 그녀는 《볼티모어 선》을 읽기 시작했다. 나는 그녀의 이런 점이 좋다. 그녀는 깊이 있게 조사하고 안목이 뛰어나다. 만약 재닛이 나를 검토한다면 어떤 기준을 적용할지 궁금하다. 재닛은 내가 그녀를 웃게 한다고 말할 것 같다. 내 생각에 그녀는 내가 잘생겼다고 말하는 대신, 내가 잘생겼다고 생각한다고 말할 것 같다. 나는 그녀가 사소한 것에 좌절감이라는 단어를 사용할 거라고 생각한다. 예를 들면 쓰레기를 내놓거나 냉장고에서 유통기한이 지난 음식을 처리하거나 날짜를 계획하는 따위의 일들 말이다. 나는 그녀가 나를 충실하다고 생각하며, 그 점을 다른 무엇보다 우선시한다고 말하기를 바란다. 왜냐하면 나는 충성심이 내가 가진 최고의 자질이라고 생각하기 때문이다. 만약 그녀가 그 점을 이해했다면 왜 내가 여기로 이사하는 문제에 대해 소란을 피우지 않았는지, 내가 목소리를 높여야 할 때 왜 그냥 따르는지 알 것이다. 나는 그녀가 나의 이런 자질을 가장 싫어할까 봐 걱정되기도 한다.

와! 재닛의 배꼽에 관한 이 단락은 강렬한 인상을 준다. 그리고 여러 가지 면에서 불편하기도 하다. 첫 번째, 우리는 누군가의 성생활에 대해 읽거나, 한심한 세부 사항을 읽기 위해 엘프 리뷰를 읽지는 않는다. 두 번째, 개리의 한심함 때문이다. 그는 배꼽을 만지고 싶어 하지만, 그것을 허락받지 못한다. 세 번째, 배꼽과 성관계에 관한 1인칭 시점이다. '가끔은 머릿속에 그녀의 배꼽을 만지고 싶다는 생각밖에 떠오르지 않는다.' 1인칭 시점이 이 단락을 완성했다.

또한 이전 장에서 논의한 요소들, 예를 들어 갈등과 인물 구축이 어떻게 개리의 1인칭 시점에서 똑똑하고 통찰력 있는 방식으로 함께 드러나는지 주목하자. 1인칭 서술자 또한 이야기의 등장인물이고 온전히 표현되어야 하는 인물이라는 사실을 기억하자. 저자가 개리의 시점에서 인물 구축을 얼마나 현명하게 풀어나가는지 확인하자. 개리가 재닛의 눈을 통해 묘사하는 방식은 (우리가 소설을 읽고 있다는 사실을 알고 있음에도 불구하고) 솔직하게 느껴지며, 개리에 대해 더 많은 내용을 보여주는 동시에 개리를 동정할 수밖에 없는 인물로 만든다. 개리는 재닛의 관점을 상상하면서 자신의 특징을 나열해 갈등을 심화시키고 재닛이 그의 충성심을 중요한 자질로 보길 원하지만 그녀가 그 부분을 '가장 싫어할까 봐' 걱정한다.

이 부분이 재닛의 관점에서 쓰인다면 어떻게 바뀔지 상상해보자. 아마도 그녀는 자신의 배꼽에 관해 절대 이야기하지 않을 것이다. 그리고 엄청난 데이트 실패담을 털어놓을 것이다. 아마도 그녀는 일을 제대로 처리하지 못한 남편 때문에 지쳐 혼자 일찍 잠들었다고 말할 것이다. 이 이야기가 재닛의 시점에서 작성되었다면, 개리가 '재닛은 엘프와 같은 사이트를 사용하지 않기 때문에'라고 말한 데에서 이와 같은 형식의 글이 되지 않을 것이라고 예상할 수 있다.

드물긴 하지만 '우리'와 같은 1인칭 복수의 서술자를 사용하는 작가도 있다. 복수의 서술자는 두 사람 이상의 관점에서 서술하기 어렵다는 분명한 이유로 잘 표현되기 어렵다. 그래서 복수의 1인칭 서술자는 드물다. 하지만 단편이나 장편에서 부분적으로 서술자로서의 '우리'를 적용하기도 한다. 〈캄보디아 대사관〉에 나오는 제이디 스미스의 서술자가 그러한 예다. 스미스의 이야기에서 '우리'는 간략한 부분을 서술한다. 예를 들어 0-3의 첫 번째 단락을 보자.

0-3
몇 년 전 캄보디아 대사관이 처음 모습을 드러냈을 때 우리 중 몇몇은 이렇게 말했다. "음, 만약 우리가 시인이었다면 아마도 대사관의 놀라운 모습에 대한 시를 쓸 수 있었을 거야."(대사관은 보통 도시의 중심부에 있는데 교외에서 대사관을 본 일은 처음이었다.) 하지만 우리는 정말로 시적인 사람들이 아니다. 우리는 윌즈덴 출신이다. 우리의 머릿속은 평범한 이들에 가깝다. 예를 들어 남성이든 여성이든 우리 중에서 처음 캄보디아 대사관을 통과하면서 '대량 학살'이라는 표현을 즉각 떠올리지 않은 사람이 과연 있는지 의문스럽다.

'우리'가 렌즈를 잡고 있을 때 독자는 무엇을 보는가? 그리고 그 '우리'는 누구일까? 두 가지 모두 1인칭 복수 서술자를 읽을 때 해야 할 중요한 질문이다. 〈캄보디아 대사관〉에서 '우리'는 윌즈덴 사람들이다.

이 이야기의 많은 리뷰에서 '우리'라는 서술자는 이야기 속 사건에 대해 집단 의견을 표출하는 그리스식 합창(고대 그리스 연극에서 코러스가 작가의 생각을 대변해 연극의 흐름을 이끌고 작가가 이야기하려는 주제를 전달하며 춤이나 노래 등으로 재미를 주는 역할을 한 데서 유래한 표현—옮긴이)과 유사하다. 작가는 '우리'라는 렌즈를 간간이 사용하며, 이러한 시점은 파투에게 무슨 일이 일어나고 있는지, 그리고 그녀가 이러한 상황에 대해 어떻게 생각하고 느끼는지를 설명하는 초점화된 3인칭 서술자와 대조된다.

〈캄보디아 대사관〉에서 '우리'라는 렌즈는 독자들에게 더 넓은 시야를 제공하는데, 이는 대사관을 둘러싼 이웃 주민들의 시각에서 대사관을 이해할 수 있게끔 해준다. '우리'는 1인칭의 형태이기 때문에 서술자는 '우리'가 무엇을 생각하는지 말할 수 있다. 바로 '대량 학살'이다. 하지만 그 집합적인 렌즈 때문에 거리는 다소 멀게 느껴진다. '우리'라는 서술자는 파투가 노예가 된 하인으로서 고군분투하는 사실에 대해서는 말하지 않고, 다만 많은 어려움을 겪고 있는 윌즈덴 사람들이 세상에서 일어나고 있는 많은 악행을 인식하면서도 그것들을 막기 위해 아무것도 할 수 없다는 사실만을 말할 뿐이다. 파투가 캄보디아 여성에게 무슨 일이 일어나고 있는지 깨닫지 못하는 것처럼 '윌즈덴 사람들'은 파투에게 무슨 일이 일어나고 있는지 모르지 않은가?

이러한 질문을 염두에 두고 이제 서술자 '우리'가 이야기에서 어떻게 작동하는지 생각해보자. '우리'는 파투나 캄보디아 여성들이 자유롭고 큰 도시에 살고 있음에도 불구하고 어떻게 계속해서 인신매매의 희생자가 되는지 보여준다.

작가처럼 읽는 법

다른 장르로 시선을 옮겨 시에서의 1인칭 화자에 대해 생각해보자. 조이 하르조는 〈은혜〉의 상당 부분에서 1인칭 복수 화자를 사용한다. 이 시에서 하르조는 '우리'와 '나' 사이를 매끄럽게 이동한다. 우리가 조이 하르조라고 알고 있는 화자는 학생, 특히 대학원 과정을 밟고 있는 아메리카 원주민 학생이라는 큰 정체성의 일부이다. 시의 두 번째 단락을 다시 읽어보자.

코요테처럼, 토끼처럼 우리는 두려움을 억누를 수 없었고 거짓된 자정의 계절을 헤쳐나갔다. 우리는 그 마을을 웃음으로 삼켜야 했다. 그래야 아주 쉽게 내려갈 수 있기 때문이다. 어느 날 아침 태양이 얼음을 깨기 위해 애쓰고, 꿈속에서 80번 고속도로 위 트럭 정류장에서 커피와 팬케이크를 발견했을 때 우리는 은혜를 찾았다.

복수 화자 '우리'가 하르조와 그녀의 친구들에게 어떻게 적용되는지 보자. 서술자 '우리'처럼 화자 '우리' 역시 그룹을 대변하는데, 이 경우에는 대학원 과정의 다른 아메리카 원주민 학생들이다. 이런 식으로 하르조의 시는 시인 자신의 개인적인 경험 이상의 내용을 담는다. '우리'가 상황을 전환하는 것이다.

이제 세 번째 단락을 읽어보자.

은혜는 시간이 촉박한 여자라고 할 수도 있고, 기억에서 벗어난 하얀 물소라고 할 수도 있다. 하지만 희미한 빛 속에서 그것은 균형의 약속이었다. 우리는 다시 한번 동물들의 이야기를 이해했고, 봄은 아이들과 옥수수의 희망으로 살이 빠지고 배가 고팠다.

서술자 '우리'는 하르조가 그녀와 그녀의 친구들 사이에 있었던 흔한 경험을 설명하는 동안에도 계속 유지된다. 하르조가 '은혜'를 묘사하는 방식을 설명하려고 할 때 '나'가 어떻게 들어오는지 주목하자. 여기서 그녀가 '은혜'를 '시간이 촉박한 여자' 또는 '기억에서 벗어난 하얀 물소'로 묘사한 것은 '우리'라는 시점 때문이 아니다. 이 묘사는 오직 그녀에게 한정된다. 그리고 봄에 대한 집단적인 이해와 경험을 설명하기 위해 서술자 '우리'는 다시 돌아온다.

'나'와 '우리' 사이에서의 이동은 하르조가 두 개의 1인칭 시점 사이를 오고 간다는 뜻이다. 이는 화자의 층위를 형성한다. 이는 또한 하르조가 공통된 경험과 개인으로서 선택한 언어를 구별할 수 있게 해준다. 이것이 어떻게 그 시를 문자 그대로의 의미에서 더 진실하다고 느끼도록 하는지 주목하자. 화자는 자신을 표현할 수 있을 때만 말하기 때문에 우리는 그녀가 다른 이들과 함께한 경험을 전달할 때도 그녀를 신뢰할 수 있다고 느낀다.

2인칭

|

2인칭이나 서술자 '당신'이 인물인 경우도 있다. 이야기 형식(소설, 창작 논픽션, 시 등)에서 2인칭 서술자는 보통 주인공이다. 따라서 작가들은 이들을 제대로 표현해야 한다. 이는 2인칭 서술자가 까다로운 이유

작가처럼 읽는 법

이기도 하다. 2인칭 서술자가 까다로운 또 다른 이유는 '너'가 거의 항상 '나'로 읽힌다는 점이다(이는 시점이 얼마나 복잡할 수 있는지 증명한다). 어떻게 '너'가 '나'로 읽힐 수 있을까?

질문에 대한 답은 카렌 돈리 헤이스의 에세이 〈대학에서 배우는 것들〉에서 찾을 수 있다. 이 문장을 생각해보자. '당신은 짧은 속옷 바지를 입은 에드가 문을 잡아당겨 열려고 애쓰다가 어깨를 으쓱하고는 옷을 하나둘 벗은 이들이 동그랗게 모여앉은 곳으로 돌아가는 모습을 본다.' 이 문장의 '당신'은 누구에게나 적용될 수 있는 '너'가 아니다. 속옷을 입은 에드가 문을 열려고 시도하다가 실패하는 것을 보고 있는 특정한 누군가가 있다. 그 사람이 이야기의 서술자이다.

이 짧은 에세이에서 작가는 대학에서 옷 벗기 게임을 하던 날 밤의 경험에 관해 쓰고 있다. 그녀는 자신의 이야기를 하기 위해 '당신'이라는 대명사를 사용하고 있다(이것은 소설가들도 사용하는 기법이지만 소설의 서술자 '너'는 가상의 서술자가 자신의 이야기를 한다는 점이 다르다. 예를 들어 부록의 〈음성 결과〉를 읽어보자). 이 글의 '당신'은 작가의 시점에서 쓰였다. 그러나 작가의 시점이라도, 1인칭이 아닌 2인칭이 되면 우리가 이야기를 읽는 방식이 달라진다. 〈대학에서 배우는 것들〉의 한 대목을 자세히 살펴보자.

병이 빙글빙글 돈다.

당신은 맥주로 인한 대담함을 기대했지만, 생각만큼 자신이 용감하지 않다는 사실을 알게 된다. 맥주병이 몇 번 더 돌고, 마지막 맥주 거품이 병의 테두리에서 날아간다. 그리고 당신은 병 돌리기 게임으로 옷을 생각했던 것보다 더 많이 벗어야 한다.(당연하지 않은가?) 병이 계속 돌고 당신이 신발, 양말, 그리고 마침내 티셔츠를 벗게 되면 당신은 이제 술기운이 달아났다는 사실을 깨닫는다.

당신은 에드가 '헤드라이트가 멋지네, 카렌'이라고 말했을 때 그것이 당신의 눈을 얘기하는 표현이 아니라는 사실을 확신하게 되고, 당신이 아직 순진하다는 사실을 깨닫는다. 당신은 다른 사람들과 함께 웃지만, 에드와 다른 친구들을 쳐다보지 않는다. 당신은 계속 웃고, 계속 술에 취한 척하면서, 병 돌리기 게임의 직전 라운드에서 당신이 티셔츠를 벗었을 때 이미 편안한 단계가 지나고 말았다는 사실을 깨닫는다. 당신은 이제 그 자리를 떠나고 싶다. 밤의 차가운 어둠 속으로 뛰어들고 싶지만 그렇게 하지 않는다.

병이 빙글빙글 돈다.

당신은 배짱이 있어도 그 자리를 떠날 수 없다는 걸 알게 된다. 복도에서 파티에 참석하고 싶었던 불만 가득한 사람들이 던진 동전이 문틈에 박혔기 때문이다. 당신은 짧은 속옷 바지를 입은 에드가 문을 잡아당겨 열려고 애쓰다가 어깨를 으쓱하고는 옷을 하나둘 벗은 이들이 동그랗게 모여앉은 곳으로 돌아가는 모습을 본다. 아무도 그 자리를 떠나지 않는다.

에세이의 나머지 부분에서와 마찬가지로 인용의 서술자 '당신'은 계속해서 한 명의 특정한 사람, 즉 이러한 경험을 한 서술자를 의미한다. 갈등과 인물 구축이 '당신'을 중심으로 전개되는 방식에 주목하자. 우리는 그녀가 어떤 순서로 옷을 벗게 되는지 읽었다. 우리는 그

작가처럼 읽는 법

녀의 순진함과, 자신이 아직 순진하다는 그녀의 깨달음에 대한 구체적인 세부 사항을 파악하게 된다. 충돌이 드러난다. 그녀는 게임에서 불편함을 느끼지만 문은 '꽉' 닫혀 있다. 이 모든 것은 카렌의 시점에서 서술된다. 이 이야기에서 카렌은 자신을 '나'가 아니라 '당신'이라고 부른다.

2인칭 서술자는 약간 더 거리감이 느껴진다. 우리는 '당신'을 '멀리 있는 1인칭' 서술자라고 표현할 수 있다. 하지만 '멀리 있는 1인칭'이라는 용어는 존재하지 않으며 '당신'은 2인칭 대명사다. '당신'은 다만 거리감을 형성한다.

내가 카렌 돈리 헤이스에게 에세이 속 서술자 '당신'에 관해 직접 질문했을 때 그녀는 이렇게 답했다. "2인칭 시점은 일종의 큰 실험이었다……. 하지만 어떤 면에서 그 시점으로 이 이야기를 더 쉽고, 덜 개인적인 방법으로 관찰하고 전달할 수 있었다." 작가가 여기서 말하고 싶은 것은 거리다. 그녀는 이 단편 속 이야기를 펼치기 위해 서술자 '당신'으로 거리를 조정했다. 작가들은 이렇게 거리를 조절하며 다른 방법으로는 가능할 수 없었던 방식으로 이야기를 전할 수 있다.

물론 돈리 헤이스는 다른 작가들이 하는 것처럼 이야기를 전하는 다양한 방법을 시도하는 실험에 관해 이야기하고 있다. 2인칭 서술은 에세이 작가들에게 일반적인 실험일 수 있지만 2인칭 시점의 작품을 완성하는 작업은 일반적이지 않다. 〈대학에서 배우는 것들〉의 2인칭 시점은 어떻게 기능하는가?

한 가지는 옷 벗기 게임에 관한 덜 개인적이고 더 먼 렌즈라는 것이다. 어떤 옷을 벗었는지, 어떻게 창피해졌는지, 계속 놀기 싫었는지를 말하되, '나'가 없는 에세이는 덜 불편하다. 우리는 이 서술자 '당신'이 불미스러운 세부 사항과 '일시적 기억상실'을 가장하는 방법으로 게임에서 물러난 일의 진실을 전달할 거라고 믿는다. 또한 우리는 '나'보다 덜 개인적인 사람이 그녀가 후회하면서 배운 것, 즉 서술자가 다르게 행동했다면 일어날 수 있었던 모든 가능성을 포기하는 것에 관해 설명해주리라고 믿는다.

2인칭 시점이 작동하는 또 다른 방법은 렌즈 뒤에 독자를 삽입하는 것이다. 이 일은 서술자를 통해 일어난다. 우리는 서술자가 이 게임에 참여하기로 했다는 사실을 알고 있다. 하지만 서술자 '당신'은 독자를 게임에 투입한다. 이는 다른 시점이었다면 불가능한 방식이다. '병이 계속 돌고 당신이 신발, 양말, 그리고 마침내 티셔츠를 벗게 되면 당신은 이제 술기운이 달아났다는 사실을 깨닫는다.' 당신은 방금 티셔츠를 벗었다. 독자인 당신은 예상했든 아니든 간에 (마치 작가가 그랬던 것처럼) 이 옷 벗기 게임에 참여하고 있는 자신을 발견한다.

2인칭 시점을 택한 이 에세이는 많은 대학생에게 흔한 경험을 얘기한다(여러분이 혹시 이런 경험을 했더라도 손을 들 필요는 없다). 모든 사람이 술병을 돌려 옷을 벗는 게임을 해본 것은 아니지만, 술에 취하거나, 다른 사람들 앞에서 옷을 벗거나, 기숙사 방에서 작은 파티에 참여하거나, 어색한 밤이 흐른 뒤 짝사랑을 포기하거나, 후회를 깨닫는 것이 어떤 기분인지를 흔히 배운다. 이 에세이의 시점은 글의 제목이기도 한 '대학에서 배우는 것들'이 정확히 무엇을 내포하는지 우리에게 전달한다.

흔하지는 않지만 서술자 '당신'은 일반 사람들이나 특히 독자를 의미하는 '당신'으로 읽히기도 할 것이다. 이러한 '당신'이 말할 때, 작품은 아마도 서사가 아닐 것이다. 일반 사람들의 관점에서 말하거나 화자의 시점에 독자를 넣는 작업은 까다롭고, 대부분의 맥락에서 제대로 작동하기 어렵다. 비서사 창작 논픽션에서 2인칭 서술자 혹은 화자는 거의 존재하지 않을 정도로 드물다. 시와 일부 비서사 창작 논픽션에서 '너'는 에세이나 시의 일부로 자주 나타나지만 화자나 서술자로는 거의 등장하지 않는다.

서술자나 화자의 시점이 아닌 2인칭 '당신'의 예시는 메리 올리버의 시 〈단서〉에서 확인할 수 있다.

이야기가 있다
당신의 가슴을 아프게 할.
들어볼 텐가?
올겨울
아비새 떼가 항구로 왔다
그리고 죽었다, 한 마리씩,
알 수 없는 이유로.
한 친구가 말해주었다
해안에 있던 한 마리가
머리를 들고
우아한 부리를 열고 소리쳤다고,
생애의 길고 달콤한 맛을.
그 소리를 들었다면

신성한 소리임을 알 것이다.

만일 들어본 적 없다면

그곳으로 서두르는 편이 좋으리라,

그들이 노래하는 곳으로.

그리고, 절대 아무에게도 말하지 마라,

그곳이 어디인지.

그다음 날 아침

얼룩덜룩한 무지갯빛을 띤

아비새들은

집으로 돌아가기 위해

숨겨진 호수를 찾기 위해

해안에서 숨을 거두었다.

나는 그대에게 말한다

당신의 가슴을 아프게 하는,

단지

그 말은 열리면 다시 닫히지 않는다,

세상의 다른 곳으로.

이 시에서 말하는 사람은 '당신'이 아니다. 화자가 '당신'에게 말하고 있다. '당신'은 우리, 즉 독자이다. 독자로서 우리의 마음은 아비새와 자연계의 나머지 존재에게 열려 있어야 한다. 그러나 화자의 시점은 '당신'이 아니다. 화자는 이미 이 시에 담긴 이야기를 알고 있다. 화자는 이미 아비새들을 보았고, 슬퍼했다.

작가처럼 읽는 법

3인칭

|

3인칭 시점은 세 가지 방식으로 전개될 수 있으며 각각의 방식에서 서술자나 화자는 이야기나 시의 바깥에 있다. 3인칭 서술자 혹은 화자는 등장인물이 아니지만, 서술자는 등장인물의 시점에서 무슨 일이 일어나고 있는지 독자에게 전할 수 있다.

할 수 있는가, 아니면 할 것인가? 이 질문은 중요하다. 또 한 가지 중요한 질문이 있다. 어떤 캐릭터의 시점인가? 세 가지 방법이 있다. 3인칭 서술에는 세 가지 종류가 있다는 점을 기억하자.

1. 초점화된 3인칭 시점
2. 전지적 작가 시점
3. 객관적 3인칭 시점

서술자가 모든 걸 알고 있는 3인칭과 그렇지 않은 3인칭에는 큰 차이가 있다. 우리가 작가처럼 생각하고 읽고 쓰기 시작하면 3인칭 시점의 차이가 더 미세하게 나뉜다.

중요한 차이점은 친밀도와 거리이다. 비교를 위해 1장에서 제시한 예시를 다시 살펴보자. 이를 3인칭 시점의 소설로 바꿔보자.

카를라는 여섯 살이었을 때 총으로 여동생을 죽였다. 그녀는 총 쏘는 법을 몰랐다.

이 글은 초점화된 3인칭 또는 전지적 작가 시점이라고 말할 수 있다. 주인공이 총 쏘는 법을 몰랐다는 사실을 우리가 알기 때문이다. 문장 몇 개를 더하면 차이를 확실히 알 수 있다.

카를라는 여섯 살이었을 때 총으로 여동생을 죽였다. 그녀는 총 쏘는 법을 몰랐다. 카를라는 이 일을 기억하지 못한다. 여동생이 있었지만, 다음 날 여동생이 없어졌다는 사실만을 기억할 뿐이다. 가끔 카를라는, 10년이나 지났지만 어머니는 아직도 매일 그 일을 떠올린다고 생각한다. 카를라는 여동생이 사라진 이후로 자신이 어머니에게 유일한 아이라는 사실을 만회하려고 노력해왔다. 하지만 가끔 카를라는 자신을 바라보는 어머니의 표정에서 뭔가 잘못되었다고 느낀다.

우리는 이 글이 초점화된 3인칭 시점이라는 사실을 확신할 수 있다. 서술자가 카를라 어머니의 생각을 얘기하지만, 그 정보는 카를라의 시선을 통한 내용이기 때문이다.

이제 다른 버전을 읽어보자.

카를라는 여섯 살이었을 때 총으로 여동생을 죽였다. 그녀는 총 쏘는 법을 몰랐다. 카를라는 이 일을 기억하지 못한다. 여동생이 있었지만, 다음 날 여동생이 없어졌다는 사실만을 기억할 뿐이다. 10년이나 지났지만 카를라의 어머니는 아직도 매일 그 일을 떠올린다. 어머니는 자신에게 남은 아이 앞에서 이 일을 내색하지 않으려고 노

작가처럼 읽는 법

력하지만 어쩔 수 없이 기억을 떠올리기도 한다.

이 글은 전지적 작가 시점으로 쓰였다. 서술자는 카를라와 어머니의 머릿속에서 무슨 일이 일어나고 있는지 알고 있다. 우리는 카를라의 시점과 어머니의 시점에서 상황을 볼 수 있다.

이제 마지막 버전을 읽어보자.

카를라는 여섯 살이었을 때 총으로 여동생을 죽였다. 그녀는 총 쏘는 법을 몰랐다. 10년 후, 카를라는 여전히 외동이다. 가끔 카를라의 엄마는 그녀를 지켜본다.

이제 우리는 객관적 3인칭 시점으로 상황을 본다. 서술자는 이야기에서 무슨 일이 일어났는지 사실만을 전한다. 카를라나 그녀의 어머니가 무슨 생각을 하고 있는지에 대한 설명이 부족하다는 사실에 주목하자. 독자인 우리는 등장인물들이 과거에 어떻게 대응하는지 스스로 알아내야 한다.

3인칭 시점을 변경하는 작업은 서술자가 얼마나 알고 있는지의 문제가 아니다. 시점의 변경은 거리를 변경하는 문제이다. 처음 두 예시에서는 서술자가 인물과 얼마나 가까운지, 세 번째 예시에서는 얼마나 먼지 살펴보자. 두 인물의 생각을 알고 있는 서술자(두 번째 예시)는 카를라의 생각만을 알고 있을 때보다 카를라와 덜 친밀하게 느껴진다는 점에 주목하자.

많은 작가들이 초점화된 3인칭 시점을 '근접 3인칭 시점'으로 부르는데, 그 이유는 서술자가 한 인물의 모든 내적 작동 메커니즘을 따라갈 때 우리가 인물에 근접하게 느끼기 때문이다. 위의 간단한 예에서도 우리는 어머니가 어떻게 생각하는지를 포함하여 이야기의 모든 부분을 카를라라는 필터를 통해 알 수 있다. 초점화된 3인칭 시점의 또 다른 특징은 서술자가 다른 등장인물들의 마음속에서 무슨 일이 일어나고 있는지 모른다는 사실이다. 그러므로 초점화된 3인칭 시점은 1인칭만큼이나 제한적이다.

전지적 작가 시점에서 서술자는 두 등장인물의 머릿속에 있다. 이 또한 인물과의 거리가 가까운 시각이지만 초점화된 3인칭 시점과 달리 모든 등장인물과 가깝다. 이야기의 사건들은 모든 인물의 필터를 통해서 볼 수 있다. 작가들은 이 필터들을 다양한 방식으로 적용한다. 이야기의 장면마다 작가는 특정 인물의 관점에서 글을 쓸 수도 있고 그러지 않을 수도 있다.

객관적 3인칭 시점에서 서술자는 너무 멀리 떨어져 있어서, 보고하거나 기록하기만 한다. 객관적 3인칭 시점에서는 인물들과의 거리감을 통해 이야기가 전개된다.

장르를 초월하는 3인칭 시점
|

우리는 3인칭 시점이 거의 소설에만 적용된다고 생각하는 경향이 있다. 하지만 시와 창작 논픽션에서도 3인칭 시점을 찾을 수 있다. 이를 설명하기 위한 각각의 예를 살펴볼 것이다. 각 장르별로 3인칭 시

점을 살펴보면서 세 가지 유형의 3인칭 시점에 대해서도 알아보자.

먼저 소설을 보자. 〈캄보디아 대사관〉은 다음과 같이 대부분 3인칭 시점으로 쓰였다.

그러나 파투는 다시 캄보디아 여성이 들고 다니는 가방을 보면서 그것들이 사실 아주 오래된 가방이 아닌지 궁금해했다. 디자인이 바뀌지는 않았던가? 가방을 보면 볼수록 그녀는 그 안에 음식이 아니라 옷이나 다른 무언가가 들어 있다는 사실을 더욱 확신하게 되었다. 또한 가방의 윤곽은 전부 너무 둥글고 매끄러웠다. 여성은 어쩌면 단순히 쓰레기를 치우고 있었을지도 모른다. 파투는 버스정류장에 서서 캄보디아 여성이 모퉁이에서 길을 건너 큰길 쪽으로 좌회전할 때까지 지켜보았다. 한편 대사관에서는 배드민턴 경기가 계속되었지만 바람 때문에 노력이 좀 더 필요한 듯했다. 파투는 언젠가 바람이 남쪽으로 불어서 셔틀콕이 담장을 넘어 그녀의 손에 가볍게 내려앉을 것만 같았다. 하지만 셔틀콕이 날아오르자 반대편 선수는 파투의 기대를 처참히 저버린 채(파투는 오래전부터 두 선수가 모두 남자라고 상상했다.) 정확히 스매시를 날려 반대편으로 보냈다.

이 단락에서 초점화된 3인칭을 살펴보기 위해 먼저 이 질문의 답을 찾아보자. 파투에게 직접적으로 일어나고 있는 일 이외에 어떤 일이 일어나고 있는가? 대사관을 나온 캄보디아 여성이 가방을 들고 구석으로 걸어간다. 그리고 대사관에 있는 남자들은 계속 배드민턴을 친다. 이제 파투의 눈을 통해 이런 일들이 어떻게 보이는지 알기 위해 이 구절을 다시 읽어보자.

파투는 쇼핑백을 들고 떠나는 여자를 지켜보고 셔틀콕을 본다. 파투는 또한 여성의 쇼핑백에 대해 궁금해하기 시작한다. 서술자는 파투와 너무 가까워서 우리는 파투가 가방에 대하여 생각하기 시작하면서 그 가방들이 '아주 오래된 가방'인지, '디자인이 바뀌지는 않았는지 궁금해하는 모습을 본다. 파투는 캄보디아 여성을 계속 생각하면서 깨닫기 시작한다. 독자로서 우리는 그 여자가 파투와 비슷한 상황에 처해 있을지도 모른다는 사실을 짐작할 수 있다. 하지만 파투가 진실을 깨닫기 직전에 외면하면서 우리도 그녀의 시점에 머문다. '여성은 어쩌면 단순히 쓰레기를 치우고 있었을지도 모른다.' 여기서 3인칭의 중요성이 커진다. 이 부분에서 우리는 파투가 볼 수 있는 것 이상을 볼 수 없고, 그녀는 이 여성에게서 자신의 모습을 볼 수 없다.

동시에 파투에게 초점화된 3인칭 시점은 인신매매의 희생자들이 얼마나 고립된 상황에 처할 수 있는지 우리에게 상기시킨다. 이야기의 이 시점에서 여자가 노예인지 파투가 궁금해하기 시작했다는 사실을 기억하자. 파투는 캄보디아 여성을 자신과 같은 피해자로 인정할 수 없다. 캄보디아 여성은 파투를 보지도 못한다. 만약 그녀가 파투를 보더라도 파투는 알지 못한다. 파투가 보는 것은 대사관 문 안쪽에서 계속되는 게임과 움직이는 셔틀콕일 뿐이다. 상황이 고조되면서 우리는 파투가 들어갈 수 없는 문 안쪽에서 펼쳐지는 게임을 파투가 보는 그대로 본다.

이 부분은 소설에서 초점화된 3인칭 시점이 어떻게 작용하는지에 주목하며 읽을 때 중요하다. 우리는 창작 논픽션이든 시든 같은 방식

작가처럼 읽는 법

으로 초점화된 3인칭 시점이 작용하는 방식을 연구할 것이다. 소설 이외에도 주목할 만한 초점화된 3인칭 시점 작품을 출판하는 온라인 문학 저널은 창작 논픽션의 경우 《브레비티》와 시의 경우 《플룸》이 있 다(《플룸》에서 과메 도스Kwame Dawes의 〈구석의 사람들Bodies on the Margins〉을 찾아 읽어보자. 후회하지 않을 것이다).

산문시 〈지도 만들기〉는 전지적 작가 시점이다. 인용문을 읽으면서 서술자가 어떻게 달라지는지 생각해보자.

> 그들의 8주년은 마치 치즈피자처럼 다가오고 있었다. 그들이 원하 지 않아도 매년 2월 26일이 왔다는 것. 올해 그들은 가본 적 없는 유 럽에 관해 이야기했다.
>
> 그녀는 암스테르담에 대한 기대로 가득 차 있었다. 악명 높은 홍등 가, 그리고 커피숍. 그는 노래하는 뱃사공, 흐르는 로맨스 그리고 그 녀가 함께하는 베네치아를 꿈꾸고 있었지만 그녀는 이미 암스테르 담에서 해야 할 일의 목록을 준비하고 있었다.
>
> 그들은 각자만의 꿈을 꾸며 잠들었고 지도는 그들을 각자 원하는 곳 으로 데려다주었다.

초반부에서 전지적 작가 시점은 '그들이 원하지 않아도'라는 구절에 서 확인할 수 있듯 복수형이다. 주인공 남녀는 유럽 여행을 함께 이야 기하는 것으로 시작한다. 그러나 다음 단락에서는 각각 그녀와 그의 시점으로 이동한다. 우리는 유럽 여행을 위해 각자가 구상하는 세부 사항을 읽으면서 그녀와 그가 원하는 바가 얼마나 다른지 알 수 있다.

다음 단락에서 전지적 작가 시점이 복수형으로 돌아가면서 두 사람은 서로 갈라진다.

1인칭 복수형 시점처럼 3인칭 복수형은 작가가 소화하기 까다로운 시점이다. 락스메슈와르는 이 작품에서 복수의 시점(그들)과 1인칭 시점(그녀, 그)을 자연스럽게 교차시킨다. 시에서 그녀의 욕망은 그의 욕망과 충돌한다. 그리고 그의 욕망은 그녀의 욕망과 부딪친다. 서술자가 전지적인 까닭에 우리는 두 가지 시점에서 상황을 전부 볼 수 있다. 서로 멀어지면서 두 사람(함께 그리고 각자)에게 일어나는 일을 드러내는 렌즈는 '그들은 각자만의 꿈을 꾸며 잠들었고'라는 문장에서 드러나듯 정서적인 충격을 고조시킨다.

창작 논픽션 〈조각들〉의 일부분은 객관적 3인칭 시점으로 서술되어 있다. 아래 인용문에는 '2. 격자 모양'의 첫 두 단락이 포함되어 있다. A는 객관적 3인칭 시점으로 서술된다.

2. 격자 모양

A.

버로우 파크는 브루클린 버로우의 동네이자 미국에서 가장 큰 유대인 공동체의 본거지이다. 공동체의 중심은 11번가와 18번가, 40번가와 60번가가 교차하는 격자 모양 내부에 있다. 레이비는 18번가에서 아론을 만났다. 소년은 13번가와 50번가 모퉁이에서 어머니를 만나기로 되어 있었다.

작가처럼 읽는 법

B.

7월 12일, 나는 95번 주간 고속도로를 타고 남쪽으로 차를 몰아 서배너/힐턴 헤드 국제공항으로 간다. 비행기로 뉴어크까지 간 뒤 다음 날 맨해튼으로 가는 기차를 탈 것이다. 한 시 뉴스는 브루클린에서 8세 소년이 살해되어 토막 난 사건을 보도한다. 뉴스 진행자는 그 이야기를 먼 곳까지 정확히 전달한다. 나는 숨이 막혀 라디오를 끈다.

A에서 작가는 사실을 기록한다. 에세이의 첫 부분에서 우리는 레이비가 어머니에게 돌아가다 아론을 만난 뒤 살해되었다는 사실을 안다. 그 사실을 알고 있는 우리에게 이 부분은 매우 충격적이다. 객관적 3인칭 시점은 충격을 더한다. 작가는 뉴스 기자들이 이 아이의 사건을 포함해 살인에 대한 정보를 보도하는 것처럼 이 정보를 전달한다. 비쿨리지는 우리에게 이러한 사실을 어떻게 받아들여야 할지 말해주지 않으며 뉴스 기자도 마찬가지이다. 객관적 3인칭 시점은 뉴스 보도의 원격성을 모방하여 에세이의 중심 주제 중 하나를 전개하며 우리가 폭력에 관한 뉴스를 전달받는 방식이 얼마나 그 사건을 멀게 느끼게 하는지 상기시킨다.

이처럼 우리가 어떻게 느껴야 할지 방향을 제시하지 않는 방식은 이 에세이에서 제 기능을 발휘한다. 왜냐하면 (인생에서와 마찬가지로) 독서에서 어떻게 느껴야 한다는 다른 사람의 조언을 듣고 싶어 하는 사람은 아무도 없기 때문이다. 우리에게 어떻게 느껴야 할지 알려주는 대신 작가는 A의 객관적 3인칭과 B의 1인칭 시점을 나란히 배치한다. B에서 비쿨리지는 인물로서 이야기에 몰입한 1인칭 서술자이다. 이 인물은 독자들이 공항과 맨해튼으로 가는 길에 뉴스에서 레이비가 살해된 사건에 대한 '정확하고 동떨어진' 보도를 듣는 일이 어떤 느낌인지 보여준다.

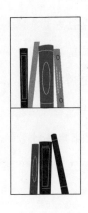

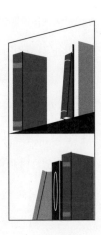

장르와 시점

창작 논픽션에서 시점의 복잡한 부분은 작가가 서술자 뒤에 있다는 것이다. 창작 논픽션을 읽을 때 우리는 우리가 읽고 있는 단어가 진실이라는 사실을 안다. 우리는 작가의 렌즈를 통해 실제 사건들을 보고 있다. 창작 논픽션이 1인칭 또는 2인칭으로 쓰여 작가가 자신을 '나' 또는 '너'라고 부를 때, 작가는 이를 작품의 인물로 발전시킨 것이다. 창작 논픽션이 3인칭으로 쓰일 때 작가는 대개 다른 누군가에게 일어난 사건들을 묘사한다. 몇몇 창작 논픽션 작가들은 자신의 경험을 서술하기 위해 제3자를 사용하기도 한다. 창작 논픽션의 작가들은 다른 장르 작가들과 마찬가지로 시점을 선택한다는 사실을 기억하자.

어떤 시점이든, 그리고 그 시점을 택한 이유가 어떻든 간에, 창작 논픽션에서 우리는 작가가 렌즈의 일부라는 사실을 알고 읽는다. 이창래의 〈성게〉의 일부를 읽어보자.

맛이 어떠냐고? 잘 모르겠다. 이런 걸 먹어본 적이 없으니까. 내가 아는 건 그것이 살아 있는 맛이라는 것뿐이다. 바다 밑 깊은 곳에 살아 있는 것. 피부가 광물이라면 그런 맛일 것 같다. 아직도 씹고 있지만 구역질이 난다. 마치 내 입에 또 다른 혀, 눈이 멀고 자기 만족적인 생물을 물고 있는 것 같다. 그날 밤 나는 토했고 어머니는 우리를 꾸짖었으며 아버지는 걱정하면서도 낄낄거리고 웃었다. 다음 날 삼촌들은 나를 좀 더 멀리 데리고 나가겠다고 농담을 하고 그 제안만으로도 나는 다시 움츠러든다.

일주일 뒤 난 건강을 회복했고 혼자 그곳에 간다. 노파가 있고 뜨거운 태양 아래 반짝이는 성게도 여전히 거기에 있다. "네가 원하는 게 뭔지 알아."라고 노파는 말한다. 나는 기대와 혐오로 미끈거리는 입으로 자리에 앉는다. 아직도 왜 그런지는 모른 채로.

이창래는 성게가 어떤 맛인지 '확실하지 않다'고 인정하면서도 계속해서 보통 우리가 맛과 연관시키지 않을 세부 사항들을 제공한다. 우리는 작가가 무언가를 지어내는 대신 최선을 다해 우리에게 맛을 알려주리라고 믿는다. 그리고 그는 성게를 입에 물고 있는 것이 어떤 느낌인지 명료하고도 특이한 생각을 전한다.

그다음 단락은 에세이의 마지막 단락이다. 시점의 미세한 변화에 주목하자. 작가는 여전히 1인칭으로 서술하고 있지만, 마지막 문장에서 서술자의 렌즈는 성찰을 포함한다. 문장이 끝날 무렵 서술자는 당시 작가가 두 번째로 맛보는 성게를 기다리면서는 알지 못했던 것을 현재 글을 쓰는 작가는 깨닫는다. '나'는 아직 열다섯 살이 되지 않

작가처럼 읽는 법

은 어린 십 대다. 당시의 그는, 다른 성게 접시를 기다리는 그 순간 서술자인 이창래가 이 경험에 대해 무엇을 깨닫는지 이해할 수 없었던 까닭에 '아직도 왜 그런지는 모른 채로.'라는 문장으로 글을 마무리한다.

소피 야노우의 그래픽 노블《모순》과 랜디 워드의《헤스투르: 포토 에세이》는 모두 1인칭 시점으로 쓰였다. 이것은 (당연하게도) 두 작품 모두 서술자 '나'가 있다는 뜻이다. 이미지는 렌즈에 또 다른 필터를 추가한다.

《헤스투르: 포토 에세이》에서 서론의 마지막 단락과 사진 한 장을 살펴보자.

나 역시 헤스투르 마을의 소용돌이치는 사회 조류에 휘말리는 일을 피할 수 없었다. 섬에 새로 들어온 사람이자, 가장 어린 주민이며, 어느 조직에도 속하지 않은 독신 여성이자, 외국인인 내 삶에 대해 사람들은 다양한 해석을 내놓았다. 그리 오래지 않아 내 일상과 사회적 상호작용은 다양한 정밀 조사의 대상이 되었다. 하지만 이 극도의 근접성과 고독이 복잡하게 어우러진 모습은 페로제도 중에서도 마지막 6개월을 보낸 헤스투르에서의 내 시간을 절묘하고 생생하게 만든다. 나는 삶과 인간성의 놀라운 스펙트럼을 경험했고 저항하기 힘든 극단에 이르기도 했다. 나는 양떼를 돕거나, 갓 깎은 건초를 뜯거나, 호이리우와 다채로운 대화를 즐기거나, 요르문트에게 이메일 사용법을 가르치거나, 오후에 에베의 빨랫줄을 빌리기도 했지만 내가 그들과 연대하는 가장 온화한 방식은 저녁에 부엌 불을 켜서 사람들에게 내가 그곳에 있다는 사실을 알리는 일이었다.

양모는 페로제도의 금 ‖‖

헤스투르섬에는 약 580마리의 양이 살고 있다. 어업이 등장하기 훨씬 전, 모직물은 페로제도 경제의 주된 요소 중 하나였다. 그러나 양모는 더 이상 '페로제 금'으로 간주되지 않는다. 시장 가치가 너무 낮은 까닭에 사람들은 양모를 팔거나 실을 만들기보다는 태워버린다.

‖‖‖

도입부에서 서술자 '나'가 헤스투르에서 자신의 존재를 설명하지만 사진은 그녀에 대한 내용이 아니다. 우리는 작가가 말 그대로 렌즈 뒤에 있다는 사실을 안다. 카메라 뒤에 있는 동안 그녀는 사진의 일부가 될 수 없다. 그녀가 찍힌 사진은 하나도 없다. 서문의 서술자 '나'는 독자에게 카메라 뒤에 있는 사람을 보여줌으로써 포토 에세이가 더 개인적인 작품이 되도록 한다. 하지만 사진에서의 시점을 주목하자. 작

작가처럼 읽는 법

가의 눈은 사진을 찍는 주체의 일부이지만 '나'는 사진 속에 없다.

캡션의 서술이 객관적 3인칭 시점에서 어떻게 제시되는지도 확인하자. 포토 에세이의 이 부분에서 작가는 관찰자로서 사진을 찍고 사실을 설명한다. 비비안 비쿨리지가 1인칭과 전지적 작가 시점을 병치하는 방식과 비슷하게 워드는 1인칭인 서문을 객관적 3인칭인 캡션과 나란히 배치한다. 사진들은 그 중간 어딘가에서 만난다. 워드는 독자들에게 헤스투르라는 오래되고 고립된 섬과, 섬의 감소하는 인구와, 양치기 문화에 대해 알려주는데, 사진은 섬에 관한 여러 사실과 워드의 개인적 소개를 독특하고 부드럽게 연결한다. 이 포토 에세이(소개, 사진, 캡션)의 시점을 읽기만 하면 워드가 이 작품에서 무엇을 성취하였는지 이해할 수 있다.

다음 페이지에서 1인칭 시점인 소피 야노우의 그래픽 노블 《모순》을 보자.

야노우는 이 그래픽 노블의 캡션과 해설(혹은 보이스오버)에서 1인칭 서술자를 제시한다. 소피의 목소리는 독자들에게 '멍한 상태에서 유학 사무실로 가서 언어를 잘하지 않아도 되는 곳이 어딘지 물었다'고 말한다. 여기에서의 서술자 '나'는 유학을 떠나기로 한 자신의 결정을 둘러싼 상황들을 기억한다.

이 페이지의 패널에 있는 텍스트와 함께 이미지를 읽으면 우리는 소피가 미술관에 들어가 복도를 지나 스케치를 하기 위해 앉아 있는 모습을 볼 수 있다. 소피의 대화 '학생 한 명입니다'와 의성어 효과 '털썩'은 그림과 짝을 이룬다. 우리는 소피가 만드는 소리와 그녀가 하는 말을 듣는다.

학생 한 명입니다.

사이키델릭 약물을 경험하고 비판적 이론에 빠졌던 난 이별을 겪고 난 뒤 나머지 수업을 모두 취소했다.

멍한 상태에서 유학 사무실로 가서 언어를 잘하지 않아도 되는 곳이 어딘지 물었다.

RIPPP

PLUCK

털썩!

파리 정도면 충분히 먼 곳이라는 생각이 들었다.

사진이 포토 에세이의 시점에 또 다른 시점을 추가하는 것처럼 그림 역시 그래픽 노블에 시점을 추가한다. 그녀가 카메라를 들고 있고 우리가 그녀의 렌즈를 통해 보고 있는 것처럼, 우리는 소피의 눈을 통해 장면을 있는 그대로 정확히 볼 수는 없다. 대신 우리는 파리에서 유학하는 동안 삶을 살아가는, 그림으로 표현된 소피를 본다.

이 페이지의 첫 번째 행에 있는 패널에는 테두리가 있고, 두 번째 행에는 테두리가 있다가 열린 패널로 바뀌며, 세 번째 행은 열린 패널로 구성된다(열린 패널은 하나 이상의 테두리가 없는 패널이다). 패널이 열리면 소피라는 캐릭터에 조금 더 가깝게 느껴지지 않는가? 열린 패널은 우리를 소피의 시점으로 초대한다. 우리는 이것을 '초점화된 3인칭을 만난 1인칭 시점'이라고 표현할 수 있을 것이다. 그래픽 노블에서 시점을 읽을 때 중요한 점은 단어와 이미지가 어떻게 함께 작동하여 렌즈를 형성하거나 변화시키는지 알아차리는 것이다.

토론 질문과 쓰기 길잡이: 시점에 집중하기

토론 질문

1. 〈음성 결과〉(부록 참조)를 읽고 왜 베스 우즈니스 존슨이 이 이야기를 2인칭으로 썼을지 설명해보자. 1인칭 또는 3인칭 서술자라면 이 이야기는 어떻게 바뀔까?

2. 3인칭 혹은 웨이트리스의 시점에서 서술된 〈제리의 크랩 쉑: 별 한 개〉(부록 참조)를 상상해보자. 이야기가 어떻게 바뀔까? 설득력이 유지될 수 있을까? 개리와 재닛 사이의 갈등이 여전히 주된 갈등일까?

쓰기 길잡이

새로운 소재로 쓰기

써본 적이 없거나 자주 쓰지 않았던 시점을 선택한다. 선택한 시점으로 소설, 에세이, 시, 그래픽 노블 또는 포토 에세이의 도입부 초안을 작성한다.

수정해서 쓰기

이미 완성한 초고를 꺼내보자. 시점에 주목하자. 이제 작품을 다른 시점으로 다시 쓰거나, 작품에 다른 시점을 도입해보자(위의 '새로운 소재로 쓰기'를 위해 시작한 작품을 사용해도 좋다).

설정은 두 가지 질문, 즉 '어디'와 '언제'로 구성된다. 소설, 시 또는 에세이가 펼쳐지는 공간(콜로라도주립대학교 기숙사 방, 런던, 달 등)과 일이 일어나는 시간(현재, 1752년, 먼 미래 등)은 글의 기본을 이루는 부분이다. 예를 들어 소설과 창작 논픽션에서의 설정을 생각해보자. 설정은 인물 구축과 같은, 서사의 다른 요소들에 영향을 미친다. 예를 들어 역사의 특정한 시기라는 설정은 등장인물들이 현재와는 다른 습관을 지닐 것이라는 사실을 의미한다. 시의 설정에도 비슷한 아이디어가 적용된다. 배경을 특정 장소로 정하는 것은 시의 내용에 영향을 줄 것이다.

언뜻 보기에 '어디'와 '언제'는 단순한 개념처럼 보인다. 작가들이 작품에서 설정을 구성하는 방식을 연구할 때, 우리는 공간과 시간을 더 자세히 살펴볼 필요가 있다.

6장

설정

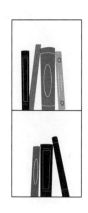

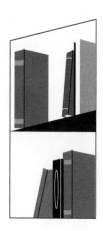

공간 설정하기

공간은 지리적인 요소를 의미한다. 이야기가 어디에서 펼쳐지고 있는가? 구체적으로 어디인가? 지구, 우주, 또는 우주 너머에서 만들어진 소용돌이의 어딘가? 예를 들어 이창래의 에세이 〈성게〉는 서울을 배경으로 하고 있다. 어떤 장르를 쓰건 이창래 작가가 이 에세이에서 배경을 그리는 방식은 참고할 만하다.

〈성게〉의 첫 단락은 설정의 많은 주요 세부 사항을 설명한다. 아래 단락들이 어떻게 특정한 장소, 즉 서울을 지명하는 것 이외에도 장소의 다른 중요한 측면을 다루는지 주목하자.

1980년 7월. 내가 열다섯 살이 될 무렵 우리 가족은 서울에 간다. 12년 전 서울을 떠난 뒤 첫 방문이다. 서울이 어떻게 달라졌는지 난 모른다. 부모님도 할 말을 찾지 못한다. 부모님은 우리가 다른 지역에 가거나 오래전 친구를 만날 때마다 "어머나 세상에……?"와 같은 말을 반복한다. "이것 좀 봐! 어떻게……?", "이런 엄청난 무더위는……. 맞아, 맞아. 어떻게 이렇게……." 내 여동생은 엄청난 무더위에도 지나칠 만큼 조용하다. 우리 모두 그렇다. 내게서 얼마나 지독한 냄새가 나는지 난 처음 느낀다. 누구든 다른 모든 것들처럼 냄새가 날 수밖에 없다. 엄청난 열기 속에서 모든 것은 발효되고 부패한 것 같은 고약한 냄새를 풍긴다. 겨우 머리 높이의 방 두세 칸짜리 집들이 옹기종기 모인 할아버지가 살던 옛 동네에서도 냄새가 진동한다. "그게 뭐야?"라고 나는 묻는다. 사촌은 "똥."이라고 답한다.

"똥? 무슨 똥?"

"네 똥! 내 똥."이라며 사촌이 웃는다.

도심 근처의 넓은 거리에서 학생들의 시위가 펼쳐진다. 사촌은 광주광역시에서 군부대가 시민을 학살한 사건에 반발해 일어난 시위라고 설명한다. 폭동 진압군이 도로를 평정하고 나자 공기는 매운 최루탄으로 가득하다. 택시를 타고 그곳을 지날 때마다 나는 창문을 열고 혀를 내밀어 독, 혹은 인간의 혐오감을 맛보려고 노력한다. 어머니는 내가 왜 그러는지 궁금해한다.

　설정에서 공간의 물리적 측면, 즉 지리, 지형, 건축, 랜드마크 등도 중요한 요소이다. 이것들은 공간을 만드는 데 도움을 주며 서사나 작가가 이야기하는 방식에 영향을 미치기도 한다. 〈성게〉에서 작가는 '할아버지가 살던 옛 동네'의 작은 집들과 '도심 근처의 넓은 거리'를 묘사한다. 그렇게 이창래는 독자를 공간 안으로 이끌고 그가 1980년에 가족 여행으로 경험했던 서울이 어떤 모습인지 우리에게 보여준다.

공간을 구성하는 요소들은 또한 물리적 환경, 기후, 날씨, 공기, 풍경, 도시 경관 등을 포함한다. 이창래의 에세이에 나타난 환경은 무엇인가? 서울의 계절은 여름이고 무덥다. 작가는 '엄청난 열기 속에서 모든 것은 발효되고 부패한 것 같은 고약한 냄새를 풍긴다'고 표현한다. 도시의 열기와 냄새 또한 환경을 구성하는 요소가 된다.

그 공간을 차지하고 있는 인물들의 삶이 어떤지 묘사하는 것은 설정의 또 다른 중요한 부분이다. 사회적·정치적 풍토는 어떤가? 사람들은 무엇을 하고 있는가? 어떤 역사적·정치적 사건들이 일어나고 있는가? 〈성계〉에서는 '시민 학살' 이후 '학생 시위'가 벌어진다. 공기 중에는 '최루 가스'가 있다. 이 문장들을 통해 이창래는 우리가 서울에 살고 있거나 서울을 방문하고 있는 사람들의 삶이 어떤지 이해할 수 있도록 한다.

작가처럼 읽는 법

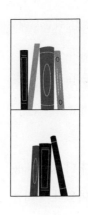

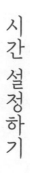

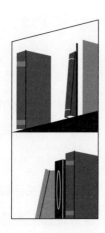

공간이 다양한 복잡성을 가지고 있는 것처럼 시간도 마찬가지이다. 시간은 이야기가 진행되는 때, 즉 역사상 시기, 달력상 날짜, 사건 및 인물과 관련된 시기, 해, 계절, 달을 의미한다. 하지만 시간은 그 이상의 의미도 담고 있다. 〈성게〉의 첫 번째 단락을 다시 살펴보며 시간에 관해 알려주는 부분을 주목하자.

1980년 7월. 내가 열다섯 살이 될 무렵 우리 가족은 서울에 간다. 12년 전 서울을 떠난 뒤 첫 방문이다. 서울이 어떻게 달라졌는지 난 모른다. 부모님도 할 말을 찾지 못한다. 부모님은 우리가 다른 지역에 가거나 오래전 친구를 만날 때마다 "어머나 세상에……?"와 같은 말을 반복한다. "이것 좀 봐! 어떻게……?", "이런 엄청난 무더위는……. 맞아, 맞아. 어떻게 이렇게……." 내 여동생은 엄청난 무더위에도 지나칠 만큼 조용하다. 우리 모두 그렇다. 내게서 얼마나 지독한 냄새가 나는지 난 처음 느낀다. 누구든 다른 모든 것들처럼 냄새가 날 수밖에 없다. 엄청난 열기 속에서 모든 것은 발효되고 부패한 것 같은 고약한 냄새를 풍긴다. 겨우 머리 높이의 방 두세 칸짜리 집들이 옹기종기 모인 할아버지가 살던 옛 동네에서도 냄새가 진동한다. "그게 뭐야?"라고 나는 묻는다. 사촌은 "똥."이라고 답한다.

달력상 연도는 1980년이다. 하지만 1980년은 그보다 더 많은 내용을 담고 있다. 이창래의 가족은 12년 만에 서울로 돌아왔다. 우리는 이를 통해 이야기 속 인물들에게 1980년이 어떤 의미인지에 대한 시간 감각을 얻는다. 서사의 일부는 아니지만, 이야기가 시작되기 전에 이미 흘러간 세월은 이들이 서울을 경험하는 방식을 바꾼다.

설정에서 우리는 이야기가 한 해, 한 주, 하루 중 언제인지 생각한다. 예를 들어, 〈성게〉의 첫 번째 단락에서 이창래는 우리에게 이 이야기는 7월을 다루고 있다고 말한다. 달은 계절을 나타낸다는 점에서 시간의 일부이기도 하다.

이야기 속 시간의 흐름도 설정의 일부이며, 몇 분이든 몇 년이든 시간이 흐르고 있다는 사실은 중요하다. 흐르는 시간은 종종 갈등과 줄거리 그리고 등장인물들을 변화시킨다. 〈성게〉의 마지막 단락을 보자.

일주일 뒤 난 건강을 회복했고 혼자 그곳에 간다. 노파가 있고 뜨거운 태양 아래 반짝이는 성게도 여전히 거기에 있다. "네가 원하는 게 뭔지 알아."라고 노파는 말한다. 나는 기대와 혐오로 미끈거리는 입으로 자리에 앉는다. 아직도 왜 그런지는 모른 채로.

일주일이 지났다. 시간의 변화가 일어났음을 언급함으로써 작가는 등장인물들의 무언가를 바꿀 충분한 시일이 지났다는 사실을 우리에게 알려준다. 〈성게〉의 경우, 서술자는 성게를 먹고 생긴 병이 나았다. 이 이야기에서 일주일은 서술자가 더 많은 것을 위해 '그곳'으로 돌아가고 싶어 한다는 사실을 깨닫기에 충분한 시간이다.

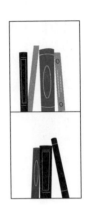

설정의 세부 사항

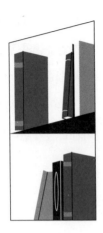

공간과 시간은 설정의 일부일 뿐이다. 이보다 훨씬 더 중요한 부분은 작가가 설정에 대한 세부 사항을 독자에게 전달하는 방식이다.

잠시 〈성게〉의 장르를 생각해보자. 이 작품은 에세이다. 이 사실을 언급하는 이유는 작품의 설정을 픽션의 일부로 생각하기 쉽기 때문이다. 하지만 소설과 에세이 작가들 모두 설정을 개발하기 위해 노력한다. 설정은 또한 시의 한 부분이기도 하고, 시인들은 공간과 시간에 대한 세부 사항들을 작품에 도입하기 위해 노력한다는 사실을 기억하자. 조이 하르조의 산문시 〈은혜〉의 첫 번째 단락은 설정에 대한 세부 사항을 포함하고 있다.

나는 우리에게 잃을 것이 없었던 그해의 바람과 그 거친 방식을 생각한다. 결국 우리는 저주받은 여우의 나라에서 바람을 잃었다. 우리는 여전히 그 겨울을 이야기하고 어떻게 추위가 설원의 꽉 찬 지평선에 있던 상상의 버펄로를 얼게 했는지 이야기한다. 뇌리에서 떠나지 않는 굶주리고 불구가 된 사람들의 목소리는 울타리를 부수고, 온도 조절기에 관한 우리의 꿈을 무너뜨렸다. 이제 더는 견딜 수 없었다. 그래서 우리는 다시 한번 고집스러운 기억 속에서 겨울을 잃었고, 값싼 아파트 외벽을 지나, 유령들의 들판을 매끄럽게 지나 결코 우리를 원하지 않는 마을로 들어갔다. 그것은 은혜를 향한 서사시적 탐구였다.

'저주받은 여우의 나라', '겨울', '추위가 설원의 꽉 찬 지평선에 있던 상상의 버펄로를 얼게 했는지', '값싼 아파트 외벽'과 같은 설정의 세부 사항에 주목하자.

어떤 장르에서든 설정은 글쓰기에 깊이, 뉘앙스, 그리고 흥미를 더할 수 있다. 설정은 또한 (단순히 공간과 시간을 설명하기 위한 목적이 아니라) 글의 일부가 된다. 글쓴이가 설정을 구성하는 방법과 그러한 구성이 작품에 어떤 영향을 미치는지 파악하자.

물론 구성은 작가가 공간과 시간에 대한 모든 필요한 정보, 즉 우리가 〈성게〉에서 알게 된 것과 같은 정보를 독자에게 제공한다는 사실을 의미하기도 한다. 이창래와 같은 훌륭한 작가들은 이 정보 전달을 설득력 있는 방식으로 하여 이를 의미 있는 세부로 읽히게 한다.

이 밖에도 작가가 설정을 만들 때 수행하는 작업은 다음과 같다.

작가는 구체적인 위치에 관한 세부 사항을 제공한다.

작가는 구체적이고 **물리적인** 세부 사항을 제공한다.

작가는 **중요한** 정보를 설명한다.

작가는 공간을 차지하는 인물을 보여준다.

작가는 현재 시간, 지난 시간 및 지나가는 시간을 보여준다.

작가는 이 모든 작업을 읽기 흥미로운 방식으로 구현한다.

작가는 설정을 이야기의 일부로 삼는다.

이번에는 시작 단락, 중간 단락, 끝 단락으로 〈성게〉의 핵심 구절을 다시 한번 살펴보자.

시작 단락

1980년 7월. 내가 열다섯 살이 될 무렵 우리 가족은 서울에 간다. 12년 전 서울을 떠난 뒤 첫 방문이다. 서울이 어떻게 달라졌는지 난 모른다. 부모님도 할 말을 찾지 못한다. 부모님은 우리가 다른 지역에 가거나 오래전 친구를 만날 때마다 "어머나 세상에……?"와 같은 말을 반복한다. "이것 좀 봐! 어떻게……?", "이런 엄청난 무더위는……. 맞아, 맞아. 어떻게 이렇게……." 내 여동생은 엄청난 무더위에도 지나칠 만큼 조용하다. 우리 모두 그렇다. 내게서 얼마나 지독한 냄새가 나는지 난 처음 느낀다. 누구든 다른 모든 것들처럼 냄새가 날 수밖에 없다. 엄청난 열기 속에서 모든 것은 발효되고 부패한 것 같은 고약한 냄새를 풍긴다. 겨우 머리 높이의 방 두세 칸짜리 집들이 옹기종기 모인 할아버지가 살던 옛 동네에서도 냄새가 진동한다. "그게 뭐야?"라고 나는 묻는다. 사촌은 "똥."이라고 답한다.

"똥? 무슨 똥?"

"네 똥! 내 똥."이라며 사촌이 웃는다.

도심 근처의 넓은 거리에서 학생들의 시위가 펼쳐진다. 사촌은 광주광역시에서 군부대가 시민을 학살한 사건에 반발해 일어난 시위라고 설명한다. 폭동 진압군이 도로를 평정하고 나자 공기는 매운 최루탄으로 가득하다. 택시를 타고 그곳을 지날 때마다 나는 창문을 열고 혀를 내밀어 독, 혹은 인간의 혐오감을 맛보려고 노력한다. 어머니는 내가 왜 그러는지 궁금해한다.

중간 단락

늘 그렇듯 하루는 식사로 구성된다. 격식을 차린 식사와 즉흥적인 식사, 식간의 식사와 식사 중의 식사. 거리에는 게찜, 메밀국수, 팥빙수로 구성된 야외 뷔페가 펼쳐져 있다. 요리뿐만 아니라 원하는 모든 것을 얻을 수 있는 미군 기지 근처 이태원에서 우리는 저녁 식사를 위해 해산물 가게에 들어선다. 천막집인 그곳에는 의자가 놓인 긴 바가 있고 주인 뒤로는 캠프 난로와 수조가 보인다. 그리고 낮고 쉰 목소리를 가진 노파가 있다. 지붕은 푸른색의 폴리타프가 늘어져 있다. 아버지는 신이 나셨다. 과거로 돌아간 듯하다. 아버지는 생선회를 원하지만 어머니는 고개를 젓는다. 나는 그 이유를 알 수 있다. 얼룩덜룩한 핏빛 얼음이 담긴 플라스틱 통에는 반쯤 살아 있는 꼬막, 전복, 장어, 소라, 해삼, 도미, 새우가 들어 있다. 어머니는 노파가 어떻게 생각할지 신경 쓰지 않고 "튀긴 걸 먹어요."라고 아버지에게 말한다. "조리된 음식 말이에요."

끝 단락

일주일 뒤 난 건강을 회복했고 혼자 그곳에 간다. 노파가 있고 뜨거운 태양 아래 반짝이는 성게도 여전히 거기에 있다. "네가 원하는 게 뭔지 알아."라고 노파는 말한다. 나는 기대와 혐오로 미끈거리는 입으로 자리에 앉는다. 아직도 왜 그런지는 모른 채로.

우리는 앞서 이미 이창래 작가가 공간과 시간에 대한 세부 사항을 어떻게 제공하는지 살펴보았다. 하지만 작가는 우리에게 공간과 시간을 단순히 보여주기만 하지 않는다. 이창래는 우리를 그의 설정으로 초대하는 방식으로 세부를 구성함으로써 우리를 끌어당긴다(위치 및 물리적 세부 사항을 제공하고, 중요한 정보를 설명하며, 공간 속 인물을 보여주고, 시간을 명시하며, 이 모든 내용을 설득력 있게 완성한다). 이창래의 설정을 다시 한번 살펴보자. 이번에는 어떻게 구현되어 있는지 파악해보자.

이창래는 작은 공간에 대한 설정만으로 많은 내용을 완성한다. 또한 한두 문장으로 하나 이상의 설정을 구성하기도 한다. '1980년 7월. 내가 열다섯 살이 될 무렵 우리 가족은 서울에 간다. 12년 전 서울을 떠난 뒤 첫 방문이다.' 이창래는 그들이 어디에 있는지 설명하면서 가족이 서울을 떠난 후 처음으로 어떻게 다시 서울을 방문하게 되었는지 제시한다.

이제 작가가 독자들에게 서울의 세 장소, 즉 '할아버지가 살던 옛 동네', '도심', '이태원'을 보여주는 방식에 주목하자. 작가가 구체적인 위치와 물리적 세부 사항을 묘사하는 방법을 보자.

- 겨우 머리 높이의 방 두세 칸짜리 집들이 옹기종기 모인 할아버

작가처럼 읽는 법

지가 살던 옛 동네에서도 냄새가 진동한다.

- 도심 근처의 넓은 거리에서 학생들의 시위가 펼쳐진다. 사촌은 광주광역시에서 군부대가 시민을 학살한 사건에 반발해 일어난 시위라고 설명한다.

- 요리뿐만 아니라 원하는 모든 것을 얻을 수 있는 미군 기지 근처 이태원에서 우리는 저녁 식사를 위해 해산물 가게에 들어선다.

이창래는 다양한 세부 사항들을 통해 우리가 더 깊숙이 서울에 다가가도록 한다. 우리는 그 장소에 대해 배우고 이창래와 그의 가족 그리고 서울의 다른 거주자들을 본다.

이창래는 또한 등장인물들이 다양한 장소에서 어떻게 공간을 차지하는지 보여준다. 그는 등장인물들이 더위 속에서 어떻게 행동하는지, 그리고 그들이 어떤 냄새를 맡는지 쓰고 있다. '내 여동생은 엄청난 무더위에도 지나칠 만큼 조용하다. 우리 모두 그렇다. 내게서 얼마나 지독한 냄새가 나는지 난 처음 느낀다. 누구든 다른 모든 것들처럼 냄새가 날 수밖에 없다. 엄청난 열기 속에서 모든 것은 발효되고 부패한 것 같은 고약한 냄새를 풍긴다.' '할아버지가 살던 옛 동네'에서 이창래와 그의 사촌은 이 동네의 '똥 냄새'에 대해서도 이야기한다. 여기서 이창래는 설정을 만들기 위해 대화를 사용한다.

후반부에서 '도심 근처의 넓은 거리'의 시위를 묘사하면서 이창래는 최루탄을 그곳 사람들이 어떻게 부르는지, 그에 대한 자신의 반응이 어떤지 다음과 같이 표현한다. '택시를 타고 그곳을 지날 때마다 나는 창문을 열고 혀를 내밀어 독, 혹은 인간의 혐오감을 맛보려고

노력한다.'

이태원에서 이창래는 그가 성게를 맛보는 매우 구체적인 장소로 독자들을 데려간다. '천막집인 그곳에는 의자가 놓인 긴 바가 있고 주인 뒤로는 캠프 난로와 수조가 보인다. 그리고 낮고 쉰 목소리를 가진 노파가 있다. 지붕은 푸른색의 폴리타프가 늘어져 있다.' 이 두 문장을 통해 이창래는 우리를 그곳으로 안내한다. 그는 모든 세부 사항을 설명하지 않으면서도 독자들을 끌어들이는 중요한 요소를 포함한다.

다음 문장들은 등장인물들이 어떻게 공간을 차지하는지 보여준다. '아버지는 신이 나셨다. 과거로 돌아간 듯하다. 아버지는 생선회를 원하지만 어머니는 고개를 젓는다. 나는 그 이유를 알 수 있다. 얼룩덜룩한 핏빛 얼음이 담긴 플라스틱 통에는 반쯤 살아 있는 꼬막, 전복, 장어, 소라, 해삼, 도미, 새우가 들어 있다.'

바로 그다음 문장에서 이창래는 설정의 구성을 위해 다시 대화를 사용하는데, 어머니는 아버지에게 어떤 종류의 해산물을 주문할 것인지 말한다. '어머니는 노파가 어떻게 생각할지 신경 쓰지 않고 "튀긴 걸 먹어요."라고 아버지에게 말한다. "조리된 음식 말이에요."' 설정의 미묘한 세부 사항에 주목하자. 이곳은 조리되지 않은 회가 주메뉴인 식당이다.

여기에서 이창래가 성게를 먹어야 할지 말아야 할지 결정하는 대화는 갈등의 한 부분이다. 이것이 작가의 설정이 효과적인 이유다. 이창래는 설정을 만드는 동시에, 이야기의 나머지 부분을 위한 설정을 엮는다. 설정은 서사 아크, 인물 구축, 중심 주제의 일부가 된다.

시간의 흐름을 묘사할 때(그것이 등장인물에게 무엇을 의미하는지, 얼마나 오랜 시간이 흘렀는지 등) 그는 단순히 시간에 관해 쓸 뿐만 아니라 이야기의 일부를 쓰고 있다. 가족들이 얼마나 오래전에 서울을 떠났는지 설명하고 부모님의 반응을 들려준다.('어머나 세상에……?') 이야기가 서서히 마무리되고, 지난 일주일과 계속되는 불볕더위를 언급하고 시간을 다시 설명하면서 이창래는 이야기를 마무리한다. '일주일 뒤 난 건강을 회복했고 혼자 그곳에 간다. 노파가 있고 뜨거운 태양 아래 반짝이는 성게도 여전히 거기에 있다.' 여기서 시간의 흐름은 결말의 일부이다.

설정은 또한 맛이라는 주제를 다룬다. 음식이나 맛에 대한 세부 사항에 주목하자. '거리에는 게찜, 메밀국수, 팥빙수로 구성된 야외 뷔페가 펼쳐져 있다.' 도시의 거리를 묘사하면서 이창래는 그곳에서 볼 수 있는 음식들을 나열한다. 심지어 최루탄도 '매운' 맛이다.

이야기가 전개될수록 이창래는 모든 것을 맛보고 싶어 하고, 그가 맛보고 싶은 것 중 한 가지는 설정의 일부, 즉 거리의 최루탄이다. 4장에서 이창래가 최루탄을 맛보고 싶어 한다는 점을 인물 구축의 일부로 논의했던 내용을 기억하는가? 최루탄은 설정의 중요한 세부 사항이지만 동시에 이야기의 중요한 부분이기도 하다.

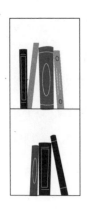

장르와 설정

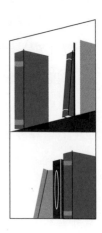

일부 작품, 예를 들어 특정 장소를 기반으로 한 서사나 환경 문학에서 설정은 그 자체로 거의 등장인물의 한 유형으로도 볼 수 있으며, 플롯이나 구성의 일부가 된다. 이 둘은 각각 장소가 중요한 역할을 하는 글과, 환경에 대해 다루거나 환경에 일어나고 있는 일을 다루는 문학을 의미한다. 랜디 워드의 《헤스투르: 포토 에세이》는 장소에 기반을 둔 서사이고, 메리 올리버의 〈단서〉는 환경 문학이라고 할 수 있다.

장소에 주목하며 《헤스투르: 포토 에세이》의 다음 소개글과 두 장의 사진을 자세히 살펴보자.

'말'을 뜻하는 헤스투르는 북대서양에서 아이슬란드와 노르웨이의 중간쯤, 스코틀랜드의 북서쪽에 위치하며 폭풍이 휩쓸고 간 18개의 섬 중 하나이다. 덴마크 왕국의 자치 영토인 헤스투르는 독자적 언어, 문화, 의회, 국기를 가지고 있다. 페로제도의 수도 토르스하운과 자치시에 편입된 주변 마을에는 5만 2천 명 군도 주민 중 약 2만 명이 거주하고 있다. 헤스투르의 시민 20명은 2005년 토르스하운시에 합류했지만 마을의 인구는 계속해서 감소하고 있다. 정년에 접어들었거나 정년을 넘겨 남아 있는 사람들 대부분은 하루의 반을 농업이나 어업에 투자하고 나머지 시간에는 섬의 주거환경을 유지할 수 있도록 서비스를 제공하는 공공 부문에서 일한다.

많은 이들이 헤스투르를 '죽어가는 마을'이라고 부르지만 나는 전통과 다양한 친절한 행동뿐만 아니라 지역사회의 기반 시설과 사기를 유지하기 위한 절제된 헌신을 직접 볼 수 있었다. 이런 감동적인 행동들은 가족이나 개인들 사이의 미묘한 긴장 앞에서, 세대를 넘어 대대로 전해져왔고 마을의 미묘한 균형을 방해할 수 있는 분노 속에서 더욱 주목할 만하다.

양모는 페로제도의 금

헤스투르섬에는 약 580마리의 양이 살고 있다. 어업이 등장하기 훨씬 전, 모직물은 페로제도 경제의 주된 요소 중 하나였다. 그러나 양모는 더 이상 '페로제 금'으로 간주되지 않는다. 시장 가치가 너무 낮은 까닭에 사람들은 양모를 팔거나 실을 만들기보다는 태워버린다.

호이리우와 요르문트 ||||||||||||||||||||||||||||||||||||||||||||||||||||||||||||||||||||||

호이리우 포울센과 요르문트 자카리아센은 헤스투르 마을에서 함께 자랐으며 친구이자 이웃으로 지내고 있다. 호이리우는 37년 동안 마을의 우체부였다. 요르문트는 호이리우가 은퇴한 직후 그 자리를 맡았으며 헤스투르의 교회에서 오르간 연주자로 활동하기도 한다.

|||||||||||||||||||||||||||||||||||||||||||||||||||||||||||||||||||||||||||||||||||||||||||||||||||||||||||||||

포토 에세이의 나머지 부분과 마찬가지로, 이 두 사진과 캡션은 장소와 깊은 관계가 있다. 포토 에세이는 장소에 관한 내용이고 헤스투르는 분명 배경이지만, 등장인물도 된다. '많은 이들이 헤스투르를 죽어가는 마을이라고 부르지만' 말이다. 이 포토 에세이에서 헤스투르는 살아 숨 쉬고 있으며, 양이 자라는 곳이다. 마을은 에세이의 곳곳에 존재한다. 작품 막바지에 이르면 우리는 소설의 주인공을 알고 싶어 하는 마음을 헤스투르에 대해 동일하게 느낀다. 우리는 헤스투르의 방식을 이해하고, 헤스투르가 어떤 모습인지 안다. 우리는 헤스투르의 고난을 이해한다.

사람이나 양이 프레임의 주요 피사체로 나타날 때도 사진이 어떻게

작가처럼 읽는 법

헤스투르라는 장소에 고정되는지 보자. '양모는 페로제도의 금'에서 우리는 돌로 만든 우리 안의 양들과 함께, 배경이 되는 바람에 휩쓸린 헤스투르섬을 본다. 사진 '호이리우와 요르문트'에서 오랜 친구인 두 사람은 사진 속 풍경을 바라보고 있다. 《헤스투르: 포토 에세이》에서 작가는 헤스투르를 사람이나 동물로부터 분리하지 않는다. 작가는 우리에게 사람들과 양들이 어떻게 그 장소의 일부가 되고 장소가 그들의 일부가 되는지 보여준다.

이번에는 그래픽 노블과 포토 에세이를 묶어서 살펴보자. 이들은 설정을 시각적으로도 읽는다는 점에서 다른 장르의 작품들과 다르다. 이 점에 대해서는 《헤스투르: 포토 에세이》의 구성에서 공간의 이미지가 얼마나 중요한지 살펴보면서 이미 논의했다. 이미지의 중요성을 논의하지 않았더라도 여러분은 작가가 사진들을 통해 설정을 어떻게 형상화하는지 보기 위해 헤스투르가 녹아든 사진을 읽고 있었을 것이다.

그래픽 노블을 읽는 것도 비슷하다. 다음 페이지에서 소피 야노우의 《모순》 중 한 페이지를 자세히 살펴보자.

우리는 거의 전적으로 그림을 통해 설정을 본다. 파리는 소피가 경험한 시각에서 묘사된다. 여기서 작가는 스플래시 페이지splash page(독자의 시선을 끄는 첫 페이지—옮긴이)를 사용해 설정 속 소피의 모습을 보여준다. 이 페이지 전체의 패널에서 우리는 작가가 그린 건물, 보도, 거리 등의 설정을 볼 수 있다. 그러나 설정에 관한 자세한 내용이 텍스트로는 거의 표현되지 않는다는 점에 주목하자. '여기서는 아무도 웃지 않아.' '검은 옷을 좀 사야겠어.' 이 두 문장은 설정에 조금

더 중요한 정보를 추가하지만; 그림에서 볼 수 있는 내용에 살짝 얹는 정도이다. 생각 풍선을 통해 소피의 내면을 표현하지 않았다는 점에 주목하자. 대신 야노우는 도시 자체의 이미지를 그린다. 설정을 위한 세부 정보 텍스트는 말 그대로 시각적 설정의 일부가 된다.

그래픽 노블과 포토 에세이를 읽는 것은 이미지와 텍스트를 '읽는 다'는 것을 의미한다. 둘 모두에서 설정은 동일한 방식으로 작동한다. 즉, 설정은 이미지와 단어로 표현된다. 야노우의 그래픽 노블과 같은 장르의 설정은 다른 작품에서보다 더 극적으로 나타난다. 텍스트와 이미지를 함께 읽을 때, 설정이 이야기의 중요한 부분이 된다는 사실이 더욱 와닿을 것이다.

토론 질문과 쓰기 길잡이:
설정에 집중하기

토론 질문

1. 이창래의 〈성게〉(부록 참조)는 설정이 핵심이다. 이창래는 독자들에게 공간을 소개하면서 어떤 감각적 경험(냄새, 맛, 소리, 시각, 촉각)을 제공하는가? 어떤 인물이 이러한 감각적 경험을 하는가? 또한 이 감각적 세부 사항들이 작품에서 중요한 이유는 무엇일까?

2. 조이 하르조의 산문시 〈은혜〉(110쪽 참조)에서 화자가 작품에 나타난 설정을 경험하는 방식을 탐구하자. 설정에 대한 이러한 묘사는 어떻게 독자의 감정을 고조시키고 시의 중요한 요소를 강조하는가?

쓰기 길잡이

새로운 소재로 쓰기

매력적이라고 생각하는 설정을 떠올려보자. 설정을 설명하는 문장

세 개를 쓰자. 이제 그 설정을 가까운 거리에서 설명하기 위해 문장 세 개를 쓰자(예를 들어, 설정이 도시의 거리라면 아스팔트의 갈라진 틈이나 배수로 냄새에 초점을 맞추자). 이제 아주 먼 거리에서 문장 세 개를 쓰자(예를 들어, 거리 바로 너머에서 일어나는 어떤 일을 묘사하거나, 건물의 크기를 묘사하거나, 공중에서 보는 풍경을 상상해보자).

수정해서 쓰기

선택 1 작업 중인 원고를 꺼내자. 주인공이 감각을 통해 설정을 경험하는 방법을 묘사해보자. 인물은 어디에서 걷고, 운전하고, 교통수단을 타는가? 인물은 이런 경험을 하는 동안 무엇을 듣고, 보는가? 어디에서 자는가? 눈을 감을 때 무슨 냄새를 맡는가? 그 인물은 특정 장소에 가면 무엇을 하는가? 인물이 사는 곳에서 할 수 있는 감각적인 경험은 무엇인가? 시각적 작품을 창작하는 경우 사진이나 그림에 이러한 세부 정보를 포함할 수 있다.

선택 2 작업 중인 시의 설정을 다시 확인하자. 특정 세부 정보를 포함하여 독자가 설정에 초점을 맞출 수 있도록 하자. 그 시의 배경은 어느 계절인가? 실내인가, 아니면 실외인가? 벽은 무슨 색인가? 토양은 어떤 종류인가? 화자는 어떤 냄새나 맛을 느끼는가? 독자가 단어를 통해 경험할 수 있는 중요한 소리는 무엇인가? 또 어떤 설정의 세부 사항이 들어갈 수 있을까?

'장면'이라고 하면, 우리는 대부분 영화나 연극을 떠올린다. 하지만 장면은 영화나 연극만을 위한 것이 아니다. 장면은 대부분의 서사에서 중요하며, 장면 묘사도 시의 일부가 될 수 있다. 재미로 책을 읽을 때 우리는 장면을 쓰는 기술을 간과하는 경향이 있다. 이는 특히 장면이 독자들에게 너무 매력적일 때 우리가 장면을 읽고 있다는 사실을 잊기 때문이기도 하다. 그러나 독서하는 작가들은 독자들을 매료시키는 장면을 어떻게 표현하는지 알아내기 위해 매력적인 부분을 다시 읽는다.

7장

장면

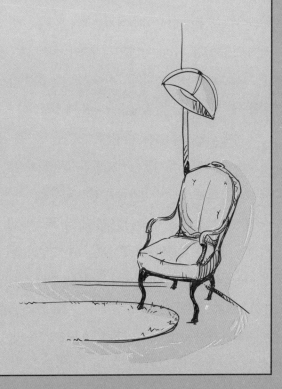

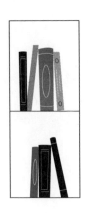

장면이란

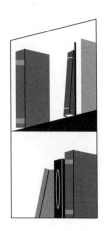

장면은 작품 속에서 특정한 행동이나 상호작용이 속도를 늦추고 좁혀들어갈 때 발생하며, 이때 작가는 장면을 매 순간, 혹은 거의 매 순간에 가깝게 전달한다. 장면은 감각적인 세부 사항, 등장인물들의 행동 그리고 대화를 포함하기도 한다. 장면은 또한 작가가 일반적으로 일어나는 일이 아닌 특정 시간을 다룰 때 발생한다.

이 책에 실린 예문에서 여러분은 다양한 장면을 볼 수 있다. 장면 연출은 주로 서사적 산문에서 중요하지만, 시와 비서사적 산문에도 해당된다. 모든 장르의 작가들이 장면을 사용하지만, 항상 전면적으로 장면을 쓰는 것은 아니라는 얘기다. 작가들은 어떨 때는 장면을 간략하게 다루며, 작품의 속도를 약간 늦추고 앞서 언급한 장면의 요소를 사용하여 일반적인 시간에서 특정한 순간으로 이동한다.

처음에는 장면이 간략하게 전개되는 시로 연출을 먼저 살펴보는 것이 이해가 빠를 수 있다. 조이 하르조의 〈은혜〉를 읽어보자.

작가처럼 읽는 법

코요테처럼, 토끼처럼 우리는 두려움을 억누를 수 없었고 거짓된 자정의 계절을 헤쳐 나갔다. 우리는 그 마을을 웃음으로 삼켜야 했다. 그래야 아주 쉽게 내려갈 수 있기 때문이다. 어느 날 아침 태양이 얼음을 깨기 위해 애쓰고, 꿈속에서 80번 고속도로 위 트럭 정류장에서 커피와 팬케이크를 발견했을 때 우리는 은혜를 찾았다.

은혜는 시간이 촉박한 여자라고 할 수도 있고, 기억에서 벗어난 하얀 물소라고 할 수도 있다. 하지만 희미한 빛 속에서 그것은 균형의 약속이었다. 우리는 다시 한번 동물들의 이야기를 이해했고, 봄은 아이들과 옥수수의 희망으로 살이 빠지고 배가 고팠다.

이 시에서 시인은 잠깐 동안 장면을 연출하고 있다. 위의 두 단락에서 그녀가 연출하는 구절은 어디인가? 처음 두 문장에서 하르조는 겨울 동안 일어난 일에 대해 말하고 있다. 그녀는 '거짓된 자정의 계절'이라는 일반적 시간에 관해 쓰고 있다. 다음은 '어느 날 아침', 즉 특정 시간으로 이동한다. 시인은 '태양이 얼음을 깨기 위해 애쓰고'에서 시의 속도를 늦추며, 화자와 그녀의 친구는 트럭 정류장에 도착한다. 시의 등장인물들과 함께 우리도 어느 순간 그들과 '커피와 팬케이크', '희미한 빛'을 함께하고 있다는 사실을 눈치챘는가? 시인은 시시각각 움직이지는 않지만 시를 느리게 이끌어 우리가 '균형의 약속'을 느끼며 잠시 동안 화물차 휴게소에서 그들과 함께 시간을 보낼 수 있도록 한다. 이후 시인은 일반적인 시간으로 돌아가는데, 이제 시간은 봄이다. 하르조는 이 장면을 사용해 겨울의 끝에서 봄이 다가오는 시간으로 전환한다.

　이제 서사 장르에서의 장면을 살펴보기 위해 이창래의 에세이 〈성게〉의 클라이맥스를 보자. 어떤 장르의 작가라도 이 글에서 장면에 대해 배울 점을 찾을 수 있을 것이다.

　　바 끝에 앉은 젊은 커플이 산낙지를 주문한다. 노파는 고개를 끄덕이고 수조에서 한 마리를 낚아챈다. 손바닥만 한 크기로 꽤 작다. 그녀는 산낙지를 도마 위에 놓고 큰 회칼로 재빨리 머리를 잘라낸다. 그러곤 촉수를 잘게 썰어 접시에 담고 참기름과 초장을 뿌린다. "산낙지는 조심해야 해." 아버지가 속삭인다. "안 그러면 빨판이 목구멍에 걸릴 수 있지. 죽을 수도 있어." 연인들은 틈틈이 소주를 홀짝이며 잘게 썰린 산낙지를 서로에게 먹인다. 어머니는 우리를 위해 파전과 매운탕을 주문하신다. 그 와중에도 아버지는 살아 있는 신선한 음식을 원한다고 중얼거린다. 난 플라스틱 통을 가리키며 저걸 먹고 싶다고 말한다. 금이 간 운석처럼 갈라진 가시가 있는 구체들, 그것들의 녹슨 중심부는 빛나는 톱니 모양으로 층을 이루고 있다. 나는 몸을 숙이고 냄새를 맡는다. 톡 쏘는 강렬한 바다의 냄새로 거의 눈물이 날 지경이다. "성게요." 노파가 아버지에게 말한다. "얘는 안 좋아할걸요." 어머니는 아버지에게 제정신이냐며 내가 식중독에 걸려 병이 날 거라고 말하지만 아버지는 노파를 향해 고개를 끄덕인다. 노파는 성게를 들어 부드러운 살점을 도려낸다.
　　맛이 어떠냐고? 잘 모르겠다. 이런 걸 먹어본 적이 없으니까. 내가 아는 건 그것이 살아 있는 맛이라는 것뿐이다. 바다 밑 깊은 곳에 살

　　　　　　　　　　　　　　　　작가처럼 읽는 법

아 있는 것. 피부가 광물이라면 그런 맛일 것 같다. 아직도 씹고 있지만 구역질이 난다. 마치 내 입에 또 다른 혀, 눈이 멀고 자기 만족적인 생물을 물고 있는 것 같다. 그날 밤 나는 토했고 어머니는 우리를 꾸짖었으며 아버지는 걱정하면서도 낄낄거리고 웃었다. 다음 날 삼촌들은 나를 좀 더 데리고 나가겠다고 농담을 하고 그 제안만으로도 나는 다시 움츠러든다.

에세이의 전반부에서 작가는 가족이 여행하는 동안 일반적으로 일어나는 일들을 다음의 문장으로 설명한다. '택시를 타고 그곳을 지날 때마다 나는 창문을 열고 혀를 내밀어 독, 혹은 인간의 혐오감을 맛보려고 노력한다.' 감각적인 세부 사항으로 가득한 이 문장은 이창래가 여행 중에 일반적으로 하는 행동, 즉 택시를 타고 그곳을 '지날 때마다' 하는 행동을 설명한다. 이 문장과 위 인용문의 차이점을 찾아보자. 인용문에서 이야기는 속도를 늦춰 일련의 순간들을 자세히 설명하기 시작한다.

행위가 어떻게 발생하는지 매 순간, 매 동작에 주목해보자. 이 장면을 읽으면서 우리는 '노파'의 모습과 그녀가 산낙지를 가지고 무엇을 하는지 볼 수 있다. 노파의 모든 동작('끄덕이고', '낚아챈다', '놓고', '잘게 썰어', '담고', '뿌린다')을 읽어보자. 이 행동들은 또한 감각을 불러일으킨다. 글을 읽으면서 우리는 그녀가 하는 행동을 머릿속에 그릴 수 있다. 하지만 작가는 여기서 눈에 보이는 것 이상을 끌어낸다. 이 단어들은 또한 촉각을 유도하는데, 이는 장면에서 또 다른 중요한 부분이다. 장면은 독자들에게 무슨 일이 일어나고 있는지에 관한 감각적인 묘사를 제공한다. 또한 작가는 노파가 한 쌍의 연인에게 산낙지를 내기 전에 하는 행동을 설명하고 있다(혹시 이 부분이 마음을 사로잡는 장면이라는 사실에 동의하지 않는 사람이 있다면 어떤 의견인지 궁금하다).

장면이 계속되면서 이창래는 직접 대화와 간접 대화를 모두 사용한다(직접 대화는 등장인물의 대화를 따옴표로 인용한 부분이다. 간접 대화는 서술자가 따옴표 없이 인물이 말한 내용을 전달하는 부분을 말한다).

> "산낙지는 조심해야 해." 아버지가 속삭인다. "안 그러면 빨판이 목구멍에 걸릴 수 있지. 죽을 수도 있어." 연인들은 틈틈이 소주를 홀짝이며 잘게 썰린 산낙지를 서로에게 먹인다. 어머니는 우리를 위해 파전과 매운탕을 주문하신다. 그 와중에도 아버지는 살아 있는 신선한 음식을 원한다고 중얼거린다.

이 대사들에서 우리는 등장인물, 특히 아버지가 그의 아들에게 이야기하는 내용을 듣는다. 직접 대화를 통해 우리는 그가 사용하는 단어와 기대에 찬 음성을 듣는다. 간접 대화에서 우리는 '신선한' 해산물을 먹고 싶다는 그의 욕구를 듣는다.

직간접 대사들과 함께 '연인들은 (……) 잘게 썰린 산낙지를 서로에게 먹인다.' 그리고 '어머니는 우리를 위해 파전과 매운탕을 주문하신다'와 같은 행동을 묘사하는 문장이 이어진다. 우리는 영화나 연극처럼 장면이 펼쳐지는 모습을 보고 듣는다. 등장인물들은 거의 박자에 맞추다시피 말하고 행동한다. 나머지 장면을 다시 읽어보자. 대화와 행동은 계속 이어진다. 간접 대화와 직접 대화는 계속 교차하는데 이

작가처럼 읽는 법

번에는 서술자(간접 대화), 어머니(간접 대화), 노파(직접 대화)의 대화가 삼각형을 이루며 진행된다. 그리고 대화 사이에 행동이 있다. 우리는 성게 냄새를 맡기 위해 몸을 구부리는 이창래의 모습을 보고 그와 동일한 감각을 느낄 수 있다. 이창래는 우리에게 '거의 눈물이 날 것' 같은 감각과 동시에 '톡 쏘는 강렬한 바다의 냄새'라는 감각 또한 전달한다.

한편 이 구절에서 작가는 작품의 중심을 이루는 대상을 이렇게 설명한다. '난 플라스틱 통을 가리키며 저걸 먹고 싶다고 말한다. 금이 간 운석처럼 갈라진 가시가 있는 구체들, 그것들의 녹슨 중심부는 빛나는 톱니 모양으로 층을 이루고 있다.' 음식 진열장에 놓인 자른 성게를 본 적이 없는 독자라도 이제 누구든 이 표현을 통해 성게를 눈에 그릴 수 있을 것이다.

장면을 다시 읽으면서, 이창래가 순간순간을 경험할 때 우리도 그의 경험을 따라가고 있다는 것을 기억하자. 그는 성게를 보고, 가리키며, 냄새 맡는다. 하지만 그는 성게를 호명하지는 않는다. 산낙지와 달리 그는 성게를 이름으로 부르지 않는다. 노파가 성게라고 부르기 전까지.

"성게요." 노파가 아버지에게 말한다. "얘는 안 좋아할걸요."

이창래가 여기서 장면을 전개하는 방식이 특별한 이유는, 장면이 이창래를 위해 펼쳐지는 동시에 독자에게도 펼쳐지기 때문이다. 제목을 읽고 나서도 우리는 이창래가 맛보고 싶은 게 성게라는 사실을 알기 전까지는 '성게'라는 단어를 접하지 못한다. 그는 눈으로 직접 보고 난 후에야 '갈라진 가시가 있는 구체들'이 성게라는 사실을 알게 된다.

　장면이 다음 단락으로 이어지면서 이창래는 마침내 성게를 먹는다. 다시 한번 시간의 흐름에 주목하자. 맛에 대한 감각적인 묘사, 우리가 보통 맛과 연관시키지 않는 '피부'라는 단어가 장면에 삽입되는 방식을 보자. 여기서도 이창래는 우리에게 성게를 맛보는 것이 어떤 느낌인지 보여주기 위해 장면을 정지시키고 '아직도 씹고 있지만 구역질이 난다. 마치 내 입에 또 다른 혀, 눈이 멀고 자기 만족적인 생물을 물고 있는 것 같다'고 말한다. 독자인 우리가 어떻게 매 순간 대화, 행동 그리고 감각적 경험을 통해 장면에 이끌리는지 다시 한번 생각해보자.

작가처럼 읽는 법

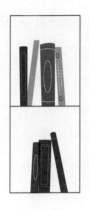

장면이 빛나는 순간

이제 우리는 잘 표현된 장면이 무엇인지, 그리고 그것이 어떻게 작동하는지 안다. 하지만 언제 장면이 펼쳐질까? 이야기 전체가 장면으로 구성될 수는 없다. 만약 모든 내용이 장면 그대로 전달된다면 이야기는 지나치게 느리게 진행될 것이다. 작가들은 중요한 순간에 장면을 사용한다. 〈성게〉에서 이창래가 성게를 가리키고 먹는 순간은 이야기에서 중요한 부분이다. 이 서사에서 실제로 성게를 맛보는 이 순간은 서사 아크의 클라이맥스를 이룬다.

장면은 다른 중요한 순간들을 보여줄 수 있고 보여주기도 한다. 예를 들어, 제이디 스미스의 〈캄보디아 대사관〉 중 0-12를 보자. 이 작품은 소설이지만, 인용된 부분을 자세히 들여다보면 어떤 장르의 작가라도 결정적인 순간을 중심으로 장면을 전개하는 방식을 배울 수 있다.

데라왈 부부의 집에 도착했을 때 파투는 머리만 빼고 온몸이 다 젖은 상태였다. 하지만 파투는 옷을 갈아입으러 가기 전 먼저 부엌으로 달려가 냉동실에서 양고기를 꺼냈다. 그렇지만 의미 없는 일이었다. 저녁 식사 전에 충분히 해동할 시간이 없었기 때문이다. 그리고 위층으로 달려가 네 개의 침실 각각의 빨래 바구니에서 더러운 옷을 수거했다. 안방에도, 파이줄의 방에도, 줄리의 방에도 아무도 없었다. 아래층에선 텔레비전이 요란한 소리를 내고 있었다. 아스마의 방으로 들어가 아무 소리도 듣지 못한 파투는 아무도 없다고 생각하고 곧장 구석에 있는 세탁 바구니로 향했다. 뚜껑을 열면서 그녀는 자신의 등을 세게 치는 누군가의 손길을 느꼈다. 파투는 돌아섰다.

그녀의 앞에는 송어처럼 입을 벌리고 있는 막내 아스마가 있었다. 파투가 상황을 파악하기도 전에 아스마가 손을 치는 바람에 파투는 들고 있던 거대한 빨래 더미를 떨어뜨렸다. 파투는 빨래를 다시 주우려고 몸을 굽혔다. 바닥에 무릎을 꿇고 있는 동안 파투는 또 한 번 일격을 당했다. 이번에는 아스마가 팔에 발길질을 한 것이다. 그녀는 옷을 그 자리에 놓고 일어나면서 자신이 얼마나 격하게 화가 났는지 알 수 있었다. 그러나 눈을 마주치자마자 아스마는 미친 듯이 자신의 목구멍을 가리킨 다음, 두 손을 기도하듯 모으고 다시 목구멍을 가리켰다. 아스마의 눈은 불룩했다. 갑자기 오른쪽으로 방향을 틀더니, 의자 등받이 위로 몸을 던졌다. 파투를 향해 돌아섰을 때 아스마의 얼굴은 회색이었다. 마침내 상황을 이해한 파투는 아스마에게 달려가 허리를 잡고 호텔에서 배운 대로 위로 끌어당겼다. 무지갯빛의 파란색 리본이 중앙에 달린 대리석이 아스마의 입에서 튀어나와 파도처럼 떨어져 카펫을 적셨다.

아스마는 울면서 정신없이 숨을 들이마셨다. 파투는 그녀를 껴안으면서도 빨래가 언제 끝날 수 있을지 걱정했다. 그들은 함께 거실로 내려갔다. 가족들은 벽에 부착된 평면 TV로 〈브리튼즈 갓 탤런트〉를 보고 있었다. 거칠게 우는 아스마를 보고 모두 일어섰다. 데라왈 씨는 TV를 잠시 멈추었다. 파투는 대리석에 관해 설명했다.

"물건을 입에 넣지 말라고 몇 번이나 말했니?" 데라왈 씨는 아스마를 꾸짖었고 데라왈 부인은 자신의 언어로 무언가 말했다. 파투는 데라왈 부인이 자신의 언어로 신이라는 단어를 말하는 걸 들었다. 데라왈 부인은 아스마를 소파로 끌어당겨 딸의 비단처럼 부드러운 검은 머리를 쓰다듬었다.

"숨을 쉴 수 없었어요. 아무도 부를 수 없었다고요."라며 아스마는 울었다. "나 죽을 뻔했어요!"

파이줄은 "어쨌든 네가 입에 그 구슬을 넣었잖아, 이 바보야!"라고 말하며 TV를 다시 켰다. "누가 입에 구슬을 집어넣어? 멍청이."

"파투가 네 목숨을 살렸어."라고 첫째 줄리가 말했다. 파투는 평소 줄리를 좋아하지 않았다. "파투가 널 구했어. 엄청나네."

파이줄은 "나라도 그렇게 했을걸."이라며 유난히 마른 몸이라 더 극적으로 보이는 하임리히법을 흉내 냈다. "그리고 만약 효과가 없었다면 난 그냥 가라테 스타일로 내 몸을 퍽, 퍽, 퍽, 퍽, 퍽 하고 쳤을 거야."

"파줄!" 데라왈 씨가 소리쳤다. 그러고는 파투에게 뻣뻣하게 몸을
돌렸고, 정확히는 그녀가 아니라 그녀의 팔꿈치와 머리 뒤로 해가
반사되는 거울 사이의 어딘가를 보며 말했다. "고마워, 파투. 네가
없었더라면 큰일 날 뻔했어."

파투는 고개를 끄덕이고 자리를 떠나려고 몸을 움직였다. 그러나
거실 입구에서 데라왈 부인이 양고기가 해동되었는지 물었다. 냉동
실에서 방금 꺼냈다는 사실을 파투가 고백하자 데라왈 부인은 자신
의 언어로 싸늘하게 무언가를 말했다. 파투는 머뭇거리며 잠시 기
다렸고 데라왈 씨는 그녀를 향해 어색한 미소를 짓고는 이제 가도
좋다는 표시로 고개를 끄덕였다. 파투는 옷을 가지러 위층으로 올
라갔다.

이 부분에서는 서로 극명하게 대비되는 두 가지 장면이 펼쳐진다.
첫 번째 장면에서 시간이 느려지며 세부 사항들이 등장하는 모습에
주목하자. 파투는 위층에 있다. 방 네 개 중 세 곳이 비어 있다. 아래
층에서 텔레비전이 '요란한' 소리를 내고 있다. 파투는 방마다 놓여 있
는 '각각의 빨래 바구니'에서 꺼낸 빨래를 나르고 있다. 장면에 들어
가면 감각적인 세부 사항이 펼쳐진다. 파투가 아스마의 방에 들어갈
때 우리도 장면의 순간순간으로 들어간다. '아스마의 방으로 들어가
아무 소리도 듣지 못한 파투는 아무도 없다고 생각하고 곧장 구석에
있는 세탁 바구니로 향했다. 뚜껑을 열면서 그녀는 자신의 등을 세게
치는 누군가의 손길을 느꼈다. 파투는 돌아섰다.' 우리는 파투가 무엇
을 듣고 느끼는지 안다. 그녀가 돌아서는 모습을 본다. 장면이 계속되

작가처럼 읽는 법

는 동안 우리는 감각적 순간에 머물고, 아스마가 질식하고 있다는 사실을 파투가 깨달을 때 우리도 같이 그것을 감지한다. 감정 또한 시시각각 찾아온다. 파투의 분노와 스스로의 분노에 대한 두려움, 그리고 그녀의 깨달음.

이야기에서 중요한 순간이 이 장면에서 전개된다. 우리는 이야기의 나머지 부분을 통해 파투가 악마를 걱정하고 왜 신이 어떤 사람들을 다른 사람들보다 더 고통스럽게 하는지 궁금해한다는 사실을 알 수 있다. 또한 우리는 파투가 이 집의 노예라는 사실도 알고 있다. 아이들이 잔인하다는 사실도 안다. 하지만 파투는 이 아이의 생명을 구한다. 이 부분은 파투라는 인물 구축의 일부이다. 동시에 여기서 파투의 행동으로 인해 데라왈 부인은 아무런 예고나 다른 방법도 없이 그녀를 집 밖으로 몰아내고 만다. 이 장면에서 우리는 서사 아크에서 결정적인 순간을 보며 파투의 성격을 더 잘 이해하게 된다.

파투가 아이의 생명을 구한 직후 그녀는 데라왈 가족이 TV를 보고 있는 아래층으로 아이를 데려간다. 다시 장면이 시시각각 움직인다. 또 한 번 작가는 감각적인 디테일을 묘사하고 등장인물들의 신체 움직임을 묘사한다. 하지만 이 장면에는 자비가 없다. 가족들은 아스마가 질식할 뻔했고 파투가 아스마의 목숨을 구했다는 소식을 짜증스럽게 대하며 텔레비전 시청을 멈추지 않는다. 아이들은 서로 놀린다. 데라왈 씨는 어색한 감사의 말을 한다. 데라왈 부인은 양고기가 해동되었는지 묻는다. 이 장면은 질식 장면을 돋보이게 한다. 드러나는 결과는 예상과 너무도 다르다. 데라왈 부부는 가정부가 아이의 생명을 구했을 때 일반적인 가족이 할 것 같은 방식으로 반응하지 않는다. 그들은 파투를 무관심하게 대하고 심지어 짜증스러워하며 농담의 대상으로 삼는다.

두 장면 사이의 또 다른 뚜렷한 차이를 발견했는가? 질식 위기의 장면은 아래층 텔레비전에서 나는 소음을 제외하고는 거의 침묵에 가깝다. 말이 없다. 거실 장면에서 데라왈 가족이 나누는 직접 대화, 간접 대화는 많은 상황을 전달한다. 또한 대화는 우리를 장면에 붙잡아두며 중단되고, 거실에 있는 모든 인물에게 정확히 무슨 일이 일어나고 있는지 보여준다.

두 장면 모두 이야기에서 중요하다. 둘 다 속도를 줄이고 집중할 가치가 있다. 둘 다 파투의 운명과 관련이 있다. 그리고 두 가지 모두 같은 파트에서 전개된다. 실제로 이 파트는 두 장면으로만 구성되어 있다.

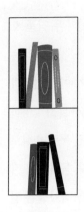

장면에 필요한 분량

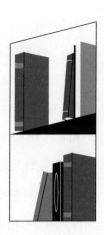

〈은혜〉, 〈성게〉, 〈캄보디아 대사관〉의 장면을 살펴보면서 확인한 것처럼 작가들은 각각의 장면마다 서로 다른 분량을 할애한다. 장면에 할애하는 분량은 대부분 다음과 같은 고려사항을 따른다.

- 작품 전체의 길이
- 작가 혹은 작품의 스타일
- 독자의 흥미 유지

장면을 읽으면서 특정한 순간의 중요성이 어느 정도인지, 문제는 무엇인지, 그리고 왜 이 내용이 장면으로서 가치가 있는지에 대해 생각해보자. 다음으로 전체 작품의 길이, 작가의 스타일, 그리고 그 장면이 독자의 눈길을 어떻게 사로잡는지 생각해보자. 작가가 장면을 작품에 포함할지의 여부와 장면의 길이를 결정할 때 이러한 고려사항들이 적용된다.

예를 들어, 〈성게〉와 〈캄보디아 대사관〉은 모두 산문이며 두 작품 모두 《뉴요커》에 처음으로 발표되었다. 〈성게〉는 이창래가 '첫맛'이라는 주제를 탐구하는 단편집을 위해 쓴 짧은 작품이다. 내가 이를 언급하는 이유는, 이 이야기가 짧은 독서를 위한 작품이라는 사실을 설명하기 위해서이다. 〈캄보디아 대사관〉은 처음에는 길이가 긴 독립 소설로 출판되었고 나중에는 독자적인 소설책으로 출판되었다. 독자들이 각각의 이야기에 서로 다른 기대를 품을 것이라는 사실을 작가들은 알고 있었다. 〈캄보디아 대사관〉은 작가가 충분히 장면에 전념할 수 있을 만큼 길이가 길다. 많은 내용이 담겨 있는 다양한 순간에, 작가는 독자들의 관심을 끌 만한 장면을 글로 옮긴다. 이창래는 장편소설을 쓸 때는 매력적이고 시선을 사로잡는 긴 장면을 쓰지만, 〈성게〉에는 긴 장면이 들어갈 자리가 없다. 대신 앞서 언급했듯 다양한 풍경을 두 단락으로 묶는다.

글쓰기 스타일의 차이에도 주목하자. 제이디 스미스가 파투의 삶의 모든 면을 열어놓는 포괄적인 문체로 〈캄보디아 대사관〉을 쓰는 반면, 〈성게〉에서 이창래의 스타일은 간결하다. 그는 가족의 서울 방문과 관련된 부분을 비교적 적은 수의 단어로 설명한다. 예를 들어 그들이 광주항쟁에 대한 군대의 잔인한 대응에 맞서는 시위가 열리는 동안 그곳에 있었다는 사실을 작가는 '도심 근처의 넓은 거리에서 학생들의 시위가 펼쳐진다. 사촌은 광주광역시에서 군부대가 시민을 학살한 사건에 반발해 일어난 시위라고 설명한다'고 표현한다. 간결한 문체는 이야기를 구성하는 장면들에서도 계속 이어진다.

작가처럼 읽는 법

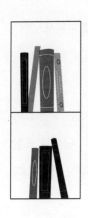

장면 없는 장면

장면이 제시되지 않더라도 우리는 그것을 알아차릴 수 있다. 짧은 작품에서 작가들은 장면을 전혀 포함하지 않을 수도 있다. 어떤 단편 소설들은 구체적이고 감각적인 세부 사항을 사용하고 등장인물들이 무엇을 하고, 느끼고, 생각하는지를 설명하면서도 본격적인 장면을 통해 이야기를 전개하지는 않는다. 장면이 글의 일부가 아닐 때 연출의 어떤 부분이 전개되는지 주목하자.

예를 들어, 크리스 갈빈 응우옌의 초단편 에세이 두 편을 보자.

한 쌍의 찌르레기. 흩날리는 날개, 빨강과 노랑의 반짝임. 다투는 모습과 추파를 던지는 모습은 비슷해 보일 때도 있다.

치매가 있는 부모를 돌보는 일은 최선을 다하는 노력이지만 예상치 못한 방식으로 보상을 받는 일이기도 하다. 처음 봤을 땐 알아듣기 힘들 것 같은 표현 속에서 시라는 선물을 받게 되는 것처럼. "오늘은 완전 얼음이네. 끔찍하다." 그는 말한다. "차들이 미끄러워서 넘어지는구나." 나는 미소를 감추고 그 글을 받아적는다.

시에서와 마찬가지로, 우리는 초단편 에세이에서 완전한 장면 없이도 장면 연출의 요소를 연구할 수 있다. 매우 적은 수의 단어로 표현되는 장면의 세부 사항을 찾고, 그 장면의 세부 사항들이 어떻게 작품에 생기를 불어넣는지 살펴보자.

적은 수의 단어로 전체 장면을 쓰는 일은 불가능하며, 전체 장면은 아주 짧은 서사에서 잘 표현되지도 않는다. 찌르레기에 관한 초단편 에세이에서 작가는 감각을 불러일으키기 위해 생생한 디테일을 사용한다. 이 초단편 에세이에서 그녀는 감각적인 이미지가 풍부한 대화를 쓴다. 그런 다음 그녀는 신체적 움직임을 통해 즉각적인 반응을 설명한다.

장면에 훈련된 눈으로 초단편 에세이를 읽다 보면, 전체적인 장면이 없더라도 잘 연출된 장면을 구성하는 방법에 주목할 수 있다. 전체적인 장면 없이 깊이를 더하기 위해 연출 기술이 어떻게 사용될 수 있는지, 어떻게 독자가 세부 사항에 주목하도록 하는지 이해할 수 있다.

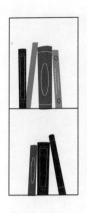

시각적 작품의 장면

그래픽 노블과 포토 에세이에서의 장면을 살펴보자.

사진이 텍스트와 분리된 포토 에세이에서 사진은 그 자체로 장면이 된다. 사진은 우리의 독서 속도를 늦추고 작품의 중요한 순간들을 보게 한다. 다음 페이지에서 《헤스투르: 포토 에세이》의 사진 한 장을 살펴보자.

우리는 양 떼 속에 서 있는 에베를 본다. 가까이 보이는 그의 얼굴, 낡아빠진 코트와 부서지고 지퍼가 풀린 주머니, 모직 스웨터와 모자에 주목하자. 우리는 그의 뒤로 보이는 돌담과 바람이 땅을 휩쓸고 있는 모습을 본다. 숨을 몰아쉬는 것처럼 입을 벌리고 활짝 웃고 있는 것 같은 그의 얼굴을 보자. 사진을 통해 우리는 그 순간에 정지된 채 머문다. 캡션을 통해 우리는 맥락을 이해할 수 있다. 여기서 작가는 배경을 설정한다. 에베는 수 세기 동안 이어져온 양을 사육하는 관행을 따른다. 그는 농부이기만 한 것이 아니다. 그는 교구 서기이기도 하

양치기와 농업은 수 세기 동안 페로제도의 문화와 경제에서 필수적인 부분이었다. 양떼 관리는 여전히 1298년의 세이다브레비드에 명시된 법령에 기반을 두고 있다. 헤스투르의 두 교구 서기 중 한 명인 에베 라스무센은 양을 울타리 안으로 몰아넣을 때 기분이 좋아진다.

다. 이 캡션이 사랑스러운 이유 중 한 가지는 에베를 위한 장면 설정이라는 점이다. 에베는 '기분이 좋'은 상태이다. 이 사진과 캡션을 통해 우리는 에베에 관한 중요한 인물 구축 정보를 얻었고 그에 대해 조금 알게 되었다.

이미지와 단어를 포함한 패널이 있는 그래픽 노블은 조금 다르게 작동한다. 그래픽 노블에서 언어는 텍스트 기반 서사와 동일한 작업을 수행하는 반면 이미지는 단어가 전달하지 않는 내용을 보여준다. 소피 야노우의 《모순》에서 다음 부분을 보자.

작가처럼 읽는 법

검정 두건

나 너 오리엔테이션에서 봤어.

이 페이지에서 패널은 장면 만들기를 돕는다. 이 장면은 소피가 자전거에서 소녀를 만나는 결정적인 순간을 묘사하기 위해 이야기가 느려지는 순간이다. 이 순간이 소피의 궤도를 바꿀 것이고, 소피가 누군가와 의미 있는 방식으로 연결되는 첫 경험이다. 먼저 다음과 같은 단어를 보자. 일반적인 장면에서처럼 대화가 핵심이다. 말풍선은 등장인물들이 서로에게 말하는 내용을 보여준다. 단어는 적지만 야노우가 대화를 그리는 방식('헤이~')은 등장인물이 말하는 방식을 '듣는' 데 도움이 된다. 대화는 또한 소피의 생각으로 가득 차 있는데 그녀는 '검정 두건', '모든 것이 검은색' 그리고 그녀의 자전거의 '브레이크 없음'에 대해 생각하고 있다. 한편 소녀는 소피와 소피의 메신저백에 대해 어떻게 생각하는지 말하고 있다. 여기서도 자전거가 어떻게 등장하는지 보자. 이 그래픽 노블에서 야노우는 두 사람 사이의 관계를 보여주는 잘 쓰인 장면을 말풍선과 캡션을 통해 제대로 전달한다.

나머지는 이미지를 통해 우리에게 전달된다. 우리는 소피가 얼마나 숨 쉬기 힘든지 본다. 우리는 그녀가 자전거를 탄 소녀를 잡기 위해 전력 질주한 것이 얼마나 그녀를 피곤하게 했는지 본다. 우리는 자전거를 타고 있는 소녀를 본다. 초승달을 보고, 인물들이 어떻게 서 있는지, 그들이 가깝지만 또한 얼마나 서로 가깝지 않은지 본다. 이 장면에서 작가는 말 그대로 장면의 정교함을 보여준다. 작가가 어떻게 장면의 각 순간을 구별할 수 있게 만드는지도 주목하자. 그녀는 각기다른 활동의 순간들을 각각의 패널에 그린다. 소녀가 소피에게 오리엔테이션에서 소피를 어떻게 생각했는지 말하는 순간 패널은 검은색으로 바뀐다. 배경 이미지는 없고 자전거를 탄 소녀가 소피와 이야기

작가처럼 읽는 법

하고 있을 뿐이다. 비록 우리는 그녀가 어두운 색의 옷을 입고 있다는 사실을 알고 있지만. 그녀의 뒤에 있는 검은색 배경은 마치 소피가 그 순간 스포트라이트를 받는 것처럼 그녀를 밝게 보이게 한다.

어떤 장르에서든 능숙한 독자들은 장면을 알아차릴 것이다. 장면 하나에 잠시 멈추어 연구하자. 작가가 그 장면을 전개한 이유를 생각해보자. 작가가 장면에 할애하는 공간에 주목하자. 세부 사항을 눈여겨보자.

토론 질문과 쓰기 길잡이:
장면에 집중하기

토론 질문

1. 그웬 E. 커비는 〈제리의 크랩 쉑: 별 한 개〉(부록 참조)의 여러 부분에서 장면을 사용한다. 장면을 파악하고 왜 작가가 이런 부분에서 장면을 썼을지 설명해보자. 왜 그녀는 특정 시점에 말의 속도를 늦추는가? 그 속도는 어떤 효과를 주는가? 장면들은 어떤 갈등이나 인물 구축에 초점을 맞추고 있는가?

2. 랜디 워드의 《헤스투르: 포토 에세이》와 에린 푸시먼의 블로그 게시물 〈사람들은 그녀의 얼굴을 가리키며 속삭인다〉(부록 참조)의 장면을 비교해보자. 두 작품 모두 전통적이지 않은 형태를 취하고 장면을 사용한다. 두 서사에서 공통적으로 사용하는 장면 요소는 무엇인가? 어떤 요소에서 차이를 보이는가? 그 차이를 만드는 원인은 무엇이라고 생각하는가? 질문에 답할 때 글의 형태, 스타일 및 장르를 고려하자.

작가처럼 읽는 법

3. 앨런 마이클 파커의 시 〈노인이 젊은이를 겁주는 16가지 방법〉 (77쪽 참조)을 읽어보자. 작가가 시에서 사용한 장면의 요소를 찾고, 작가가 사소한 방식만으로도 독자를 끌어들이기 위해 장면을 어떻게 사용하고 있는지 설명해보자.

쓰기 길잡이

새로운 소재로 쓰기

새로운 이야기나 서사시에 관해 생각해놓은 소재가 있는가? 장면이 있는 작품을 꺼내 시작 부분을 써보자. 시간 범위를 특정하여 써야 한다는 사실을 기억하자. 세부 사항, 신체적 움직임, 감각적 설명 및 대화를 포함하자.

수정해서 쓰기

여러분이 쓰고 있던 이야기나 시를 꺼내자. 작품에서 가장 중요한 순간, 즉 많은 내용이 걸려 있는 순간을 파악하자. 장면의 명료성을 높이고 독자의 주의를 끌 수 있도록 장면을 개발하고 장면 연출의 요소를 이용하자. 작품의 속도를 늦추고, 시간 범위를 특정하여 쓰고, 세부 사항, 행동, 상호작용, 대화를 포함하자.

모든 창작물은 형식, 장르, 길이, 출판된 경로와 관계없이 한 가지 중요한 공통점을 가지고 있다. 글을 통해 우리에게 다가온다는 점이다. 이미지에 부분적으로 의존하는 장르도 글을 통해 독자에게 접근한다. 모든 글은 문학이든 비문학이든 언어를 통해 독자에게 다가간다고 말할 수 있다. 창작하는 작가들은 언어에 문학적 관심을 기울인다.

8장

언어

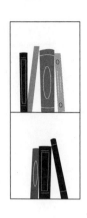

문학적 귀의 개발

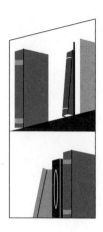

여러분은 우리가 이미 이 책에서 언어에 대해 충분히 논의했다고 생각할 수도 있다. 플롯, 등장인물, 배경, 그리고 장면에 대한 세부 사항들은 결국 언어를 통해 우리에게 다가오기 때문이다. 그러나 이번 장에서는 언어 자체에 초점을 맞출 것이다. 작가들은 독서하며 언어, 즉 단어·구절·문장을 표현하는 방식에 세심한 주의를 기울인다. 많은 작가들은 문학적 귀, 즉 한 편의 글에서 언어가 작동하는 방식을 귀로 듣는 것과 거의 유사한 방법으로 발전시킨다.

이를 위해서 여러분은 읽으면서 속도를 줄여야 한다. 천천히 단어를 읽자. 무슨 일이 일어나고 있는지 파악할 뿐만 아니라 언어가 무슨 일이 일어나고 있는지 말하는 방식을 이해하기 위해 읽자. 단어의 소리를 '들으려고' 노력하자. 문장의 형태를 '느끼려고' 노력하자. 언어 읽기는 용어 선택(작가가 선택한 단어)과 구문론(작가가 문장과 구절을 구성하는 방식)을 연구한다는 의미이다. 언어를 읽는다는 것은 구두점에

작가처럼 읽는 법

주의를 기울인다는 뜻으로, 구두점이 구문론 내에서 어떻게 작동하는지, 문장이 움직이는 방식에 어떤 영향을 미치는지(정지, 확장) 주목한다는 뜻이다.

이번 장에서 언어를 살펴보면서 우리는 소설, 창작 논픽션 그리고 시를 읽을 것이다. 작가들은 다양한 장르의 언어를 읽음으로써 문학적 귀를 발달시킬 수 있다. 한 장르의 작가들은 다른 장르의 작가들이 언어를 사용하는 방식을 분석하며 미묘한 방법으로 언어에 접근하는 법을 배울 수 있다.

우선 〈캄보디아 대사관〉의 0-14에서 다음 단락을 읽어보자.

0-14

월요일마다 파투는 수영하러 갔다. 그녀는 잠시 멈춰 서서 배드민턴을 보았다. 파투는 배드민턴 채를 내려치는 스매시 동작과 그녀가 수영할 때 어설프지만 효과적으로 앞으로 나아가는 팔 동작이 비슷하다고 생각했다. 그녀는 헬스 센터에 들어가 입구를 지키고 있는 소녀에게 손님 출입증을 주었다. 희미하게 불이 켜진 탈의실에서 그녀는 튼튼한 검정 속옷을 입었다. 수영하는 동안 파투는 카리브 해변을 생각했다. 갑판에서 손님들의 사진을 찍어주던 아버지의 늘 약간 비뚤어져 있던 나비넥타이, 추한 관광객들, 그곳의 모든 장면. 독일에서 온 늙은 백인 남성들이 예쁜 현지 소녀들을 무릎 위에 올려놓고 있는 모습은 전혀 놀라운 일이 아니었지만, 그녀는 영국에서 온 늙은 백인 여성 두 명—햇빛 때문에 말 그대로 붉은색이었던 여성들—을 결코 잊을 수 없다. 그 여성들은 일반 여성 두 명을 합친 것만큼 덩치가 컸고 옆에는 콰쿠와 오사이가 누워 있었다. 소년들은 앙상하고 검은 팔로 여성들의 거대한 붉은 어깨를 휘감고 있었고, 호텔 '볼룸'에서 여성들과 춤을 췄으며, 마이클과 데이비드라고 불렸고, 밤에는 여성들의 객실로 사라졌다. 파투는 그 소년들의 진짜 여자친구들을 알고 있었다. 그들은 파투와 같은 객실 청소부였다. 그들은 콰쿠와 오사이가 영국 여성들과 함께 밤을 보낸 방을 청소하기도 했다. 그리고 그 소녀들 역시 손님 중에 '남자친구'가 있었다. 그 호텔은 성스러운 곳이 아니었다. 수영장은 강낭콩 모양이었다. 아무도 그 안에서 수영할 수 없었고 하고 싶어 하는 기색을 보이지도 않았다. 대부분 그들은 수영장에 서서 칵테일을 마셨다. 수영장으로 햄버거를 배달시키는 사람도 있었다. 파투는 그녀의 아버지가 허리 높이까지 물속에 몸을 담그고 있는 남자에게 버거를 건네주기 위해 웅크리고 있는 모습을 보는 게 싫었다.

작가는 이 부분에서 문장의 길이와 구문을 다양하게 변화시킨다. 문장을 구성하는 가장 일반적인 방법은 '나는 집을 나섰다'와 같은 주어, 목적어, 동사 패턴이다. 일반적으로 문장을 쓰고 말할 때 우리는 기본적으로 이 구성을 사용한다. 예를 들어 '나는 집을 나섰다. 마리아는 나와 함께 갔다. 우리는 아보카도와 퀴노아를 사서 돌아왔다.' 등이다. 주어, 목적어, 동사의 순서이다. 하지만 제이디 스미스는 이런 구문을 사용하지 않는다. 어떤 문장은 주어, 목적어, 동사 구조를 따르지만 다른 문장은 부사로 시작한다. '그리고 그 소녀들 역시 손님 중에 '남자친구'가 있었다'처럼 접속사로 시작하는 문장도 있다. 여기서 다양한 문장 구조는 주어, 목적어, 동사가 아닌 구조로 글을 쓴다는 뜻이기도 하다. 항상 그렇게 글을 쓰려고 노력한다면 이상하고 어색한 글이 될 것이다. 구문론을 염두에 두고 읽으면서 작가가 얼마나 자주 주어, 목적어, 동사 구조의 변형을 시도하는지, 그리고 어떻게 글을 완성하는지 주목하자.

구문의 변화는 독자들에게 다양성을 제공하지만, 또한 글의 스타일에서 중요한 부분이기도 하다. 파투의 이야기를 들려주는 초점화된 3인칭 시점의 서술자가 있는 다른 파트와 마찬가지로, 발췌문에서도 구문은 파투의 생각과 경험을 중심으로 흐른다.

강조된 두 문장을 다시 읽자. 가능하면 소리 내어 읽어보자. 무엇을 눈치챘는가? 두 문장 중에서 하나는 짧고 하나는 길다. 하나는 완전한 문장이 아니다. 작가는 독자가 흥미를 잃게 하지 않기 위해 문장의 길이를 다양하게 조절한다. 또한 문장에 형태를 제공하기 위해 구두점을 사용한다. 긴 문장의 구두점을 읽어보자. 구두점은 긴 문장을 효과적으로 표현하고, 문장을 읽는 방법을 보여준다. 쉼표는 문장의 구문과 절을 안내한다. 줄표(—)는 '붉은색이었던 여성들'을 강조하여 파투가 그들을 보는 방식으로 독자들의 관심을 유도한다.

이제 구문을 이렇게 생각해보자. 파투가 수영을 시작하면서 무슨 일이 일어날까? 그녀는 카리브 해변을 기억하기 시작한다. 구문은 어떻게 되는가? 굽이굽이 흐른다. 구문은 형식이 파괴된 긴 문장 사이를 떠다닌다. 또한 길고 구불구불한 문장의 형태로 파투가 헤엄치고 있는 물속에서 파투의 생각이 흐르는 대로 같이 흐르며, 카리브 해변으로 가 그곳에서 있었던 일을 떠올리게 한다. 여기서 작가는 인물이 무엇을 하고 있는지(수영), 무엇을 생각하고 있는지(카리브 해변에서의 아픈 기억을 떠올림)를 구문으로 구현해낸다.

작가들은 또한 단어가 어떻게 들리는지 귀 기울여 '듣는다'(그리고 쓴다). 우리가 시적으로 생각하는 많은 장치(두운, 운율 등)는 이런 방식으로 작동한다. 단어가 만드는 소리는 이러한 시적 장치를 넘어 딱딱하거나 부드러운 소리에 도달하며, 이러한 소리가 창의적인 글에서 얼마나 중요한지 보여준다.

앞서 말한 방식으로 글을 읽는 방법은 문학적 귀, 즉 소리·길이·구조·구두점 및 형태를 '듣는' 귀를 발달시키는 데 도움이 될 것이다. 다른 방식의 언어 읽기에 대해서는 이번 장의 나머지 부분에서 논의할 것이다.

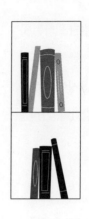

감각 언어의 선택

감각 언어는 작품이 스스로 노래하도록 만드는 요소이기도 하다. 언어를 중심으로 읽으며 신체적 감각이나 정서적 감정을 불러일으키는지 살펴보자. 이때 작가들은 능동사를 선택하거나 감각을 자극하는 묘사를 쓴다.

푸르니마 락스메슈와르의 산문시 〈지도 만들기〉를 읽으면서 감각 언어를 찾아보자.

그들의 8주년은 마치 치즈피자처럼 다가오고 있었다. 그들이 원하지 않아도 매년 2월 26일이 왔다는 것. 올해 그들은 가본 적 없는 유럽에 관해 이야기했다.

그녀는 암스테르담에 대한 기대로 가득 차 있었다. 악명 높은 홍등가, 그리고 커피숍. 그는 노래하는 뱃사공, 흐르는 로맨스 그리고 그녀가 함께하는 베네치아를 꿈꾸고 있었지만 그녀는 이미 암스테르

담에서 해야 할 일의 목록을 준비하고 있었다.

그들은 각자만의 꿈을 꾸며 잠들었고 지도는 그들을 각자 원하는 곳으로 데려다주었다.

기념일이 새소리처럼 왔고 다시 떠났다. 책과 함께 책상에 반듯이 놓인 지도는 심장에서 동맥이 퍼져 나오는 모습과 같았다. 가벼운 먼지가 쌓였고 실현되지 못한 약속이 되었다.

지도는 거짓말을 하면 안 된다는 사실을 알고 있다.

작가들은 단어가 각각 다른 뉘앙스를 가졌다는 사실을 안다. 나는 이를 다른 의미를 만드는 일이라고 생각한다. 의미가 다른 능동사의 선택은 독자들을 감각적 경험으로 이끈다. 능동사를 읽는 방법 중 한 가지는 능동사를 상태 동사로 바꿔보거나, 유사하지만 완전히 같은 의미를 갖지 않는 능동사로 바꿔보는 것이다. 예를 들어, 〈지도 만들기〉 두 번째 단락의 두 번째 문장에서 동사를 바꿔 '그는 노래하는 뱃사공, 흐르는 로맨스 그리고 그녀가 함께하는 베네치아가 필요했지만 그녀는 이미 암스테르담에서 해야 할 일의 목록을 만들고 있었다'고 한다면? 이렇게 문장을 바꾸면 느낌이 달라질 것이다. 동사가 바뀐 구절은 기존 문장과는 다른 의미를 전달한다. 물론 락스메슈와르가 원래 쓴 문장이 더 좋다. 작가는 단어의 정확한 의미를 고려하여 그것이 이 산문시에서 작동하는 방식에 따라 동사들을 선택했기 때문이다.

다른 의미 만들기, 즉 새로운 의미를 전달하기 위해 특정한 단어를 선택하는 것은 동사에만 적용되는 것이 아니다. 이는 설명이나 세부 사항을 말하는 데 사용되는 단어를 포함해서 모든 단어에 적용된다.

미묘한 뉘앙스 전달을 위한 특정 단어의 선택은 락스메슈와르가 〈지도 만들기〉에 적용하는 감정적이고 감각적인 언어의 일부이다. 첫 두 문장을 보자. 맛과 질감이 즉각적이고 놀라운 방식으로 작용한다. 누가 기념일이 피자처럼 다가온다고 느끼겠는가? 새로운 언어적 구상은 독자들이 이전에는 경험하지 못했을지도 모를 무언가를 제공한다. 이는 또한 구체적인 의미를 전달한다. 치즈피자는 평범하고도 맛있다. 피자는 예측 가능하고, 편리하며, 때로는 더 많은 시간, 돈, 계획, 일, 열정, 에너지가 필요한 식사를 대신한다. 그래서 이 문장을 읽자마자 우리는 맛, 질감, 심지어는 냄새까지 느낄 수 있다. 우리는 그 느낌을 결혼기념일이 다가오고 있다는 맥락에 적용한다. 이것이 작가가 감각과 감정을 자극하는 방법이다.

그다음 문장은 생각을 '원하지 않아도' 불편한 곳으로 데려가 감정을 확산시킨다. 미묘한 차이를 생각하지 않는 방식이라면 이런 문장이 될 수 있을 것이다. '그들은 매년 그랬듯이 다가오는 기념일에 대해 상반된 태도를 보였다.' 이런 문장은 첫 두 문장과는 다른 의미를 전달할 것이다.

락스메슈와르가 감각과 감정을 불러일으키기 위해 사용하는 언어에서 또 다른 중요한 점은 무엇인가? 관능적인 로맨스를 자극하는 다양한 단어와 문구를 찾았는가? '왔다', '가본 적 없는', '기대로 가득 차 있었다', '악명 높은', '홍등가', '꿈꾸고 있었지만', '노래하는 뱃사공', '흐르는 로맨스', '잠들었고', '데려다주었다', '원하는', '반듯이 놓인', '심장', '퍼져나오는', '동맥', '쌓였고', '약속'.

와! 단어들을 다시 읽어보자. 락스메슈와르는 언어로 열기를 고조시키고 그 열기는 이 작품을 더욱 가슴 아프게 만든다. 그렇지 않은가? 관계가 냉랭한 만큼 언어는 더 뜨겁다.

신중한 독자, 즉 작가처럼 읽는 독자는 전체 작품에 대한 언어의 중요성을 이러한 방식으로 이해해야 한다. 일단 여러분이 언어가 의미하는 방식을 알아차리기 시작하면 읽는 방식도 바뀔 것이다.

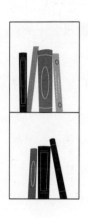

공식적 규칙 깨기

우리는 시인들이 자유롭게 쓰기 위해 공식적인 규칙, 즉 문법을 회피한다고 생각하기도 한다. 시인이 구두점이나 대문자를 잊더라도 아무도 신경 쓰지 않는다. 하지만 다음 두 가지를 기억하자. 첫째, 많은 시, 예를 들어 이 책에 포함된 시들은 규칙을 따른다. 둘째, 작품을 쓰는 모든 작가는 규칙을 어길 수 있다. 핵심은 작가들이 규칙을 어긴다면 의도한 것이어야 하고 작품 안에서 당위성을 지녀야 한다는 점이다.

이번 장에서 모든 공식적인 규칙을 논의하거나, 왜 공식적 규칙이 깨질 수 있는지를 다룰 수는 없다. 그 내용으로 책 한 권을 따로 쓸 수 있을 만큼 방대한 주제이기 때문이다. 우리는 가장 일반적인 규칙 위반 중 몇 가지를 살펴보고, 작가가 규칙을 깨뜨린 작품의 예시를 살펴볼 것이다.

항상 완전한 문장으로 쓰자. '그리고', '그러나' 혹은 다른 연결어로 문장을 시작하지 말자. '당신'은 절대 사용하지 않는다. 하지만 이런 규칙은 훌륭한 작가들에 의해 깨지기 마련이다. 그들은 자신이 무엇을 하고 있는지 정확히 알고 있다.

언어 중심의 독서는 작가들이 언제 규칙을 어겼는지, 왜 규칙을 어겼는지를 보기 위한 독서를 의미하기도 한다. 예를 들어 '절대 '당신'을 사용하지 말자'라는 규칙의 경우 우리는 이미 시점에 대해 논의했기 때문에 '당신'이 2인칭 시점으로 작용할 수 있다는 사실을 알고 있다. '당신'을 사용한 시점은 카렌 돈리 헤이스의 〈대학에서 배우는 것들〉과 베스 우즈니스 존슨의 〈음성 결과〉에서 볼 수 있다.

작가들이 공식적인 규칙을 어긴다면 우연이 아니라 고의로 어긴 것이다. 그리고 그들은 규칙을 위반함으로써 독자들을 혼란스럽게 하거나 산만하게 만들기보다, 독자들의 주의를 유지하면서 작품에 도움이 될 때만 그것을 어긴다.

또 다른 규칙 '항상 완전한 문장으로 쓰자'의 경우, 아이디어를 제시하기 위해 모든 문장이 문법적으로 완전할 필요는 없다. 이 장의 앞부분에서 우리가 살펴본 〈캄보디아 대사관〉에 나오는 제이디 스미스의 문장을 다시 한번 보자.

수영하는 동안 파투는 카리브 해변을 생각했다. 갑판에서 손님들의 사진을 찍어주던 아버지의 늘 약간 비뚤어져 있던 나비넥타이, 추한 관광객들, 그곳의 모든 장면.

첫 문장은 짧지만 완전하다. 두 번째 문장은 미완성 문장이다. 이는 앞 문장에 울림을 주는 조각이다. 우리는 조각난 문장은 짧으리라고 예상한다. 그런 경우도 있다. 이 경우 미완성 문장의 앞 문장은 미완성 문장보다 짧다. 미완성 문장은 첫 번째 문장의 아이디어를 기반으로 한 단어의 나열로 구성된다. 그 내용은 단어의 나열일 뿐이지만 앞 문장 덕분에 의미가 명확해질 수 있는 까닭에 제 역할을 충분히 수행하고 있다.

미완성 문장은 또한 여기서 언어가 깨지기 때문에 제 역할을 한다. 우리가 앞에서 살펴보았던, 흘러가며 굽이치는 문장이 파투의 사고, 즉 파투의 경험을 구체화하는 거울인 것과 마찬가지다. 파투가 '성스러운 곳이 아니었던' 장소, 그녀의 아버지가 관광객들에게 멸시당하는 장소, 그녀가 강간당하는 장소를 생각하기 시작하면서 언어는 불완전하고, 전체를 이루지 못하는 형태가 된다. 즉 이 조각난(혹은 깨진) 문장은 파투의 삶이 망가진 시간을 상징한다. 조각난 문장은 길게 이어지면서 독자를 더 오래 붙잡아둔다. 또한 우리에게 파투가 어떻게 그곳에 붙잡혀 있는지 보여준다.

때때로 작가들은 한 문단에서 하나 이상의 공식적인 규칙을 어기기도 한다. 다음 베스 우즈니스 존슨의 〈음성 결과〉 발췌문을 읽고 잘못된 규칙을 찾아보자.

자, 이제 당신은 걱정해야 한다. 거짓말하는 한 사람, 아마도 거짓말하지는 않지만 할 수도 있는 한 사람. 그는 걱정한다. 이 모든 것은 확인이 필요하고, 당신은 스스로 책임져야 하므로 선택의 여지가 없다. 거짓말을 하지 않는 남자와 거짓말을 하는 남자 모두. 테스트는 잠복기를 포함한다. 음성이라는 단어가 들린다. 결과지에 쓰여 있다. 당신은 물론 안심한다. 그러나 이제는 음성이라는 것을 알았고(그럴 줄 알았으며) 그건 거짓말쟁이가 어느 정도 진실하다는 뜻이므로 안심한다. 비록 당신은 그와 자는 것을 그만두었지만, 그는 그렇게 나쁘지 않았다. 당신은 그 모든 것을 알았지만 그가 당신을 힘들게 했다는 게 싫다. 위험은 위험이지만, 어리석음은 완전히 다른 문제이고, 이제 당신은 새로운 남자가 진실하다는 걸 알게 되었으니 그를 더욱 좋아하게 된다.

우즈니스 존슨은 이 단락을 '자'라는 접속사로 시작한다. 그녀는 또한 조각난 문장을 쓰기도 한다. 공식적인 규칙을 깨뜨린 문장이 많다고 생각될 수 있지만 이는 작품의 스타일과 맞다. 〈음성 결과〉는 의식적인 서사의 흐름이다. 우리는 서술자와 함께 그녀의 고민과 생각들을 나누고 있다. 격식은 들어서지 않는다. 이 서사에서 우리는 인물이 무너지면서(그녀는 거짓말이 그녀의 건강을 위협하고 있다는 사실을 인식한다.) 언어가 무너지는 모습을 본다. 그녀는 또한 성병 검사 결과를 기다리며 한 남자와의 불륜을 끝내고 다른 남자와의 불륜을 시작한다. 다시 우리는 인물의 삶의 망가진 부분을 구체화하는 망가진 언어를 본다. 이 구절에서 형식적인 규칙을 어기는 것은 작품의 진정성을 느끼도록 한다.

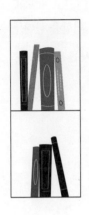

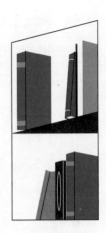

작가다운 규칙

작가들은 그들만의 규칙을 가지고 있다. 창작 강의를 듣거나 글쓰기 모임을 하고 있는 사람들은 아마도 그중 많은 내용을 접했을 것이다. 이 책에서 모든 작가적인 규칙을 논할 수는 없지만, 대표적인 두 가지를 다룰 것이다. 첫째, 부사는 매우 조심해서 사용해야 한다. 둘째, 상투적인 말을 사용하지 말자. 작가들이 이 두 가지 규칙을 지키는(혹은 깨는) 방식을 연구하게 되면 작가처럼 읽고 쓰면서 마주칠 수 있는 다른 규칙과 충고를 어떻게 다루어야 할지 개념을 확립할 수 있을 것이다.

작가들의 언어 사용에는 작가다운 규칙이 수반된다. 우리는 독자의 눈길을 끄는 방식으로 언어를 전달하려고 노력한다. 우리는 언어의 미묘함과 놀라움을 확실히 전달하기 위해 노력한다. 또한 독자들에게 가닿고 독자들이 기억할 수 있는 언어를 사용한다. 예를 들어, 상투적 문구는 미묘한 의미를 전달하지 못하고, 놀라움을 선사할 수도 없으며, 기억에 남지도 않는다. 모든 종류의 부사 또한 마찬가지다. 부사는 우리를 페이지에 머물도록 하는 것과는 정반대의 역할을 한다.

메리 올리버의 〈단서〉를 읽으면서 상투적 문구와 부사를 찾아보자.

이야기가 있다
당신의 가슴을 아프게 할.
들어볼 텐가?
올겨울
아비새 떼가 항구로 왔다
그리고 죽었다, 한 마리씩,
알 수 없는 이유로.
한 친구가 말해주었다
해안에 있던 한 마리가
머리를 들고
우아한 부리를 열고 소리쳤다고,
생애의 길고 달콤한 맛을.
그 소리를 들었다면
신성한 소리임을 알 것이다.
만일 들어본 적 없다면
그곳으로 서두르는 편이 좋으리라,
그들이 노래하는 곳으로.
그리고, 절대 아무에게도 말하지 마라,
그곳이 어디인지.

그다음 날 아침

얼룩덜룩한 무지갯빛을 띤

아비새들은

집으로 돌아가기 위해

숨겨진 호수를 찾기 위해

해안에서 숨을 거두었다.

나는 그대에게 말한다

당신의 가슴을 아프게 하는,

단지

그 말은 열리면 다시 닫히지 않는다,

세상의 다른 곳으로.

　

'가슴이 아프다'는 표현은 상투적이다. 하지만 이 진부한 표현은 작가가 언어를 사용하는 방법 중 하나다. 그녀는 독자들에게 새로운 내용을 제공하기 위해 진부한 문구를 사용한다. 이 방법은 다른 방식, 즉 '개방적'인 방식으로 독자들의 가슴을 아프게 한다. 작가는 우리를 그러한 상태로 내버려둠으로써 죽어가는 아비새들과 환경 파괴의 다른 모든 희생자들을 기꺼이 볼 수 있게 한다.

올리버는 이 시에서 '단지'라는 부사를 사용한다. 만약 부사를 더 사용한다면 너무 과하게 느껴질 것이고 시의 속도를 늦출 것이다. 또한 올리버가 부사를 신중하게 사용하지 않았다고 느껴질 것이다. 부사의 위치에 주목하자. 올리버가 상실감을 전하기 위해 의도한 행에서 사용된다. 이 부사는 과하게 느껴지지 않는다는 점에서 적절한 위치에 있다. 독자의 심금을 울리는 데 열중하는 것처럼 보이는 부사들은 너무 과하거나, 심지어 역겹게 느껴지기도 한다. 부사가 부적절하게 사용되고 잘못된 장소에 위치함으로써 우리를 시에서 멀어지게 하는 경우를 상상해보자. 부사가 아비새가 어떻게 움직이고, 노래하는지와 어떻게 죽는지를 설명하는 동사와 결합된다고 상상해보라. 우리는 올리버가 독자의 감정의 끈을 잡아당기려고 지나치게 열심히 노력했다고 느낄 것이다. 부사가 그러한 위치에 놓인다면 올리버의 의도와는 반대되는 효과를 유발할 것이다. 그 부사들은 우리의 마음을 아프게 하지 않을 것이다.

그렇다면, 부사를 부주의하게 사용하는 것처럼 보이지만 성공한 작가에 대해 궁금증이 생길 수도 있다. 많은 이들이 부사를 자주 사용하는 작가의 작품을 즐기기도 한다. 여기서 우리가 할 수 있는 일은 그 작가들의 작품을 기꺼이 수용하고, 그들이 왜 그렇게 작업하는지 알아내기 위하여 주의 깊게 읽는 것이다(그뿐만 아니라 우리가 정당화하기 힘든 부사들을 곱씹으며 우리의 원고를 열심히 다듬을 수도 있다).

독자가 언어에 관심을 기울이게 되면 플롯, 서사 아크, 인물, 전개, 설정, 장면, 그리고 나머지 모든 요소가 어떻게 글로 구현되는지 알 수 있다. 언어를 중심으로 읽으면, 우리는 언어가 작가들이 예술을 창조하기 위해 사용하는 매개체라는 사실을 떠올리게 된다. 언어는 작가가 독자들에게 시, 소설, 에세이를 전달하는 매개체이다.

작가들은 글을 쓸 때 언어를 사용한다. 작가는 그들이 선택한 단어, 문장을 구성하는 방식, 그들이 지키는 규칙, 그리고 그들이 어기는 규칙에 주의를 기울여 언어를 작동시킨다. 작가들이 글을 수정할 때 하

작가처럼 읽는 법

는 일에는 언어를 다듬는 작업이 포함된다. 작가처럼 읽을 때 중요한 점은 작가들이 언어를 어떻게 사용하는지 보는 것이다.

토론 질문과 쓰기 길잡이:
언어에 집중하기

토론 질문

　1. 이창래의 〈성게〉(부록 참조)나 앨런 마이클 파커의 〈노인이 젊은이를 겁주는 16가지 방법〉(77쪽)을 읽어보자. 언어를 공부하기 위해 읽자. 문장이나 대사를 '들어보자'. '자세히' 분석하자. 각 문장이나 행의 길이, 구조 및 구두점에 주의하자. 어떤 문장이나 행이 여러분에게 가장 큰 반향을 일으키는지, 왜 그런지 설명하자. 그 문장이나 행에서 작가가 언어로 무엇을 성취하는지 토론해보자.

　2. 메리 올리버의 시 〈단서〉(34쪽 참조)와 랜디 워드의 《헤스투르: 포토 에세이》(부록 참조)는 모두 공식적인 규칙을 따른다. 그웬 E. 커비의 〈제리의 크랩 쉑: 별 한 개〉(부록 참조)는 공식적 규칙을 따를 때도 있지만 그렇지 않을 때도 있다. 왜 올리버와 워드가 공식적인 규칙을 따르기로 했다고 생각하는가? 왜 커비가 가끔 규칙을 깨는 선택을 한다고 생각하는가? 규칙을 따르는 것이 작품에 어떤 영향을 주는가? 가끔 규칙을 어기는 커비의 선택이 이야기에 어떤 영향을 미치는가?

쓰기 길잡이

새로운 소재로 쓰기

이 책에 실린 작품 중에서 여러분이 가장 좋아하는 작품을 고르자. 언어에 집중하면서 끝까지 읽자. 그런 다음 언어 때문에 끌리는 문장(산문)이나 행(시)을 선택하자. 선택한 문장이나 행을 연구하자. 언어가 어떻게 작동하는지 알아보자. 그리고 나서 여러분이 읽은 작품에서 작가가 적용한 것과 비슷한 방식으로 언어를 사용해 자신만의 문장을 쓰자(한두 단어만 바꾸고 그대로 모사하라는 뜻이 아니라, 비슷한 방식으로 여러분의 문장이나 대사를 쓰는 것이다). 한 문장이나 구절을 완성한 후, 다른 문장이나 구절을 선택해 같은 작업을 하자. 이 작업을 반복하자. 아이디어가 다 떨어질 때까지 쓰자.

수정해서 쓰기

완성한 원고 중 하나를 다시 읽자. 수정할 페이지, 단락 또는 연을 찾는다. 언어를 다듬어 퇴고본을 작성한다. 여기서는 페이지, 단락 또는 연과 같은 작은 부분에 대해 작업한다. 천천히 하자. 단어와 문장에 중요한 변화를 만들자. 나머지 부분은 나중에 수정할 수 있다.

후기

여러분은 이 책을 읽으면서 우리가 작가처럼 읽는 방법과 쓰는 방법을 수없이 오가며 논의했다는 사실을 눈치챘을 것이다. 글쓰기에 초점을 두지 않고 작가들이 읽어야 할 독서 방식을 탐구하는 일이 가능할 수는 있겠지만 나는 그 방법을 모르겠다. 여러분도 애쓰지 않길 당부하고 싶다. 작가로서 글을 읽을 때 여러분은 의도치 않게 자신의 글에 대해 생각하기도 한다. 지극히 자연스러운 일이다. 그 부분은 '작가로서' 읽어야 하는 이유이기도 하다.

글을 읽으면서 자신의 글과 작가로서의 자질을 생각하는 과정은 우리가 이 책에서 여덟 개의 장에 걸쳐 논의한 요소들을 중심으로 글쓰기 기술을 연마하는 데 도움이 될 것이다. 여러분은 자신의 작품에서 다양한 장르를 시도하고 탐험하게 될지도 모른다. 어쩌면 여러분은 자신의 작품 줄거리에서 갈등을 고조시키거나 더 미묘한 뉘앙스를 가진 인물을 만들어내게 될 수도 있다. 또한 장면과 시점으로 실험하게 될지도 모른다. 또한 기존과는 다른 방식으로 언어를 사용하게 될 수도 있다.

독서하며 자신의 글을 생각하는 것은 출판 기회와 플랫폼에 대해 생각하는 데 도움이 될 수 있다. 트위터에 게재하고 싶은 글이 있는가? 블로그에 올리고 싶은 글이 있는가? 여러분이 쓰고 있는 단편소설이 여러분이 읽고 있는 단편소설을 출판하는 문학잡지에 잘 어울릴까? 작가들이 읽는 방식으로 읽을 때, 그리고 자신의 작품을 생각하며 읽을 때, 훌륭한 작가들의 세계에서 자신의 위치가 보이기 시작할 것이다.

글을 읽을 때마다 그 작품에서 무엇을 배울 수 있을지 스스로 질문하자. 여러분이 읽고 있는 작품과 쓰고 있는 작품 사이에 연결고리를 만들자. 여러분이 읽고 있는 글이 여러분이 쓰는 방식을 어떻게 바꾸는지 탐구하면서 읽자.

마지막으로 중요한 것은 독서하는 작가들이 문학계의 관리자가 된다는 점이다. 독자가 없다면 작가들은 살아남을 수 없다. 점점 더 많은 책을 읽고, 자신의 작품을 출판하는 것을 목표로 하자. 여러분이 사는 한 권 한 권의 문학잡지나 책이 문학계를 지지하고 있다는 사실을 기억하면서 읽자. 온라인에서 작품을 읽고 소셜미디어 계정을 통해 감상을 공유하는 것은 디지털 플랫폼의 홍보를 돕고 있다는 사실을 의미한다. 독자로서 문학계에 참여하는 것은 문학계를 지속 가능하도록 유지하는 데 도움이 된다.

그러므로 계속 읽자. 자신만의 장르를 읽자. 다른 장르를 읽자. 장르 밖에서 읽자. 종이책을 읽고 스크린으로 읽자. 즐거움을 위해 읽고, 배우기 위해 읽자. 당신이 지향하는 작가처럼 읽자.

감사의 글

이 책을 세심하게 읽고 문학과 글쓰기에 관한 다양한 의견을 나눠 준 비비안 비쿨리지Vivian Bikulege, 조 와일리Jo Wiley, 앤 마리 칠턴 Ann Marie Chilton, 앤 오 제이Anne O. Jay에게 감사의 인사를 전하고 싶다. 이 책을 쓰는 동안 다른 프로젝트를 잠시 미뤄도 괜찮다며 나를 안심시켜 준 베스 존슨Beth Johnson에게 감사드린다. 내가 이 글을 쓰고 수정할 수 있도록 이해하고 배려해준 가족들—크리스Chris, 루실 Lucille, 니컬러스Nicholas, 웨이드 앨드리드Wade Aldred—에게도 고마움을 전하고 싶다. 이 글을 쓸 수 있도록 도와준 세라 스티븐스Sarah Stephens와 어네스틴 앨드리드Ernestine Aldred에게 감사드린다. 이 책을 쓰는 동안 안식년을 허락해 준 라임스톤 대학교Limestone University에도 감사의 인사를 전하고 싶다. 책을 쓸 수 있도록 영감을 준 데이비드 아비털David Avital과 그 후 과정을 도와준 루시 브라운Lucy Brown에게도 감사드린다.

자료 출처

- 메리 올리버, 〈단서〉(시)

  비컨 프레스 보스턴Beacon Press Boston에서 출판한 메리 올리버의 《신간시와 선집시New and Selected Poems》(2005)에 수록되었으며, 더 샬럿 시디 리터러리 에이전시The Charlotte Sheedy Literary Agency의 허가로 이 책에 실었다.

- 앨런 마이클 파커, 〈노인이 젊은이를 겁주는 16가지 방법〉(시)

  앨런 마이클 파커의 시집 《장제법長除法》(2012)에 수록되었다. 투펠로 프레스Tupelo Press의 대행사인 더 퍼미션스 컴퍼니The Permissions Company의 허가로 이 책에 실었다.

- 조이 하르조, 〈은혜〉(산문시)

  《미친 사랑과 전쟁 속에서In Mad Love and War》(1990)에 수록되었다. 웨슬리언대학교 출판사Wesleyan University Press의 허가로 이 책에 실었다.

- 크리스 갈빈 응우옌의 초단편 에세이 두 편

  크리스 갈빈 응우옌의 초단편 에세이 두 편은 크리스 갈빈 응우옌의 트위터 계정(@ChrisGNguyen)에 처음 게시되었고 《크리에이티브 논픽션》의 '#cnftweet 콘테스트(@cnfonline)'의 우승자로 리트윗되었다. 이후 《크리에이티브 논픽션》의 〈타이니 트루스〉에 게재되었으며, 저자의 허락하에 이 책에 다시 싣는다.

- 푸르니마 락스메슈와르, 〈지도 만들기〉(산문시)

  《후트Hoot》 45호에 처음으로 발표되었으며 저자의 허락하에 이 책에 싣는다.

부록

성게

|

이창래

1980년 7월. 내가 열다섯 살이 될 무렵 우리 가족은 서울에 간다. 12년 전 서울을 떠난 뒤 첫 방문이다. 서울이 어떻게 달라졌는지 난 모른다. 부모님도 할 말을 찾지 못한다. 부모님은 우리가 다른 지역에 가거나 오래전 친구를 만날 때마다 "어머나 세상에……?"와 같은 말을 반복한다. "이것 좀 봐! 어떻게……?", "이런 엄청난 무더위는…….. 맞아, 맞아. 어떻게 이렇게……." 내 여동생은 엄청난 무더위에도 지나칠 만큼 조용하다. 우리 모두 그렇다. 내게서 얼마나 지독한 냄새가 나는지 난 처음 느낀다. 누구든 다른 모든 것들처럼 냄새가 날 수밖에 없다. 엄청난 열기 속에서 모든 것은 발효되고 부패한 것 같은 고약한 냄새를 풍긴다. 겨우 머리 높이의 방 두세 칸짜리 집들이 옹기종기 모인 할아버지가 살던 옛 동네에서도 냄새가 진동한다. "그게 뭐야?"라고 나는 묻는다. 사촌은 "똥."이라고 답한다.

"똥? 무슨 똥?"

"네 똥! 내 똥."이라며 사촌이 웃는다.

도심 근처의 넓은 거리에서 학생들의 시위가 펼쳐진다. 사촌은 광주광역시에서 군부대가 시민을 학살한 사건에 반발해 일어난 시위라고 설명한다. 폭동 진압군이 도로를 평정하고 나자 공기는 매운 최루탄으로 가득하다. 택시를 타고 그곳을 지날 때마다 나는 창문을 열고 혀를 내밀어 독, 혹은 인간의 혐오감을 맛보려고 노력한다. 어머니는 내가 왜 그러는지 궁금해한다.

뭐가 문제인지 모르겠다. 어쩌면 내가 문제일 수도 있다. 심심하다. 난 여자를 갈망하는 것 같다. 부모님 식당에서 접시를 치우는 여성들, 나란히 손잡고 걷는 교복 입은 여학생들, 볶은 김치와 레르뒤땅L'Air du Temps 향수 냄새를 풍기는 롯데 백화점의 날씬하고 젊은 점원들, 나는 그들에게서 눈을 뗄 수 없다. 숨이 멎을 것 같다. 비록 다들 치아는 못생겼지만……. 나도 모르게 그들 가까이 다가가며 아주 조금만이라도 내 몸이 그들에게 닿길 바란다.

하지만 아무것도 없다. 나는 너무 절박하고 희망이 전혀 없다. 하지만 먹는 건 가능할 것 같다. 난 항상 음식을 좋아했지만 지금은 모든 걸 시도하기로 했다. 늘 그렇듯 하루는 식사로 구성된다. 격식을 차린 식사와 즉흥적인 식사, 식간의 식사와 식사 중의 식사. 거리에는 게찜, 메밀국수, 팥빙수로 구성된 야외 뷔페가 펼쳐져 있다. 요리뿐만 아니라 원하는 모든 것을 얻을 수 있는 미군 기지 근처 이태원에서 우리는 저녁 식사를 위해 해산물 가게에 들어선다. 천막집인 그곳에는 의자가 놓인 긴 바가 있고 주인 뒤로는 캠프 난로와 수조가 보인다. 그리고 낮고 쉰 목소리를 가진 노파가 있다. 지붕은 늘어진 푸른색의 폴리타프다. 아버지는 신이 나셨다. 과거로 돌아간 듯하다. 아버지는 생선회를 원하지만 어머니는 고개를 젓는다. 나는 그 이유를 알 수 있다. 얼룩덜룩한 핏빛 얼음이 담긴 플라스틱 통에는 반쯤 살아 있는 꼬막, 전복, 장어, 소라, 해삼, 도미, 새우가 들어 있다. 어머니는 노파가 어떻게 생각할지 신경 쓰지 않고 "튀긴 걸 먹어요."라고 아버지에게 말한다. "조리된 음식 말이에요."

바 끝에 앉은 젊은 커플이 산낙지를 주문한다. 노파는 고개를 끄덕이고 수조에서 한 마리를 낚아챈다. 손바닥만 한 크기로 꽤 작다. 그녀는 산낙지를 도마 위에 놓고 큰 회칼로 재빨리 머리를 잘라낸다. 그리곤 촉수를 잘게 썰어 접시에 담고 참기름과 초장을 뿌린다. "산낙지는 조심해야 해." 아버지가 속삭인다. "안 그러면 빨판이 목구멍에 걸릴 수 있지. 죽을 수도 있어." 연인들은 틈틈이 소주를 홀짝이며 잘게 썰린 산낙지를 서로에게 먹인다. 어머니는 우리를 위해 파전과 매운탕을 주문하신다. 그 와중에도 아버지는 살아 있는 신선한 음식을 원한다고 중얼거린다. 난 플라스틱 통을 가리키며 저걸 먹고 싶다고 말한다. 금이 간 운석처럼 갈라진 가시가 있는 구체들, 그것들의 녹슨 중심부는 빛나는 톱니 모양으로 층을 이루고 있다. 나는 몸을 숙이고 냄새를 맡는다. 톡 쏘는 강렬한 바다의 냄새로 거의 눈물이 날 지경이다. "성게요." 노파가 아버지에게 말한다. "얘는 안 좋아할걸요." 어머니는 아버지에게 제정신이냐며 내가 식중독에 걸려 병이 날 거라고 말하지만 아버지는 노파를 향해 고개를 끄덕인다. 노파는 성게를 들어 부드러운 살점을 도려낸다.

맛이 어떠냐고? 잘 모르겠다. 이런 걸 먹어본 적이 없으니까. 내가 아는 건 그것이 살아 있는 맛이라는 것뿐이다. 바다 밑 깊은 곳에 살아 있는 것. 피부가 광물이라면 그런 맛일 것 같다. 아직도 씹고 있지만 구역질이 난다. 마치 내 입에 또 다른 혀, 눈이 멀고 자기 만족적인 생물을 물고 있는 것 같다. 그날 밤 나는 토했고 어머니는 우리를 꾸짖었으며 아버지는 걱정하면서도 낄낄거리고 웃었다. 다음 날 삼촌들은 나를 좀 더 멀리 데리고 나가겠다고 농담을 하고 그 제안만으로도 나는 다시 움츠러든다.

　일주일 뒤 난 건강을 회복했고 혼자 그곳에 간다. 노파가 있고 뜨거운 태양 아래 반짝이는 성게도 여전히 거기에 있다. "네가 원하는 게 뭔지 알아."라고 노파는 말한다. 나는 기대와 혐오에 차 미끈거리는 입으로 자리에 앉는다. 아직도 왜 그런지는 모른 채로.

〈성게〉는 2002년 8월 《뉴요커》에 처음 발표되었으며 저자의 허락을 받아 이곳에 다시 싣는다.

캄보디아 대사관

|

제이디 스미스

0-1

누가 캄보디아 대사관을 떠올리겠는가? 아무도 없다. 그 누구도 기대하지 못했고 앞으로도 불가능할 것이다. 뜻밖의 일이다. 우리 모두에게. 캄보디아 대사관이라니!

대사관 옆에는 헬스 센터가 있다. 반대편에는 개인 주택들이 줄지어 있는데 대부분은 부유한 아랍인들이 소유하고 있다(라고 우리 윌즈덴Willesden 사람들은 주장한다). 그곳에는 현관문 양쪽으로 코린트식 기둥이 있고―많은 이들이 그렇게 믿고 있다―뒤편에는 수영장이 있다. 그에 반해 대사관은 그다지 웅장하지 않다. 대사관 건물은 1930년대에 지어졌고, 약 2.5미터 높이의 붉은 벽돌로 된 담장으로 둘러싸여 있으며, 네다섯 개의 침실을 갖추고 있는, 런던 북부 교외에서 볼 수 있는 시골 저택이다. 그리고 이 담장을 따라 셔틀콕이 오고 간다. 그들은 캄보디아 대사관에서 배드민턴을 치고 있다. 퍽, 스매시, 퍽, 스매시.

이 대사관이 실제로 대사관이라는 사실을 알리는 유일한 표시는 '캄보디아 대사관'이라고 적힌 문에 달린 작은 놋쇠 명판과, 기울어진 붉은색 지붕 위에서 휘날리는 캄보디아 국기다.(그렇다고 추측할 뿐이다. 국기가 아니라면 도대체 무엇이란 말인가?) 누군가는 "그 건물이 높은 담장으로 둘러싸여 있다는 점은 그 거리의 다른 사저私邸와는 다르다는 뜻이므로 대사관이라는 거죠."라고 말하기도 한다. 그렇게 말하는 사

작가처럼 읽는 법

람은 어리석다. 많은 사저가 캄보디아 대사관처럼 높은 담장으로 둘러싸여 있지만 그 건물들은 대사관이 아니다.

0-2

8월 6일, 파투는 수영장으로 가는 길에 처음으로 대사관을 지나쳤다. 그곳은 올림픽을 개최할 만한 규모는 아니지만 제법 큰 수영장이다. 1.5킬로미터 정도를 수영하기 위해서는 82회를 왕복해야 하는데, 그 지루함은 수영이 육체적인 운동일 뿐 아니라 정신적인 운동이라는 사실을 깨닫게 한다. 그곳은 수영보다는 사우나에서 몸을 풀거나 풀장 가에서 느긋하게 쉬기 위해 헬스 센터를 찾는 사람들이 대부분이다. 이들이 만족할 수 있도록 물은 비정상적일 만큼 늘 따뜻하다. 파투는 지금까지 이곳에서 대여섯 번 수영을 했고, 수영장에 오는 사람 중 가장 어린 축에 든다. 고객은 대부분 백인이거나 남아시아인이거나 중동 출신이지만 파투는 때때로 자신과 같은 아프리카인을 마주치기도 한다. 어린 애들처럼 미친 듯이 헤엄치거나 오로지 물에 뜨기 위해 애쓰는 이 덩치 큰 남성들을 보노라면 파투는 몇 년 전 아크라Accra의 카리브 비치 리조트에서 수영하는 법을 혼자 깨우친 자신의 능력에 자부심을 느낀다. 파투가 수영한 곳은 호텔 수영장은 아니었다. 직원은 수영장에 들어갈 수 없었다. 그녀는 리조트 담장 반대편에 있는 거친 회색 바다를 힘겹게 헤쳐 나가면서 수영을 배웠다. 솟아오르고 가라앉고, 솟아오르고 가라앉았다. 더러운 거품 속에서. 관광객은 해변에 발을 디딘 적이 없었고(해변은 쓰레기로 뒤덮여 있었으므로) 하물며 차갑고 위험한 바다에 들어갈 리는 더더욱 없었다. 다른 객실 여종업원들도 마찬가지였다. 늦은 밤의 무모한 십 대 소년들 그리고 이른 아침의 파투뿐이었다. 카리브 해변에서의 수영과 목욕처럼 따뜻하고 고요한 헬스 센터에서의 수영은 전혀 비교 대상이 되지 못한다. 파투는 수영장으로 가는 길에 캄보디아 대사관을 지나면서 높은 벽 너머 보이지 않는 두 선수 사이를 오가는 셔틀콕을 본다. 셔틀콕은 큰 아치를 그리며 오른쪽으로 부드럽게 날아가다 스매시를 맞고 제자리로 돌아가기를 계속 반복하는데 오른쪽 플레이어는 어떻게든 스매시에 성공해 반대편으로 부드럽게 떠 날아가는 아치를 만들어낸다. 높은 곳에 떠 있는 태양은 물기 가득한 회색빛 구름 천장을 통과하려고 애쓴다. 퍽, 스매시. 퍽, 스매시.

0–3

몇 년 전 캄보디아 대사관이 처음 모습을 드러냈을 때 우리 중 몇몇은 이렇게 말했다. "음, 만약 우리가 시인이었다면 아마도 대사관의 놀라운 모습에 대한 시를 쓸 수 있었을 거야."(대사관은 보통 도시의 중심부에 있는데 교외에서 대사관을 본 일은 처음이었다.) 하지만 우리는 정말로 시적인 사람들이 아니다. 우리는 윌즈덴 출신이다. 우리의 머릿속은 평범한 이들에 가깝다. 예를 들어 남성이든 여성이든 우리 중에서 처음 캄보디아 대사관을 통과하면서 '대량 학살'이라는 표현을 즉각 떠올리지 않은 사람이 과연 있는지 의문스럽다.

0–4

퍽, 스매시. 퍽, 스매시. 올여름 우리는 투덜거리면서 인간이 노력뿐만 아니라 의지의 승리로 만들어내는 다양한 소리를 들으며 올림픽을 지켜보았다. 하지만 캄보디아 대사관 정원에 있는 선수들은 조용하다(그곳이 정원이라고 확신할 수는 없다. 담장 안쪽은 거의 보이지 않기 때문이다. 어쩌면 배드민턴을 위한 장소일 수도 있다). 배드민턴 경기가 진행되고 있다는 유일한 신호는 셔틀콕의 움직임으로, 셔틀콕은 교대로 높이 솟아올랐다 반대편으로 날아가고 또 솟아올랐다 다른 편으로 날아간다. 항상 파투가 헬스 센터로 수영하러 가는 시간(월요일 아침 10시가 막 지났을 무렵)이다. 꼭 덧붙여야 할 점이 있다면 이 헬스 센터의 진짜 회원은 파투가 아니라 파투의 고용주들이라는 사실이다. 그들은 파투가 이런 식으로 손님용 이용권을 사용한다는 사실을 전혀 알지 못한다(데라왈 부부와 세 자녀-각각 17세, 15세, 10세-가 사는 곳은 대사관과 같은 길에 있는데 약 1.6킬로미터 거리의 길 한쪽 끝에는 대사관, 다른 쪽 끝에는 데라왈 가족의 집이 있다). 월요일마다 데라왈 씨는 엘담에 있는, 자신이 운영하는 작은 마트에 가고 데라왈 부인은 켄살 라이즈에 있는 부부 소유의 또 다른 작은 마트에서 카운터를 보는 까닭에 파투는 월요일마다 아무도 모르게 수영을 하러 갈 수 있다. 데라왈 부부의 안방 입구 복도에 있는, 가품인 루이 16세 양식 콘솔의 작은 서랍 하나에는 손님용 이용권이 무더기로 쌓여 있다. 이용권이 그곳에 있다는 사실을 파투 말고는 아무도 기억하지 못하는 것 같다.

파투는 8월 6일(배드민턴을 처음 본 날)부터 수영하러 들어가기 전 5분에서 10분 동안 대사관 맞은편 버스정류장에 머물렀다. (데라왈 부인이 점심시간에 집으로 돌아오는 까닭에) 여유로운 시간을 누릴 만한 형편은 아니었지만, 파투가 그 시간을 포기하기는 쉽지 않았다. 이상하게도 매력적인 대사관의 분위기 때문이었다. 파투가 그 짧은 기다림과 관찰로 얻는 건 거의 없는 편이었지만 가끔 사람들이 대사관에 도착해 부산스럽게 대문을 통해 들어가는 모습을 보기도 한다. 배낭을 멘 젊은 백인을 본 적도 있다. 그들은 꾀죄죄할 때도 있고 서늘한 날씨임에도 불구하고 샌들을 신기도 한다. 지금까지 방문객 중 눈에 띄는 캄보디아인은 없었다. 한 무리의 젊은이들은 비자를 찾으러 왔을 것이다. 파투가 그들을 들이는 사람이 누구인지 보기 위해서는 버스정류장 꼭대기에 서 있어야 하지만 그들은 부산스럽게 게이트를 통과한다. 그녀가 자신 있게 말할 수 있는 사실은 가끔 도착하는 이 사람들이 배드민턴에 경기에는 전혀 영향을 미치지 않는다는 점이다. 배드민턴은 부드럽게 시작했다가 빨라지고 부드럽고 높게 떠올랐다가 딱딱하고 낮은 패턴으로 꾸준히 계속된다.

0-5

올림픽 참가 선수들이 각국으로 돌아간 시점으로부터 한참 지난 8월 20일, 파투는 대사관 정원의 한쪽 구석에 담장 너머로 충분히 보일 만큼 높이 솟은 농구 골대가 생겼다는 사실을 알아차렸다. 하지만 농구를 하는 사람은 단 한 명도 없었다. 적어도 파투가 지나갈 때는. 그다음 주 농구 골대는 파투가 지나는 담장 쪽으로 더 가까워졌다(바퀴가 달린 이동식 농구대임이 틀림없다). 파투는 일주일을 기다렸다. 그리고 2주가 지났지만 누군가 배드민턴 대신 농구를 하는 일은 일어나지 않았다.

0–6

우리가 캄보디아 대사관의 모습에 놀랐다고 말하는 것은 대사관이 어떤 식으로든 독특하다는 뜻을 전달하려는 의도가 아니다. 사실 이 길고 넓은 거리에는 신기한 건물들이 많은데 그런 의미에서 캄보디아 대사관이 특별히 이상하게 보이지는 않는다. 개리랜드garyland라는 이름의 저택은 아래에 아랍어로 된 다른 이름이 쓰여 있으며 영어와 아랍어 텍스트 모두 분홍색과 녹색 대리석 기둥에 새겨져 있다. 그 건물의 울타리는 대사관 담장보다 훨씬 높아 요새에 더 적합해 보인다. 인상적인 황금색 문이 자동으로 열리면 차량이 드나드는데 개리랜드 진입로에는 언제나 다섯 대에서 일곱 대의 차가 주차되어 있다.

문간에 모자이크 타일로 만들어진 것으로 보이는 거대한 분홍색 코끼리가 있는 집도 있다.

그리고 앞쪽에 빨간색 포드 포커스 차량이 한 대 주차된 가톨릭 수녀원이 있다. 시크교Sikh 협회도 있다. 수영장이 있는 튜더양식을 모방한 집도 있는데 배우 미키 루니가 15년 전 여름 웨스트엔드에서 공연할 때 한 시즌 동안 임차한 곳이다. 그 집은 지저분한 양로원의 맞은편에 있는데 가끔 가운만을 걸친 채 작은 발코니에 서서 밤나무 꼭대기를 응시하고 있는, 고통에 신음하는 영혼들을 볼 수 있다.

그래서 우리는 이곳 윌즈덴과 브론즈버리에 있는 신기한 건물들이 낯설지 않다. 그렇지만 캄보디아 대사관은 약간 놀랍다. 그 놀라움은 어떤 식으로든 적절한 감정은 아니다.

0-7

데라왈 부부의 집 부엌 바닥에 버려져 있던 신문《메트로》에서 파투는 런던의 부잣집에 사는 수단으로서의 '노예'에 관한 이야기를 흥미롭게 읽었다. 파투가 자신이 노예인지 궁금해한 적은 이번이 처음이 아니었다. 하지만 이 짧은 이야기를 통해 파투는 자신이 노예가 아니라는 사실을 마음속으로 확신했다. 어쨌든 그녀를 코트디부아르에서 가나로 데려간 사람은 납치범이 아니라 그녀의 아버지였고 아크라에 도착했을 때 그들은 둘 다 같은 호텔에서 일자리를 구했다. 2년 후 파투가 열여덟 살이 되었을 때 적지 않은 금액의 금전적 희생을 치러가면서 그녀를 리비아로 그리고 이탈리아로 보내겠다고 계획한 것도 그녀의 아버지였다. 그뿐만이 아니다. 파투는 영어를 읽을 수 있었고 이탈리아어를 조금 할 수 있었지만 신문에 실린 이 소녀는 자신이 속한 부족의 언어를 제외하고는 읽거나 말할 수 있는 언어가 없었다. 또한 아무도 파투를 때리지 않았다. 다만 데라왈 부인이 파투의 뺨을 때린 적이 두 번 있었고, 큰아이 두 명이 파투를 조금도 존중하지 않는 태도로 말하거나 어떤 일에도 고마워하지 않을 뿐이었다(가끔 그녀는 아이들이 '넌 파투처럼 까매.' 혹은 '넌 파투만큼 멍청해.'처럼 자신의 이름을 욕설에 사용하는 걸 들은 적이 있다). 하지만 신문에 실린 소녀와 공통점도 있었다. 데라왈 가족의 집에 온 뒤로 파투는 자신의 여권을 직접 본 적이 없었고 첫날부터 음식과 물과 난방비를 지불하고 자신이 자는 방 집세를 충당하기 위해 임금을 데라왈 부부가 간수해야 한다는 말을 들었던 것이다. 그러나 무엇보다도 파투는 집에 갇혀 있지 않았다. 그녀는 데라왈 부부가 준 오이스터 카드(교통카드)를 가지고 있었고 데라왈 부부는 파투에게 현금을 건네고 식품 쇼핑이나 다른 외부 업무를 한 다음 거스름돈과 영수증을 챙겨 돌아오라고 지시할 만큼 파투를 신뢰하고 있었다. 만약 그녀가 저녁에 외출하지 않는다면 돈이 없어서일 뿐이고 런던에 아는 사람이 거의 없기 때문이기도 했다. 반면에 신문에 실린 소녀는 주인의 집을 떠나는 것이 절대 허용되지 않았다. 그녀는 노예였다.

일요일 아침마다 파투는 교회 친구인 앤드루 오콘코를 만나기 위해 집을 나서기도 했다. 그들은 98번 버스정류장에서 만나 킬번 하이로드 바로 옆 예수성심교회에서 예배를 보았다. 예배가 끝나면 앤드루는 항상 파투를 튀니지 카페로 데려갔고 그곳에서 그들은 커피와 케이크를 먹었다. 돈은 늘 야간 경비원으로 일하던 앤드루가 냈다. 그리고 파투는 월요일마다 헬스 센터 수영장에 갔다. 물은 아주 따뜻했다. 헬스 센터는 나이트클럽이나 자정 미사 시간처럼 약간 어두운 조명을 유지했는데, 이는 어떤 이유에선지 고객을 유지하는 데 도움이 되었다. 그리고 어두운 조명은 그녀의 수영복이 실은 튼튼한 검정 브래지어와 면 팬티였다는 사실을 숨기는 데 도움이 되었다. 그러므로 파투는 자신이 노예라고 생각하지 않았다.

0-8

캄보디아 대사관을 빠져나가는 여성은 특별히 뉴피플(지식인과 부유층)이나 올드피플(노동자와 농민)처럼 보이지 않았고 어떤 도시나 나라의 모습도 분명히 드러나지 않았다. 물론 캄보디아에서 이 분열이 무언가를 의미하게 된 건 오래전부터였다. 캄보디아 대사관 근처에서 캄보디아인일지도 모르는 사람을 목격하는 일에만 관심이 있는 파투에게 이러한 용어들은 아무런 의미가 없기도 했다. 파투는 남자처럼, 혹은 남자와 다를 바 없는 것처럼 황갈색 슬랙스 속으로 말끔하게 집어넣은 회색 셔츠, 파란 매킨토시 비옷, 축 늘어진 방수 모자 등 분명하고 실용적인 여성의 옷에 유달리 관심이 많았다. 대사관에서 나온 여성의 까만 직모는 짧았다. 그녀는 세인즈버리 슈퍼마켓 가방을 여러 개 손에 들고 있었고 파투는 그 모습이 약간 수상쩍다고 느꼈다. 그녀는 그 모든 물건을 어디로 가져갔을까? 캄보디아 대사관의 여성이 파투가 데라왈 가족을 위해 쇼핑을 했던 세인즈버리의 윌즈덴 지점에서 쇼핑한다는 점도 놀라웠다. 파투는 동양인들이 그들만의 비밀스러운 기관을 가지고 있다고 생각했다(그녀는 유대인들도 그렇다고 믿었다). 그녀는 이러한 자주성에 감탄하기도 하고 약간은 분개하기도 했지만 그것이 엄청난 권력을 쥐는 비결이라는 점을 의심하지 않았다. 중국인들이 광산을 인수하기 위해 파투의 마을에 왔을 때 현지인들은 '중국인들이 무엇을 어디서 먹을까?'라며 끊임없이 궁금해했다. 왜냐하면 중국인들은 시장이나 큰길을 따라 줄지어 있던 레바논 상인들에게서 음식을 사지 않았기 때문이다. 중국인들은 알아서 했다(고향에서든 여기서든 파투는 사람이 살아남는 데 가장 중요한 점은 스스로 알아서 하는 것이라고 생각했다).

그러나 파투는 다시 캄보디아 여성이 들고 다니는 가방을 보면서 그것들이 사실 아주 오래된 가방이 아닌지 궁금해했다. 디자인이 바뀌지는 않았던가? 가방을 보면 볼수록 그녀는 그 안에 음식이 아니라 옷이나 다른 무언가가 들어 있다는 사실을 더욱 확신하게 되었다.

작가처럼 읽는 법

또한 가방의 윤곽은 전부 너무 둥글고 매끄러웠다. 여성은 어쩌면 단순히 쓰레기를 치우고 있었을지도 모른다. 파투는 버스정류장에 서서 캄보디아 여성이 모퉁이에서 길을 건너 큰길 쪽으로 좌회전할 때까지 지켜보았다. 한편 대사관에서는 배드민턴 경기가 계속되었지만 바람 때문에 노력이 좀 더 필요한 듯했다. 파투는 언젠가 바람이 남쪽으로 불어서 셔틀콕이 담장을 넘어 그녀의 손에 가볍게 내려앉을 것만 같았다. 하지만 셔틀콕이 날아오르자 반대편 선수는 파투의 기대를 처참히 저버린 채(파투는 오래전부터 두 선수가 모두 남자라고 상상했다) 정확히 스매시를 날려 반대편으로 보냈다.

0–9

물론 누군가는 캄보디아 대사관에서 나온 캄보디아 여성에 대한 파투의 좁고 본질적으로는 지역적인 관심에 대해 비판적일 수 있겠지만 우리 윌즈덴 사람들은 그녀의 태도에 어느 정도 공감하고 있다. 사실 이 세상 모든 작은 나라들의 (극적인 시기뿐만 아니라 조용한 시대의) 역사를 따라간다면 우리에게는 삶을 살아갈 공간이 남아 있지 않을 것이다. 또한 해야 할 일에 신경 쓸 수 없을 뿐만 아니라 수영처럼 때때로 느끼는 즐거움에 빠져들 수도 없을 것이다. 우리가 자신의 관심사를 중심으로 원을 그리고 그 안에 머무는 것에는 분명 타당한 이유가 있다. 하지만 그 원은 얼마나 커야 할까?

0–10

캄보디아인을 보고 난 뒤 파투는 앤드루에게 질문하고 싶은 게 생겼다. 일요일이었던 그날 두 사람은 튀니지 카페에 앉아 크림과 커스터드가 들어 있고 초콜릿 아이싱을 얹은 길쭉한 빵 두 개를 먹고 있었다. 파투는 앤드루와 구체적으로 홀로코스트에 관한 대화를 시작했다. 앤드루는 런던에서 그녀가 깊은 대화를 나눌 수 있는 유일한 상대였다. 그가 인내심이 있고 그녀에게 동정적이었기 때문이기도 하지만 앤드루는 교육받은 사람이기도 했기 때문이다. 그는 노스웨스트런던대학교에서 시간제로 경영학을 공부하고 있었다. 그의 학생증은 24시간 무료로 인터넷에 접속할 수 있게 해주었다.

파투는 "하지만 르완다에서 더 많은 사람이 죽었어. 그리고 아무도 그에 대해 말하지 않아! 아무도!"라고 따졌다.

"맞아. 나도 그렇게 생각해." 앤드루는 인정했다. 그러곤 커피에 설탕을 네 스푼이나 넣었다.

"확인해봐야겠어. 하지만, 맞아, 수백만 명이 죽었어. 정확한 수치를 숨기려 들지만 온라인에서 누구든 그 수치를 확인할 수 있지. 항상 비밀이 많아. 다들 마찬가지야. 관료적인 나이지리아 정부 같아. 수비학에 뛰어난 그들은 숫자를 숨기고 자신들의 목적에 맞게 바꾸지. 난 그걸 '수비학'이 아니라 '악마론'이라고 표현하고 싶어. '악마론'."

파투는 평소처럼 대화가 나이지리아 정부의 금융 부패로 되돌아가는 걸 경계하며, "그래. 하지만 내가 하고 싶은 말은 이거야. 우리가 고통받기 위해 태어났나? 나는 가끔 우리가 다른 모든 것들보다 더 고통받기 위해 태어났다고 생각해."라고 압박했다.

앤드루는 교수처럼 보이는 안경을 콧등 위로 밀어 올렸다. "하지만 파투. 넌 가장 중요한 걸 잊고 있어. 누가 예수님을 위해 가장 많이 울었을까? 그의 어머니야. 누가 너를 위해 가장 많이 우니? 네 아버지야. 생각해보면 매우 논리적이지. 유대인은 유대인을 위해 울고 러시아인은 러시아인을 위해 울어. 우리는 아프리카를 위해 울어. 왜냐하면 아프리카인이기 때문이지. 그리고…… 미안해, 파투." 앤드루의 통통한 얼굴에 미소가 떠올랐다. "만약 나이지리아가 코트디부아르와 경기를 하는데 우리나라가 나이지리아를 이긴다면 나는 웃을 거야, 친구야! 거짓말은 못 하겠어. 축하해야지. 쾅! 쾅!" 앤드루는 춤추듯 상체를 살짝 움직였다. 파투는 또 한 번 그가 남편이 되면 어떤 모습일지 상상해보았다. 파투는 앤드루의 아내가 된 자신의 모습을 떠올리려 했지만, 남편이 아니라 밝고 상냥한 십 대 아들로서의 모습만 자꾸 떠올랐다. 실제로 앤드루가 파투보다 세 살 더 많았음에도 불구하고. 뚱뚱하고 콧수염을 힘겹게 움직이는 그에게서 아이의 모습을 떠올린 것은 확실히 잘못된 선택이었다. 여기 좋은 사람이 있잖아! 그녀는 그가 자신을 아끼고, 순결하며, 독실한 기독교 신자라는 걸 알았다. 하지만 파투의 마음 한구석에는 신성하지 않은 그의 어떤 면을 아직도 거부하고 있었다.

"입 다물어." 그녀는 혐오감보다는 장난기 어린 소리를 내려고 애썼다. 그가 까불기를 멈추고 테이블 위에 두 손을 얹자 그녀는 안도감을 느꼈다. 앤드루의 얼굴이 갑자기 꽤 엄숙해졌다.

"날 믿어, 파투. 그건 자연법칙이야. 순수하고 단순하지. 오직 하나님만이 우리 모두를 위해 울어. 우리는 **모두** 그의 자녀이기 때문이야. 아주, 아주 논리적이지. 잠시만 생각해봐."

파투는 한숨을 쉬며 입에 커피 거품을 조금 떠 넣었다. "하지만 나는 여전히 우리에게 더 많은 고통이 있다고 생각해. 내가 직접 봤어. 중국인들은 노예가 된 적이 없어. 그들은 항상 최악의 상황을 피하지."

앤드루는 안경을 벗어 셔츠 끝자락으로 닦았다. 파투는 앤드루가 그녀에게 지식을 전수할 준비를 하고 있다는 걸 알 수 있었다.

"파투. 잠시만 생각을 해봐. 제발. 히로시마는 어떠니?"

히로시마. 들어본 적 있는 이름이었다. 가끔 앤드루의 엄청난 지식은 파투를 조마조마하게 했다. 그녀는 자신이 이미 알고 있다고 믿었던 것들조차 기억하기 위해 고군분투하게 될지도 몰랐다.

확신이 없었던 파투는 "엄청난 파도가……"라며 머뭇거렸다. 틀린 답이었다. 그는 크게 웃으며 파투를 향해 머리를 저었다.

"아냐! 엄청난 폭탄이었지. 전 세계에서 가장 강력한 폭탄이었어. 물론 미제였지. 그 폭탄으로 1초 만에 5백만 명이 죽었어. 상상이나 할 수 있겠니? 눈이 이렇게 생겼기 때문이라고 생각하니?" 그는 양쪽 관자놀이의 피부를 잡아당겼다. "동양인들이 항상 보호받고 있다고? 다시 생각해봐. 그 폭탄은 당장 널 날려버리지 않더라도 일주일 후에 네 뼈에 붙은 피부를 녹여버릴 수도 있어."

파투는 예전에 이런 이야기를 들어본 적이 있다는 사실을 깨달았다. 그러나 그녀는 이번에도 아주 오래전 과거의 고통에 대해 그랬던 것처럼 모호한 짜증을 느꼈다. 과거의 고통에 대해 무엇을 할 수 있단 말인가?

"그래. 누구나 역사를 거슬러 올라가면 힘들었던 시간이 있겠지. 하지만 내가 하려는 말은……."

"반박할 말이 있어." 앤드루가 손을 뻗어 그녀의 어깨를 잡으며 말했다. "파투, 진지하게 생각해봐. 방해해서 미안하지만 나는 이 문제에 대해 많은 생각을 했고 네게 그 생각을 전하고 싶어. 왜냐하면 나는 네가 심각하게 생각한다는 것을 알기 때문이야. 이 사람들과는 다르게……." 그는 다른 테이블에서 케이크를 먹고 있는 사람들을 가리켰다. "넌 클럽이나 머리 모양만 생각하는 내가 아는 다른 여자애들과는 달라. 넌 생각이 있는 사람이야. 내가 전에 말했잖아. 알고 싶은 거 있으면 다 나한테 물어봐. 내가 찾아볼게. 조사해볼게. 난 할 수 있어. 그리고 너한테 설명해줄게."

"앤드루, 넌 아주 좋은 친구야, 정말이야."

"잘 들어, 우리는 서로에게 좋은 친구야. 세상을 살아가려면 친구가 필요해. 하지만, 파투, 내 말 들어봐. 네가 말한 내용과 반대야. 우리가 무엇보다도 그의 이름을 찬양할 때 왜 하나님이 고통을 위해 우리를 선택하셨을까? 아프리카는 가장 빠르게 성장하는 기독교 대륙이야! 잠시만 생각해봐! 말이 안 돼!"

"하나님이 아니야." 파투는 앤드루의 어깨 너머로 창문을 두드리는 비를 바라보며 조용히 대답했다. "그건 악마야."

0–11

앤드루와 파투는 튀니지 커피숍에 앉아 비가 그치기를 기다렸지만 오후 세 시가 되도록 비는 그치지 않았다. 파투는 그냥 비를 맞아야겠다고 말했다. 그녀는 전철까지 앤드루의 우산을 함께 쓰고 걸었다. 걷는 동안 앤드루는 자신의 습하고 냄새나는 몸 쪽으로 파투를 바짝 끌어당겼다. 브론즈버리 역에서 앤드루가 기차를 타야 했던 까닭에 그들은 작별 인사를 했다. 앤드루는 여러 번 우산을 빌려주려고 했지만 파투는 그가 액튼 센트럴 역에서 한참을 걸어야 집에 도착할 수 있다는 사실을 알고 있었다. 그녀는 자신으로 인해 그가 고통받는 걸 원치 않았다.

"다 큰 여자는 누가 멋대로 자신을 보호하게 놔두지 않아."

"비는 무섭지 않아."

파투는 헬스 센터 탈의실 바닥에서 발견한 수영모를 주머니에서 꺼냈다. 그녀는 머리를 땋아 묶고 수영모를 썼다.

"완전 창의적인 생각이네."라며 앤드루가 웃었다. "그 모자로 장사를 시작해! 백만 달러는 벌 수 있겠다!"

파투는 "네게 평화가 함께하길."이라고 말하며 그의 뺨에 담백하게 키스했다. 앤드루는 필요 이상으로 길게 파투의 뺨에 키스했다.

0-12

데라왈 부부의 집에 도착했을 때 파투는 머리만 빼고 온몸이 다 젖은 상태였다. 하지만 파투는 옷을 갈아입으러 가기 전 먼저 부엌으로 달려가 냉동실에서 양고기를 꺼냈다. 그렇지만 의미 없는 일이었다. 저녁 식사 전에 충분히 해동할 시간이 없었기 때문이다. 그리고 위층으로 달려가 네 개의 침실 각각의 빨래 바구니에서 더러운 옷을 수거했다. 안방에도, 파이줄의 방에도, 줄리의 방에도 아무도 없었다. 아래층에선 텔레비전이 요란한 소리를 내고 있었다. 아스마의 방으로 들어가 아무 소리도 듣지 못한 파투는 아무도 없다고 생각하고 곧장 구석에 있는 세탁 바구니로 향했다. 뚜껑을 열면서 그녀는 자신의 등

작가처럼 읽는 법

을 세게 치는 누군가의 손길을 느꼈다. 파투는 돌아섰다.

그녀의 앞에는 송어처럼 입을 벌리고 있는 막내 아스마가 있었다. 파투가 상황을 파악하기도 전에 아스마가 손을 치는 바람에 파투는 들고 있던 거대한 빨래 더미를 떨어뜨렸다. 파투는 빨래를 다시 주우려고 몸을 굽혔다. 바닥에 무릎을 꿇고 있는 동안 파투는 또 한 번 일격을 당했다. 이번에는 아스마가 팔에 발길질을 한 것이다. 그녀는 옷을 그 자리에 놓고 일어나면서 자신이 얼마나 격하게 화가 났는지 알 수 있었다. 그러나 눈을 마주치자마자 아스마는 미친 듯이 자신의 목구멍을 가리킨 다음, 두 손을 기도하듯 모으고 다시 목구멍을 가리켰다. 아스마의 눈은 불룩했다. 갑자기 오른쪽으로 방향을 틀더니, 의자 등받이 위로 몸을 던졌다. 파투를 향해 돌아섰을 때 아스마의 얼굴은 회색이었다. 마침내 상황을 이해한 파투는 아스마에게 달려가 허리를 잡고 호텔에서 배운 대로 위로 끌어당겼다. 무지갯빛의 파란색 리본이 중앙에 달린 대리석이 아스마의 입에서 튀어나와 파도처럼 떨어져 카펫을 적셨다.

아스마는 울면서 정신없이 숨을 들이마셨다. 파투는 그녀를 껴안으면서도 빨래가 언제 끝날 수 있을지 걱정했다. 그들은 함께 거실로 내려갔다. 가족들은 벽에 부착된 평면 TV로 〈브리튼즈 갓 탤런트〉를 보고 있었다. 거칠게 우는 아스마를 보고 모두 일어섰다. 데라왈 씨는 TV를 잠시 멈추었다. 파투는 대리석에 관해 설명했다.

"물건을 입에 넣지 말라고 몇 번이나 말했니?" 데라왈 씨는 아스마를 꾸짖었고 데라왈 부인은 자신의 언어로 무언가 말했다. 파투는 데라왈 부인이 자신의 언어로 신이라는 단어를 말하는 걸 들었다. 데라왈 부인은 아스마를 소파로 끌어당겨 딸의 비단처럼 부드러운 검은 머리를 쓰다듬었다.

"숨을 쉴 수 없었어요. 아무도 부를 수 없었다고요."라며 아스마는 울었다. "나 죽을 뻔했어요!"

파이줄은 "어쨌든 네가 입에 그 구슬을 넣었잖아, 이 바보야!"라고 말하며 TV를 다시 켰다. "누가 입에 구슬을 집어넣어? 멍청이."

"파투가 네 목숨을 살렸어."라고 첫째 줄리가 말했다. 파투는 평소 줄리를 좋아하지 않았다. "파투가 널 구했어. 엄청나네."

파이줄은 "나라도 그렇게 했을걸."이라며 유난히 마른 몸이라 더 극적으로 보이는 하임리히법을 흉내 냈다. "그리고 만약 효과가 없었다면 난 그냥 가라테 스타일로 내 몸을 퍽, 퍽, 퍽, 퍽, 퍽 하고 쳤을 거야."

"파줄!" 데라왈 씨가 소리쳤다. 그러고는 파투에게 뻣뻣하게 몸을 돌렸고, 정확히는 그녀가 아니라 그녀의 팔꿈치와 머리 뒤로 해가 반사되는 거울 사이의 어딘가를 보며 말했다. "고마워, 파투. 네가 없었더라면 큰일 날 뻔했어."

파투는 고개를 끄덕이고 자리를 떠나려고 몸을 움직였다. 그러나 거실 입구에서 데라왈 부인이 양고기가 해동되었는지 물었다. 냉동실에서 방금 꺼냈다는 사실을 파투가 고백하자 데라왈 부인은 자신의 언어로 싸늘하게 무언가를 말했다. 파투는 머뭇거리며 잠시 기다렸고 데라왈 씨는 그녀를 향해 어색한 미소를 짓고는 이제 가도 좋다는 표시로 고개를 끄덕였다. 파투는 옷을 가지러 위층으로 올라갔다.

0-13

'너를 살려두는 건 아무런 이득이 되지 않는다. 너를 죽이는 건 아무런 손해도 없다.' 크메르 루즈의 좌우명 중 한 가지였다. 도시 생활을 포기할 수 없는 거주자들인 뉴피플을 두고 하는 표현이었다. 크메르 정권은 모든 이들을 땅으로 돌려보냄으로써 올드피플의 사회, 즉 농민 사회를 만들기를 희망했다. 뉴피플은 도시에서 시골로 이주당할 때 현장에서 절대 약점을 보이지 말아야 했다. 약점을 노출하면 사형당할 수 있었다.

윌즈덴에 있는 사람들은 대부분 뉴피플이다. 하지만 우리 중 일부는 파투와 같은 비교적 최근까지 고향 땅에서 일하던 올드피플이었다. 나는 윌즈덴의 올드피플과 뉴피플을 대표해서 말한다. 비록 그들이 나를 선택하지 않았고 내가 어떻게 권리를 가졌는지 궁금하겠지만 나는 그들을 대변하기 위해 선택되었다. "나는 윌즈덴, 킬번, 퀸즈파크의 교차로에서 태어났으니까!"라고 말할 것이다. 하지만 내 대답은 즉각 이렇게 비난받을 것이다. "뭐라고? 바보같이 굴지 마. 많은 사람이 바로 그곳에서 태어났어. 그건 전혀 의미가 없어. 우리는 한 사람이 아니고 누구도 우리를 대변할 수 없어. 모두 말이 안 되는 소리야. 가운을 입고 발코니에 서서 캄보디아 대사관을 내려다보면서 밤나무를 응시하고 있는 당신의 멍청한 모습이 보이는군. 당신이 이런 식으로 말하는 진짜 이유는 더 나은 것을 생각할 수 없기 때문이야."

0-14

월요일마다 파투는 수영하러 갔다. 그녀는 잠시 멈춰 서서 배드민턴 시합을 보았다. 파투는 배드민턴 채를 내려치는 스매시 동작과 그녀가 수영할 때 어설프지만 효과적으로 앞으로 나아가는 팔 동작이 비슷하다고 생각했다. 그녀는 헬스 센터에 들어가 입구를 지키고 있는 소녀에게 손님 출입증을 주었다. 희미하게 불이 켜진 탈의실에서 그녀는 튼튼한 검정 속옷을 입었다. 수영하는 동안 파투는 카리브 해변을 생각했다. 갑판에서 손님들의 사진을 찍어주던 아버지의 늘 약간 비뚤어져 있던 나비넥타이, 추한 관광객들, 그곳의 모든 장면. 독일에서 온 늙은 백인 남성들이 예쁜 현지 소녀들을 무릎 위에 올려놓고 있는 모습은 전혀 놀라운 일이 아니었지만, 그녀는 영국에서 온 늙은 백인 여성 두 명—햇빛 때문에 말 그대로 붉은색이었던 여성들—을 결코 잊을 수 없다. 그 여성들은 일반 여성 두 명을 합친 것만큼 덩치가 컸고 옆에는 콰쿠와 오사이가 누워 있었다. 소년들은 앙상하고 검은 팔로 여성들의 거대한 붉은 어깨를 휘감고 있었고, 호텔 '볼룸'에서 여성들과 춤을 췄으며, 마이클과 데이비드라고 불렸고, 밤에는 여성들의 객실로 사라졌다. 파투는 그 소년들의 진짜 여자친구들을 알고 있었다. 그들은 파투와 같은 객실 청소부였다. 그들은 콰쿠와 오사이가 영국 여성들과 함께 밤을 보낸 방을 청소하기도 했다. 그리고 그 소녀들 역시 손님 중에 '남자친구'가 있었다. 그 호텔은 성스러운 곳이 아니었다. 수영장은 강낭콩 모양이었다. 아무도 그 안에서 수영할 수 없었고 하고 싶어 하는 기색을 보이지도 않았다. 대부분 그들은 수영장에 서서 칵테일을 마셨다. 수영장으로 햄버거를 배달시키는 사람도 있었다. 파투는 그녀의 아버지가 허리 높이까지 물속에 몸을 담그고 있는 남자에게 버거를 건네주기 위해 웅크리고 있는 모습을 보는 게 싫었다.

카리브 해변에서 있었던 유일하게 좋은 일은 이런 것이었다. 한 달에 한 번, 일요일, 잘 차려입은 지역 교회의 신도들이 정문에 선 마차에서 쏟아져 나와 안뜰에 줄을 선 다음 침례를 위해 단체로 수영장으로 걸어 들어갔다. 관광객들은 아무런 얘기를 듣지 못했고 파투는 신도들이 어떻게 그런 행동을 허락받았는지 이해할 수 없었다. 하지만 그녀는 그들의 하얀 셔츠가 물 위에 부풀어 오르고 퍼지는 모습을 보는 게 좋았고, 흐느끼거나 노래하는 소리를 듣는 걸 좋아했다. 당시 그녀는 그 교회나 다른 교회의 신도는 아니었지만 이 침례가 자신을 위한 것이며 그녀를 안전하게 지켜주리라고 느꼈고 또한 그녀가 카리브 해안 리조트의 '소녀' 중 한 명이 되지 않을 수 있었던 이유라고 느꼈다. 거의 2년간 파투는 아버지의 노력과 보이지 않고 확인할 수 없는 신의 은총 사이에서 일하고, 일요일마다 동이 틀 무렵 수영을 했으며, 잘 지냈다. 하지만 악마가 기다리고 있었다.

파투가 아크라를 떠나기 한 달 전이었던 어느 날 아침 청소를 위해 침실로 들어갔을 때, 손이 채 닿기도 전에 뒤쪽에서 문이 부드럽게 닫히는 소리를 들었다. 그는 러시아인이었다. 자신의 볼일을 끝낸 후 그는 울면서 파투에게 아무에게도 말하지 말라고 간청했다. 그의 아내는 케이프 코스트 성을 보러 갔고 그들은 다음 날 아침 떠날 예정이었다. 파투는 그의 중얼거림을 듣고 그가 호텔이 그의 행동을 처벌하거나 경찰에 신고할 것으로 생각했다는 사실을 깨달았다. 그때 그녀는 악마가 사악할 뿐만 아니라 멍청하다는 사실을 깨달았다. 파투는 그의 얼굴에 침을 뱉고 떠났다. 수영장에서 악마를 떠올리자 그녀는 더 빠르게 헤엄칠 수 있었고 화가 나기도 했다. 그리고 한참 동안 파투는 자신보다 더 빠른, 옆 레인의 젊은 백인 남자를 쉽게 앞질렀다.

제이디 스미스의 〈캄보디아 대사관〉에서 발췌하였다. 2013년 《뉴요커》와 《해미쉬 해밀턴 UK》에 게재되었다. 작품에 대한 저작권은 제이디 스미스에게 있으며, 저자의 허락하에 이곳에 다시 싣는다.

작가처럼 읽는 법

조각들
|
비비안 I. 비쿨리지

1. 작은 조각들

A.

《뉴욕 데일리 뉴스》의 자료 보관실에는 길거리에서 치과 진료비를 내러 간 레비 아론을 기다리고 있는 레이비 클레츠키의 사진이 보관되어 있다. 브루클린 출신인 이 소년은 학교 캠프에서 집으로 돌아가다가 길을 잃었고 2011년 7월 11일 감시 카메라에 그 순간이 포착되었다. 7분을 기다린 레이비는 집에 갈 수 있을 거라 믿고 아론의 1990년식 혼다 어코드에 탔다.

B.

나는 내 애완견인 비글종 토비를 데리고 쿠소 강변을 걸었다. 습지 숲으로 흐르는 강에서 갯고랑이 갈라진다. 우리는 사우스캐롤라이나 저지대의 모래 언덕 꼭대기까지 달리기 게임을 한다. 통통한 토비를 기다리는 동안 나는 진흙탕에서 가냘픈 다리로 조용히 집중한 채 힘겹게 걷는 백로를 본다.

C.

시인 메리 올리버는 잡초 속에서 목소리를 듣는다. 그녀는 블루베리 들판을 향해 가면서 그 목소리가 딱정벌레인지 두꺼비인지 궁금해한다. 그녀의 상상력은 꽃잎으로 만들어진 관 속에서 죽은 요정을 안고 있는 요정들의 이미지에 생기를 불어넣는다.

D.

이슬람 국가의 참수 동영상은 온라인에서 확인할 수 있다. 그 영상을 보면 이해하지 못하는 것을 다루는 데 도움이 될 수 있으므로, 시청을 고려한다. 2014년, 잔인함이 세계 지형의 일부가 되고 나는 레이비를 기억한다. 나는 이렇게 자문한다. "왜 우리는 서로를 조각낼까?"

2. 격자 모양Grids

A.

버로우 파크는 브루클린 버로우의 동네이자 미국에서 가장 큰 유대인 공동체의 본거지이다. 공동체의 중심은 11번가와 18번가, 40번가와 60번가가 교차하는 격자 모양 내부에 있다. 레이비는 18번가에서 아론을 만났다. 소년은 13번가와 50번가 모퉁이에서 어머니를 만나기로 되어 있었다.

B.

7월 12일, 나는 95번 주간 고속도로를 타고 남쪽으로 차를 몰아 서배너/힐턴 헤드 국제공항으로 간다. 비행기로 뉴어크까지 간 뒤 다음 날 맨해튼으로 가는 기차를 탈 것이다. 한 시 뉴스는 브루클린에서 8세 소년이 살해되어 토막 난 사건을 보도한다. 뉴스 진행자는 그 이야기를 먼 곳까지 정확히 전달한다. 나는 숨이 막혀 라디오를 끈다.

C.

〈여행The Journey〉에서 시인 올리버는 예언한다. 그녀는 내가 무엇을 해야 하는지 알게 될 날이 올 것이라고 말한다. 나쁜 충고와 반대론자들의 아우성에도 불구하고 그녀는 내게 시작을 허락했고 마지막 날까지 나를 격려한다.

D.

프랑스인 산악가이드 에르베 구르델은 55세 생일을 맞은 직후 알제리 주르주라 국립공원 산을 오르던 중 납치됐다. 구르델은 프랑스 정부의 공습에 대한 보복으로 이라크·시리아 이슬람국가(ISIS)에 의해 참수당한다. '주르주라'라는 이름은 '엄청난 추위' 또는 '고도'를 의미하는 커바일어Kabyle의 '예르헤르Jjerjer'라는 단어에서 유래했다. 예술, 연필, 펜 그리고 종이로 냉혹한 살인에 맞서며, 나는 잔인함보다 아름다움을 더 높이 평가할 수 있다. 단절된 사람과 장소들은 시에서 공통점을 찾는다.

3. 조각들

A.

냉동고를 열고 레이비의 발을 찾은 사람은 누구일까? 길을 잃으면 어디로 가야 할까? 왜 나는 아무도 구할 수 없는 걸까?

B.

파크 애비뉴에서 모임을 가진 후 나는 세인트 패트릭 대성당의 미사에 참석한다. 늦은 바람에 설교를 놓친 나는 신자들의 기도 모임에 함께한다. 티렐 신부는 '브루클린 소년'을 기억하며 기도를 끝내고 우리에게 그를 위해 기도해달라고 당부한다. 나는 이미 그의 얘기를 알고 있다. 그리고 내가 라디오에서, 차에서, 사우스캐롤라이나에서 운전하면서 레이비의 사연을 처음 알게 된 날을 떠올린다. 그리고 나는 내가 브루클린과 클레츠키 가족으로부터 지하철로 겨우 한 정거장 떨어진 뉴욕 땅에 있다는 사실에 놀라며 그들을 위해 기도한다. 나는 신이 바보들의 극장을 보면서 우리 모두의 기도를 듣는다고 믿는다.

C.

캐롤라이나 굴뚝새가 팔메토(야자나무의 일종-옮긴이)에서 내 새 먹이통에 이르는 짧은 비행을 한 뒤 달콤한 윙윙거리는 소리로 자신의 존재를 알린다. 빨간색, 보라색, 녹색의 깃털 재킷을 입은 멧새가 굴뚝새 무리에 합류한다. 나는 의자에 앉아 시집 《증거》를 읽고 메리 올리버의 시에서 위안과 이성을 찾는다. 나의 우울함은 여름의 합창 속에

작가처럼 읽는 법

서 멀리 잔디 깎는 기계 소리와 함께 물참나무 잎 사이로 솟아올랐다 흩어진다.

시집에서 메리가 늑대와 부서진 세계, 황금빛 되새를 위한 천국의 웅덩이, 그리고 내 말이 처음부터 내 것이었다는 것을 이해할 권리에 대해 속삭이는 것을 들었다. 시인은 젊었을 때 했던 것과 같은 질문을 하지 않고 희망을 뒤로한 채 잠을 청하기 위해 목초지로 걸어간다.

올리버와 다르게, 내가 희망을 뒤로 미루기에는 너무 이르다. 나는 믿음을 버릴 수도, 사랑을 추구하는 일을 자제할 수도 없다. 고통을 만지면 나는 더 잘 듣는다. 잔인함에 눈물을 흘릴 때 나는 세상과 함께할 수 있다.

D.

참수가 계속되는 동안 일본인 야카와와 고토는 저녁 뉴스를 들으며 모래 위에 무릎을 꿇고 있다. 나는 구약성서 수업 교재에서 다윗이 골리앗의 머리를 들어 올리는 장면의 삽화를 기억한다. 신약성서에서 살로메는 헤롯 왕을 위해 춤춘 뒤 세례자 요한의 머리를 요청하고 쟁반에 담아 받는다. 나는 내 교재의 그 사진이 기억나지 않는다.

오늘날 이슬람국가ISIS와 언론은 디지털 매체를 통해 머리가 없는 시신의 이미지를 전한다. 어디선가 아이가 실시간 목격자이거나 사형 집행자이거나, 혹은 아이가 행위 자체이다. 순결은 폭력의 희생자로 매초 죽어가고, 상상의 요정들은 숲속의 행렬에서 죽음을 누그러뜨리지 못한다.

남은 내 인생은 잔잔한 시처럼 읽어야 하며 백지 위에 고통과 잉크를 섞어 수정하고, 새하얀 부활을 위한 글자 조각을 남기는 나날이다.

4. 파편들

A.

레이비가 살해된 지 1년 후 클레츠키 부부는 여섯 번째 자녀로 딸을 낳았다. 부부는 아들을 원했을까? 그들은 행복할까? 실망했을까? 아니면 아무 감정도 느끼지 않을까? 가끔 우리는 부족한 부분을 채우기 위해 사랑을 나눈다. 우리는 죽음을 조롱하기 위해 아이를 낳는다. 앞으로 나아간다.

B.

나는 저녁 식사 후 텔레비전을 통해, 운전하면서 라디오를 통해, 호텔과 공항에서, 지역 및 전국 신문과 텍스트 등을 통해 조각조각 소식을 접한다. 소식은 대부분 시적이지 않다. 나는 살인의 충격과 슬픔을 다루고, 사지 절단을 인지하고, 인간 장기의 불법 거래에서 교역품이 되는 다른 사람의 가치를 생각하는 내 마음과 정신의 능력에 놀란다.

C.

올리버의 글은 내 마음을 아프게 하고 갈기갈기 찢어놓는다. 그녀는 진실이나 고통을 회피하지 말라고 가르친다. 세상을 향해, 요정들에게, 울부짖는 아비새의 긴 떨림에, 자궁에서 나오는 울음에, 혀끝에

작가처럼 읽는 법

있는 교감의 부드러운 손길에 열린 채로 있어라. 절대 가까이 가지 말라. 안내하라.

D.

심장 수술을 받는 것처럼 공포를 경험하되 치료자로서 반응하라. 흉강을 열어 따뜻함을 발산하고 흉곽을 펴 아름다움을 환영하며, 모든 용기가 테러, 악, 증오 대신 사랑과 회복력으로 가득 차게 하라.

〈조각들〉은 2018년 캐리 맥크레이 기념 문학상 창작 논픽션 부문 수상작으로 《쁘띠그루 리뷰》에 처음 게재됐으며, 본 지면에서는 작가의 허락하에 약간의 수정을 거쳐 올린다.

제리의 크랩 쉑: 별 한 개

|

그웬 E. 커비

개리 F.

볼티모어, 메릴랜드

2015년 7월 14일부터 옐프 회원

리뷰: 제리의 크랩 쉑

리뷰 작성일: 2015년 7월 15일 오전 2시 8분

별 5개 중 1개

레스토랑의 웹사이트를 방문하고 옐프에서 긍정적인 리뷰를 읽은 뒤, 오늘 아내와 나는 저녁 식사를 하러 '제리의 크랩 쉑'에 갔다. 우리는 좋은 시간을 보내지 못했다. 제리의 크랩 쉑은 다른 리뷰 작성자들의 말처럼 **홈런**이 아니었다. 나는 리뷰 작성자들이 평소 저녁 식사를 하러 어떤 식당을 가는지 모른다. 몇 가지 짐작 가는 점이 있긴 하지만, 나는 그런 내용을 입력했다가 삭제했다. 왜냐하면 그것은 결코 호의적이지 않은 데다가 감히 말하건대 너무도 정확해서 상처를 줄 수 있을 것이지만, 난 그럴 의도는 없기 때문이다. 나는 그저 기록을 수정하고 싶을 뿐이다.

나는 제리의 크랩 쉑을 체계적이고 공정한 방법으로 리뷰해 아내와 나처럼 볼티모어에 처음 온 사람들이 옐프가 제공하는 정보를 기반으로 저녁 식사 계획을 세우면서 가능성을 파악하고 스스로 결정 내

작가처럼 읽는 법

릴 수 있도록 할 것이다. 사랑하는 내 아내의 말처럼 여러분이 시간을 내서 무언가를 할 생각이라면, 제대로 하거나 아예 신경 쓰지 말고 아내가 처리하도록 내버려두어라(하하!).

위치

제리의 크랩 쉑은 펠즈 포인트Fell's Point '근처'에 있다(이용자들의 착각을 불러일으키는 웹사이트의 정보와 달리, 역사적인 펠즈 포인트에 있지 않다). 사실 '판잣집(shack)'이 아니라 미용실과 매트리스 가게 사이에 끼어 있는 일반 상점인 '쉑'은 동쪽으로 몇 블록 떨어진, 맛집 구역과는 다른 곳에 있다. 만약 미래의 옐프 사용자인 당신이 이 글을 읽고 나서도 여전히 제리의 크랩 쉑에 갈 계획이라면 가게 근처에 주차하는 일은 피하길 바란다. 펠즈 포인트에 안전하게 주차하고 걸어가기를 추천한다. 혹시라도 당신이 차량 강도를 당해 지갑을 털리더라도, 우리처럼 차량 앞 오른쪽 창문이 파손되거나, 가민Garman사의 내비게이션 장치, CD 다섯 개(스미스소니언 포크웨이즈Smithsonian Folkways의 CD 세트, 출퇴근길에 듣기를 고대하고 있었던 아이티 부두Haitian Vodou의 음악 〈황홀한 리듬〉 포함)는 도난당하지 않을 것이다.

인테리어

식당 주인 제리는 항해라는 주제에 진심이다. 바 위에는 매력적인 어망이 드리워져 있고 그물에는 플라스틱 불가사리와 마분지로 된 인어가 걸려 있다. 벽에는 액자가 아니라 회반죽에 고정된 범선의 그림이 그려져 있으며, 가장자리는 염분이 많은 환경에 있기라도 한 듯

구겨지고 노랗게 변하고 있다. 바의 끝에는 버드 라이트 맥주를 사랑스럽다는 듯 껴안고 있는 고무로 만든 게가 있다. 그 옆에 있는 표지판에는 이렇게 쓰여 있다. '버드 라이트를 마시고 기분이 나빠질 사람은 없다!'(나는 버드 라이트를 마시고 기분이 나빠질 수 있다고 생각한다. 버드 라이트보다 더 맛있는 온갖 맥주를 생각하면 말이다. 나는 또한 제리의 크랩 쉑 직원들이 볼티모어 '토착민'으로서 자신의 지위에 지나치게 몰입한 나머지 메릴랜드 기업체를 지원하고 지역 맥주만 제공하고 싶어 한다고 표현하고 싶다.)

그곳에는 여덟 개의 테이블이 있고, 테이블은 각각 빨간색과 흰색 체크무늬의 래미네이트 직물 식탁보로 덮여 있는데, 여기에는 구멍이 뚫려 있어 부드러운 흰색 폴리에스터 솜털을 느낄 수 있다. 우리는 '테이블이 몇 개 있는 술집'(아내의 표현)보다는 '진짜 식당'(역시 아내가 쓰는 표현)을 기대했다. 웹사이트에 있는 사진들은 내부를 정확하게 보여주지 못하므로 이 식당을 선택한 건 내 잘못이 아니다. 나는 선박 혹은 항해 분위기의 작은 식당을 기대했지만 나중에 그에 대해 아내는 '별거 아니다'라고 표현했다. 중요한 건 내가 아내에게 특별한 저녁 식사를 약속했었다는 점이다. 난 아내에게 이 식당이 전형적인 '볼티모어 스타일'일 거라고 말했다. 난 우리가 마침내 반쯤 풀어놓은 상자들과 거의 텅 빈 방에서 벗어나 긴장을 풀고 집 밖에서 저녁을 즐길 수 있기를 바랐다.

청결도

최상의 청결 상태는 아님.

종업원이 자리를 안내해주길 기다리는 동안(우리가 그곳이 스스로 자리를 찾아 앉는 식당이라는 사실을 깨닫기 전) 나는 아내가 계속 발뒤꿈치를 들었다 놨다 하면서 바닥에 있는 파리잡이의 접착성을 테스트하는 모습을 보았다. 아내의 얼굴은 내가 알아챌 수 있을 만큼 굳어졌다. 난 잠재적인 부정적 반응을 차단하기를 희망하며 '진품이네'라고 말했다(나는 매우 평등주의적이라고 생각했던 해적과 레이디 해적이라는 라벨이 붙은 화장실 문뿐 아니라 이미 언급했던 그물에 주목하고, 감사함을 느끼고 있었다). 재닛은(아내의 이름이다) 좋지 않은 점을 떠올리면 마음을 바꾸지 않을 것이다. 재닛은 자신의 생일 파티에서 불행할 수 있다(그런 일은 여러 번 있었다). 결국 그 식당은 최상의 청결 상태는 아니었다! 나는 식당 이름에 들어간 판잣집(shack)이라는 단어가 경고의 메시지였다고 생각한다.

바닥은 걸레질이 필요했다. 그들은 '갑판을 닦을' 수 있다. 하지만 우리 테이블은 닦여 있었고 바퀴벌레를 목격하지도 않았다. 아내는 청결에 대한 내 기준이 너무 낮다고 느낄 것이다. 그래서 나는 종업원들이 건강 검진을 통과했다는 안내문을 확인했고 그 안내문은 법적 의무를 이행하여 창문의 눈에 띄는 곳에 붙어 있었다는 사실을 덧붙이려고 한다.

서비스

처음엔 서비스가 좋았다. 여자 해적 복장을 하기에는 너무 나이가 많은 여자가 우리를 환영하며 주문을 받았다. (엘프에 따르면 그들의 '대표 메뉴'인) 부드러운 껍질의 게 샌드위치 두 개와 함께 사이드 메뉴로 양배추 샐러드를 주문했다. 그녀의 복장(아마 '해적 아가씨' 복장이라고 표현해야 할 것 같지만)은 까만 인조 가죽으로 되어 있었고 복장의 가슴 부분은 꽉 차 있었다. 하지만 젊은 가슴이 통통하게 부풀어 오르락내리락하는 모습이 아니라 생일 파티가 끝난 지 사흘이 지나 헬륨이 다 빠진 풍선 같았다.

(여기서 잠시 멈추고 언급하고 싶은 사항이 있다. 난 평소 식당 서비스에 대해 불평하지 않는 사람이다. 행동이 느리거나, 불친절하거나, 추잡한 여종업원에 대해 큰 소리로, 지겹도록 불평하던 아버지의 아들로서, 그리고 권위 있는 인물의 조급함과 둔감함에 너무 자주 당황했던 소년으로서 나는 서비스가 좀 부실하더라도 참는 편이다. 종업원도 사람이고 내가 먹는 모든 식사가 인생 최고의 식사일 필요는 없다. 나는 살아오면서 몇 번이나 형편없는 저녁 식사를 한 적이 있지만 그에 대해 언급한 적이 없다. 아내는 아마 나보다 조금 덜 관대하므로 음식이 차갑게 나왔다거나 내가 가게에서 우유를 사 오겠다는 약속을 잊어버렸을 때 투덜대기도 한다. 하지만 아내는 정당한 사유가 있는 경우에만 불평한다. 그녀는 사람들이 '그녀를 함부로 대하도록' 내버려두지 않으며 나도 다른 사람을 '함부로 대하지' 않아야 한다고 말한다. 오늘 밤 일어난 일은 종업원의 잘못이 아니었다. 아버지는 대체 뭘 기대하는지 모르겠다. 종업원은 마법사가 아니기 때문이다. 내가 종업원에게 기대하는 부분은 음식을 한 곳에서 다른 곳으로 운반하는 일뿐이다, 그리고 그들은 웃을 필요조차 없다. 왜냐하면 만약 당신이 제리의 크랩 쉑에서 종업원으로 일하고 있는데 당신의 매니저가 너무 작은 코르셋을 입도록 강요한 상황이고, 집에는 아이들이 세 명이나 있으며, 발에 티눈이 있고, 검은색 정장을 입은 손님 두 명이 당신

작가처럼 읽는 법

이 담당하는 구역에 앉았으며, 그중 한 명이 게가 현지에서 공급되는지 물었고, 물론 게는 당연히 현지에서 공급되므로 종업원은 우리를 바보처럼 쳐다봤고, 우리는 지금 이 지역의 주택 소유자임에도 불구하고 그녀는 우리를 이곳 사람이 아니라고 생각한 게 분명했다.)

음식은 45분이 걸렸다. 아니 45분 후 테이블에 긴장이 감돌기 시작했다고 표현하는 게 맞을 것이다. 우리는 피곤하고 배가 고팠다. 이사는 힘든 일이다. 우리가 온라인으로 주문한 새 테이블이 세인트루이스의 창고에 갇혀 있는 바람에, 부엌 바닥에서 며칠이나 먹다 남은 피자를 또 먹어야 했다. 아내가 테이블을 주문한 회사에 전화를 걸어 가능한 한 가장 무서운 목소리로 항의했을 때도 그들은 처리 중이라 우리에게 그냥 기다려야 한다고 말했다. 그래서 우리는 둘 다 오늘의 저녁 식사를 고대했었다.

재닛은 "아직 누가 게를 잡아 오는 중이기라도 한 거야?"라고 말했고, 나는 그녀가 자리에서 일어나 우리가 주문한 음식이 왜 아직 나오지 않는지 물어보려고 한다는 사실을 깨달았다. 그래서 소란을 최대한 피해보려고 내가 먼저 자리에서 일어났다. 난 식당에서 소란 피우는 걸 싫어한다. 정말 싫다. 내가 바에 가기 전에 재닛에게 잔소리했을지도 모른다. 그녀는 내가 사람들이 종업원을 괴롭히는 상황을 얼마나 싫어하는지 알고 있었다(짐작하겠지만 재닛에게는 여러 가지 장점이 있다. 난 지금 그 사실을 꼭 알리고 싶다. 물론 지금 내가 아내를 리뷰하고 있는 건 아니다).

이 글이 아내에 대한 리뷰였다면 난 다음과 같은 점에 대해 아내를 리뷰할 것이다.

1. 협조성

2. 공감하는 마음

3. 안정감

4. 유머 감각

5. 외모

6. 나에 대한 인내심

　재닛은 나를 지지하는 편이다. 내가 음악 전공으로 대학원 진학을 원했을 때 재닛은 내 선택을 지지하고, 아직 결혼 전이었지만 학비를 지원했다(재닛은 변호사다). 난 오래 사귄 남자친구의 대학원 학비를 지원하는 재닛의 모습이 그녀가 얼마나 공감하는 사람인지 설명할 수 있다고 생각한다. 음악치료사라는 나의 직업을 밝히면 사람들 대부분은 미쳤다고 생각하거나 꾸며낸 직업이라고 생각하기 때문이다. 하지만 재닛은 그러지 않았다. 그녀는 내가 음악을 사랑하고 스미소니언 포크웨이즈(스미소니언 협회에서 운영하는 비영리 음반사―옮긴이)에서 일하는 걸 좋아한다. 그곳은 내게 꿈의 직장이다. 재닛이 집을 사고 싶어 하지만 우리는 워싱턴 D.C.에 집을 사고 아이를 키울 만큼 여유가 없다. 꿈의 직장을 위해 통근에 한 시간 반을 허비하고 퇴근 후 동료들과 어울리지 못하더라도, 뭐 어때?

　물론 나도 D.C.에 살고 싶긴 하다.

　재닛은 매우 안정적인 사람이다. 그녀를 바위라고 불러도 될 정도다. 바닥이 평평한 바위. 재닛의 몸매가 평평하다는 말은 아니다(그녀에게 매력 점수를 준다면, A⁺를 줄 것이다). 내 말은 그녀를 언덕 같은 곳에

　　　　　　　　　　　　　　　　　　　작가처럼 읽는 법

서 굴릴 수 없다는 뜻이다. 왜냐하면 그녀는 그런 종류의 돌이 아니기 때문이다. 재닛은 무언가를 하겠다고 하면 꼭 실천한다. 만약 그녀가 함께 좋은 식당에 가자고 말했더라면 우리는 하얀 린넨과 현지에서 조달한 칵테일 비터스가 있는 술집인 제리의 가게에 있을 것이다. 난 가끔 그녀가 사물과 사람들을 그녀의 생각에 끼워 맞추려고 한다고 생각할 때가 있다.

재닛은 유머 감각도 뛰어나다. 재닛은 제리의 크랩 쉑에 들어서면서 고무로 만든 게를 발견하곤 웃음을 터뜨렸다.

내가 부정적인 말을 할 수 있는 유일한 항목은 6번, 나에 대한 인내심일 것이고 특히나 요즘 그렇다. 그녀는 우리가 볼티모어로 이사하는 것에 대해 '올인'하고 있다. 만약 내가 '의심이 있었다면' '우리가 빌어먹을 집을 사고 모든 물건을 옮기기 전에' 무슨 말이든 해야 했다. 그녀의 말에 동의하지 않는 것은 아니다. 나는 무엇이 최선인지 안다고 확신하는 그녀를 지지한다. 그러나 동시에 앞으로 무슨 일이 일어날지, 내가 그걸 좋아할지 확신할 수 없다고 느낀다는 사실을 재닛은 모른다.

서비스(바)

바로 이 부분이 문제의 핵심이다. 나는 식당 주인 제리가 바 직원을 어디서 구하는지 모르지만 바에서 일하는 직원들은 세상에서 가장 무례하고 불쾌한 사람들이다.

나는 바로 걸어가서 바텐더에게 우리 음식이 언제 준비될지 정중하게 물었다. 지방 교도소에서 출소한 것이 분명하거나, 그도 아니면 너무 불쾌하게 행동한다는 이유로 폭주족 무리에서조차 쫓겨났을 법해 보이는 바텐더가 음식은 때가 되면 나올 거라고 말한다. 그리고 그 바텐더는 마지못해 주방으로 흘깃 시선을 돌린 다음 곧 음식이 나올 거라고 말했다. 별로 심각한 상황 같지 않다는 걸 나도 안다. 지금 돌이켜보면 꽤 합리적인 상황인 것 같다. 하지만 나는 우리 테이블로 돌아가서 재닛에게 '아마도 곧' 음식이 나올 것이라고 말할 수 없었다. 우리가 주문한 음식이 언제 나오는지, 그게 아니면 음식이 늦게 나오는 이유라도 알아야 했다. 주방 화재, 주방장 가족 중 누군가의 사망, 아니면 체서피크를 휩쓸고 있는 갑작스러운 게 부족 사태. 무엇이든 이유를 찾아야 했다. 나는 이미 우리의 저녁 식사를 망쳤다. 그래서 더 적극적으로 나서보기로 했다. 내가 그녀를 위해 제대로 할 수 있는 유일한 일이었기 때문이다. 그래서 내가 말했다. "다시 주방으로 가서 확인해줄래요? 아니면 우리 테이블 담당 종업원을 찾아줄래요?" 그러자 바텐더는 "이보게 친구! 나는 바를 맡아야 하오. 당신이 술을 원하는 게 아니라면 난 다른 고객을 챙기겠소."라고 말했다. 바에 있던 다른 남자들이 나를 쳐다보기 시작했다. 나는 그들이 내 옷차림과 모습에 대해 이러쿵저러쿵하고 있다는 사실을 알 수 있었다. 유난히 긴 팔을 가진 내가 좀 어색해 보인다는 걸 나도 잘 알고 있다. 나는 "이 상황을 도저히 받아들일 수 없네요."라고 말했다. 나는 사실 그 상황을 받아들일 수 없다고 느꼈던 것이 아니라 재닛을 행복하게 해주고 싶었다. 내가 제리랑 직접 통화하고 싶다고 말했던 것 같다. 내 목소리가 좀 컸을 수도 있다. 그때 바텐더가 나보고 그 망할 D.C. 스타일 양복을 입은 채로 자리에 앉아서 다른 사람들처럼 기다리라고 말했다. 술집에

　　　　　　　　　　　　　　작가처럼 읽는 법

앉아 있던 다른 남자들은 무슨 우스운 일이라도 생긴 것처럼 우르릉 우르릉 수컷이 낼 법한 웃음소리를 냈고 바텐더가 내 얼굴이 '홍당무'가 됐다고 놀리자 남성들은 다시 웃기 시작했다. 나는 그런 바텐더의 행동에 대해 할 말을 찾지 못해 아무 말도 하지 않았다. 나는 그 순간 아무 말 없이 재닛에게로 돌아간 내 행동을 절대 후회하지 않는다.

나는 이 도시 사람들이 워싱턴 D.C.에 대해 어떤 반감을 품고 있는지 모른다. D.C.에 사는 모든 사람이 재수 없는 것도 아니다. 그리고 난 심지어 D.C. 출신도 아니다. 난 오하이오 사람이다.

내 마음속에서 그 일을 떨쳐버리니 기분이 좋다. 미래의 옐프 이용자인 여러분에게 거짓말하고 싶지도 않다. 나는 우리가 스스로의 부담을 덜고 서로 연결되어 있는 것처럼 느낀다. 몇 가지 덧붙이고 싶다. 나는 지금 맥주를 마시고 있고 이제 세 병째다. 술이 약간 도움이 되기 시작한다. 아내는 몇 시간 전에 잠들었다. 나는 앞으로 거실로 쓸 공간의 마룻바닥에 앉아 컴퓨터와 빈 병, 작은 램프를 마주하고 있다. 아직 책상도 없고 위층으로 올라가고 싶지 않다. 내가 기대했던 모습은 이런 게 아니다. 난 '정말 특별한' 밤을 보내고 싶었다. 내 말은 아내와의 섹스를 기대했었다는 말이다. 나는 남자와 여자 사이의 자연스러운 행동에 관해 이야기하는 게 문제가 된다고 생각하지 않는다. 바텐더와는 달리 나는 부적절한 호칭이 될 수 있는 동성애 혐오에 의지해야 할 정도로 내 성적 취향에 대해 자신 없는 사람이 아니다. 아내 앞에서 '바보'라고 불리고도 기분이 좋을 수는 없었다. 사실 난 짜증이 났다. 나는 그 바텐더의 말이 내 머릿속에서 끊임없이 떠오르는 게 싫다. 또한 그 순간 내가 할 수 있었던 반응, 내가 할 수 있었던 말들을 머릿속으로 되뇌고 싶지 않다. 왜냐하면 다시 말하지만 나는 그 자리를 떠난 내 행동을 절대 후회하지 않기 때문이다.

사실 나는 섹스에 관해 이야기하는 게 껄끄러울 때도 있다. 그에 대해 언급함으로써 나보다 보수적인 엘프 사용자들에게 충격을 주고 싶지는 않았기 때문에 성에 대한 완곡한 표현을 쓴다고 할 수 있지만, 사실 두 사람이 한 몸이 되는 일이 불가능해 보이는 지금과 같은 순간이 있다. 몸의 모든 부분이 합창하면서 반복적인 무의식적 리듬을 내는 조화로움은 거의 기적에 가깝다. 몸은 신기하고, 토실토실하고, 뚫리기 쉽다. 가끔 나는 끝없는 통근길에 올라 혹시 사고가 나게 되면 내 차의 부품 중 나를 관통할 가능성이 가장 큰 부분이 어딘지 생각한다. 운전대일까? 브레이크일까? 아니면 다른 차의 파편일까? 피부가 실제로 얼마나 얇은 막인지 떠올리고 싶지 않지만 일단 생각이 시작되면 헤어나기 어렵다. 이것이 내가 CD를 잃어버린 일에 더 화가 나는 이유이다.

혹시 아이티 부두 음악을 들어본 적이 있는가? 당신이 기대하는 것과는 다르다. 낮은 빗방울이 북을 두드린다. 노래는 마치 구호처럼 한 여성이 앞장서고 온 마을이 뒤따른다. 부르고 답한다. 그들은 영혼들을 초대해 태운다. 하지만 결국 당신을 태우는 것은 음악이다.

내가 어떻게 여기까지 왔는지 모르겠다.

재닛은 배꼽이 크다. 그녀의 배꼽은 배 위에 있는 작은 돼지 꼬리처럼 귀엽다. 재닛은 그걸 싫어한다. 비효율적이라는 이유로 배꼽을 없애고 싶어 하는 것 같다. 그리고 내가 그녀의 배꼽을 만지는 것도 좋아하지 않는다. '이상한 느낌'이라고 말한다. 그녀는 마치 내가 자궁과

작가처럼 읽는 법

배 사이의 이름을 알 수 없는 비밀 장소에 충격을 주는 민감한 코드를 찌르는 것 같다고 표현한다. 섹스하면서 상대방의 튀어나온 배꼽에 닿지 않기는 어렵다. 또한 내가 그 배꼽을 만질 수 없다는 걸 알기 때문에 가끔은 머릿속에 그녀의 배꼽을 만지고 싶다는 생각밖에 떠오르지 않는다.

재닛은 옐프 같은 사이트를 사용하지 않는다. 그녀는 당신이나 나와는 다르다. 재닛은 '불특정 다수'의 의견을 신뢰하지 않는다. 그녀는 음식 비평가들의 글을 읽고 '베스트' 목록을 꼼꼼히 읽는다. 여기로 이사 온 이후로 그녀는 《볼티모어 선Baltimore Sun》을 읽기 시작했다. 나는 그녀의 이런 점이 좋다. 그녀는 깊이 있게 조사하고 안목이 뛰어나다.

만약 재닛이 나를 검토한다면 어떤 기준을 적용할지 궁금하다. 재닛은 내가 그녀를 웃게 한다고 말할 것 같다. 내 생각에 그녀는 내가 잘생겼다고 말하는 대신, 내가 잘생겼다고 생각한다고 말할 것 같다. 나는 그녀가 사소한 것에 좌절감이라는 단어를 사용할 거라고 생각한다. 예를 들면 쓰레기를 내놓거나 냉장고에서 유통기한이 지난 음식을 처리하거나 날짜를 계획하는 따위의 일들 말이다. 나는 그녀가 나를 충실하다고 생각하며, 그 점을 다른 무엇보다 우선시한다고 말하기를 바란다. 왜냐하면 나는 충성심이 내가 가진 최고의 자질이라고 생각하기 때문이다. 만약 그녀가 그 점을 이해했다면 왜 내가 여기로 이사하는 문제에 대해 소란을 피우지 않았는지, 내가 목소리를 높여야 할 때 왜 그냥 따르는지 알 것이다. 나는 그녀가 나의 이런 자질을 가장 싫어할까 봐 걱정되기도 한다.

음식

우리는 바에서 사건이 발생한 후 그곳을 떠났다. 내가 다시 자리에 앉았을 때 우리는 아무 말도 하지 않았다. 그리고 5분을 기다렸다. 나는 그녀가 전에는 절대 기대하지 않았던 소란을 피우길 바랐지만 그녀는 잠자코 냅킨을 비틀기만 했다. 나는 오늘 밤은 여기까지라고 말했고 우리는 집에 오는 길에 웬디스를 포장해 차 안에서 먹었다. 그래서 나는 제리의 크랩 쉑 음식의 질에 대해 말할 수 없다. 만약 그 음식이 정말로 이 도시에서 최고의 게라면 우리는 결코 최고의 게를 먹지 않을 것이다. 차선책에 만족할 것이고 아마도 차이를 느끼지 못할 것이다.

〈제리의 크랩 쉑: 별 한 개〉는 2016년 여름 《미시시피 리뷰》에 처음으로 게재되었으며 저자의 허락하에 이곳에 다시 싣는다.

　　　　　　　　　　　　　　　　작가처럼 읽는 법

헤스투르: 포토 에세이

|

랜디 워드

나는 얼른 짐을 내리고 싶어서 테이스틴Teistin(화물과 승객을 싣는 배–옮긴이)의 우르릉거리는 갑판 위에 감당할 수 있는 최대한으로 짐을 쌓아 올렸다. 선체가 열리고 헤스투르의 인적이 드문 부두를 향해 램프(선박에 차량과 화물을 싣거나 내릴 때 사용하는 철제 구조물–옮긴이)가 내려가기 시작했을 때 페리의 유압장치가 날카로운 소리를 냈다. 무거운 경사로가 비에 젖은 콘크리트를 강타하는 소리에 나는 움츠러들고 압도당했다. 그날 오후 뭍에 오른 승객은 나 혼자였다. 나머지 승객들은 페리가 스코푸나피외르드Skopunarfjørð를 가로질러 사람이 더 많은 산두르섬Sandur으로 다시 떠나기만을 기다리고 있었다.

'말'을 뜻하는 헤스투르는 북대서양에서 아이슬란드와 노르웨이의 중간쯤, 스코틀랜드의 북서쪽에 위치하며 폭풍이 휩쓸고 간 18개의 섬 중 하나이다. 덴마크 왕국의 자치 영토인 헤스투르는 독자적 언어, 문화, 의회, 국기를 가지고 있다. 페로제도의 수도 토르스하운Tórshavn과 자치시에 편입된 주변 마을에는 5만 2천 명 군도 주민 중 약 2만 명이 거주하고 있다. 헤스투르의 시민 20명은 2005년 토르스하운시에 합류했지만 마을의 인구는 계속해서 감소하고 있다. 정년에 접어들었거나 정년을 넘겨 남아 있는 사람들 대부분은 하루의 반을 농업이나 어업에 투자하고 나머지 시간에는 섬의 주거환경을 유지할 수 있도록 서비스를 제공하는 공공 부문에서 일한다.

많은 이들이 헤스투르를 '죽어가는 마을'이라고 부르지만 나는 전통과 다양한 친절한 행동뿐만 아니라 지역사회의 기반 시설과 사기를 유지하기 위한 절제된 헌신을 직접 볼 수 있었다. 이런 감동적인 행동들은 가족이나 개인들 사이의 미묘한 긴장 앞에서, 세대를 넘어 대대로 전해져왔고 마을의 미묘한 균형을 방해할 수 있는 분노 속에서 더욱 주목할 만하다.

나 역시 헤스투르 마을의 소용돌이치는 사회 조류에 휘말리는 일을 피할 수 없었다. 섬에 새로 들어온 사람이자, 가장 어린 주민이며, 어느 조직에도 속하지 않은 독신 여성이자, 외국인인 내 삶에 대해 사람들은 다양한 해석을 내놓았다. 그리 오래지 않아 내 일상과 사회적 상호작용은 다양한 정밀 조사의 대상이 되었다. 하지만 이 극도의 근접성과 고독이 복잡하게 어우러진 모습은 페로제도 중에서도 마지막 6개월을 보낸 헤스투르에서의 내 시간을 절묘하고 생생하게 만든다. 나는 삶과 인간성의 놀라운 스펙트럼을 경험했고 저항하기 힘든 극단에 이르기도 했다. 나는 양떼를 돕거나, 갓 깎은 건초를 뜯거나, 호이리우Hjørleiv와 다채로운 대화를 즐기거나, 요르문트Jørmund에게 이메일 사용법을 가르치거나, 오후에 에베Ebbe의 빨랫줄을 빌리기도 했지만 내가 그들과 연대하는 가장 온화한 방식은 저녁에 부엌 불을 켜서 사람들에게 내가 그곳에 있다는 사실을 알리는 일이었다.

가대架臺로 건초 말리기 |||||||||||||||||||||||||||||||||||||||||||||||||||||||||||||||||||||||||||

페로섬이 위치한 북위 62도의 해양성 기후에서 건조한 날씨가 연이어 계속되는 일은 비교적 드물다. 비가 오는 날은 연평균 260일이다. 그런 까닭에 농부들이 겨울용 가축 사료를 준비하기 위해 건초를 말리는 일은 노동의 강도가 세다. 농부들은 베어낸 풀을 거센 바닷바람으로 말리기 위해 버팀목을 세우기도 한다.

||||||||||||||||||||||||||||||||||||||||||||||||||||||||||||||||||||||||||||||||||||||||||||||||||||

양 치는 들판의 에베 ||||||||||||||||||||||||||||||||||||||||||||||||||||||||||||||||||||||||||||||||||||||||||||

양치기와 농업은 수 세기 동안 페로제도의 문화와 경제에서 필수적인 부분이었다. 양떼 관리는 여전히 1298년의 세이다브레비드에 명시된 법령에 기반을 두고 있다. 헤스투르의 두 교구 서기 중한 명인 에베 라스무센은 양을 울타리 안으로 몰아넣을 때 기분이 고조된다.

||||||||||||||||||||||||||||||||||||||||||||||||||||||||||||||||||||||||||||||||||||||||||||||||||||

양모는 페로제도의 금 ||||||||||||||||||||||||||||||||||||||||||||||||||||||||||||||||||||||||||

헤스투르섬에는 약 580마리의 양이 살고 있다. 어업이 등장하기 훨씬 전, 모직물은 페로제도 경제의 주된 요소 중 하나였다. 그러나 양모는 더 이상 '페로제 금'으로 간주되지 않는다. 시장 가치가 너무 낮은 까닭에 사람들은 양모를 팔거나 실을 만들기보다는 태워버린다.

||||||||||||||||||||||||||||||||||||||||||||||||||||||||||||||||||||||||||||||||||||||||||||||||||||||||||||||||||

양 떼 ||||||||||||||||||||||||||||||||||||||||||||||||||||||||||||||||||||||||||||||||||||||||||||||||||||||

오늘날 약 7만 마리의 양들이 페로제도의 18개 섬에서 풀을 뜯고 있다. 페로종은 북유럽 짧은 꼬리 양의 변종으로, 강인한 종이다. 숫양 대부분은 뿔을 가지고 있으며 암양의 약 67퍼센트가 등록되어 있다. 농부와 지주들은 매년 가을 양들을 직접 도살한다.

||||||||||||||||||||||||||||||||||||||||||||||||||||||||||||||||||||||||||||||||||||||||||||||||||||||||||||||||||

작가처럼 읽는 법

호이리우와 요르문트

호이리우 포울센과 요르문트 자카리아센은 헤스투르 마을에서 함께 자랐으며 친구이자 이웃으로 지내고 있다. 호이리우는 37년 동안 마을의 우체부였다. 요르문트는 호이리우가 은퇴한 직후 그 자리를 맡았으며 헤스투르의 교회에서 오르간 연주자로 활동하기도 한다.

두 사람을 위한 차

헤스투르에서 혼자 사는 호이리우 포울센이 자신의 집 부엌에서 찍은 사진. 헤스투르에는 스무 명도 안 되는 사람들이 살고 있으며 학교에 다니는 아이들이 없다.

교회

페로인의 약 80%가 복음주의 루터교회인 폴카키르키안에 다닌다. 이 교회는 2011년 100주년을 맞았다.

문지기

4월 양치기 시즌 동안 페로 마을 주민들은 양 떼를 야외에서 우리 안으로 몰아넣는 일에 참여한다. 이곳에서 양들은 다양한 기생충과 질병에 대비해 약을 먹는다. 에베 라스무센은 양들이 돌담 너머로 빠져나가는 것을 막는 동시에 양들이 우리 안으로 들어가도록 돕고 있다.

《헤스투르: 포토 에세이》는 2012년 가을 《콜드 마운튼 리뷰》에 처음 게재되었으며 저자의 허락하에 이곳에 다시 싣는다.

사람들은 그녀의 얼굴을 가리키며 속삭인다

|

에린 M. 푸시먼

루실은 자신의 방바닥에 내팽개쳐진 유니폼 더미에 둘러싸인 채 서 있고 절망감에 금방이라도 눈물이 터질 것만 같은 표정이다.

"나 치마 입을 거야." 그녀는 유니폼 반바지를 나무 바닥 이리저리 걷어차면서 말한다.

"너 반바지 좋아하잖아." 나는 예쁘게 주름 잡힌 반바지를 건네주며 말했다. 그날은 가을학기가 시작되고 2주째인 이른 9월이었고 노스캐롤라이나의 여름 불볕더위는 여전히 계속되고 있었다.

"싫어!" 루실은 내 손을 뿌리치며 말했다.

난 들고 있던 주름 반바지를 떨어뜨렸고 손을 턱에 갖다 댔다. 루실 앞에서 하지 않으려고 노력한 행동이었는데 결국 하고 만 것이다. "나 예쁘게 입고 싶어."라고 루실이 말했다. 난 얼굴에 있던 내 손을 내렸다.

이즈음이 되자 나도 답답해지기 시작했다. 시간은 점점 여덟 시에 가까워지고 있었는데 루실은 등교하려면 아침을 먹고, 이를 닦고, 신발까지 신어야 했다. 우리 가족은 시간 엄수로 정평이 나 있는 사람들은 아니었지만 아이들을 제시간에 등교시키는 일만큼은 최선을 다했다. 어쨌든 제대로 된 부모라면 2학년이 된 지 2주밖에 되지 않은 시점에 아이가 지각하도록 내버려두진 않으리라.

"학교 갈 때 입으려고 짧은 바지를 이렇게 많이 샀잖아." 격한 감정으로 인해 내 목소리는 점점 높아지고 있었다. 바닥에는 카키, 네이비색 교복 반바지들이 쌓여 있었다. 루실은 유니폼을 입는 공립 학교에 다니고 있었고 나는 여름 더위가 채 가시지 않은 계절을 위해 루실의 진료 시간 사이사이 시간이 날 때마다 교복 반바지를 여러 벌 준비하려고 애썼다.

"나 치마 입을래."라며 루실은 고집을 꺾지 않았다. 루실의 튀어나온 턱을 본 나는 다시 평정심을 되찾았다.

"왜?"

"애들이 나보고 남자 같대."

그랬구나. 문제는 바로 이거였구나.

"무슨 말이니?" 나는 종양으로 튀어나온 루실의 턱뼈를 감싸며 말했다.

루실은 자신의 얼굴을 가리키며 수군거리는 고학년 아이들에 관한 이야기를 털어놓기 시작했다.

충분히 예상할 수 있는 일이었다. 루실의 얼굴을 두고 사람들이 수군거리는 일은 우리 가족에게 전혀 새로운 사건이 아니었다. 선한 의도로든, 나쁜 의도로든, 혹은 아무 의미 없이 사람들은 루실의 얼굴에 대해 말했다. 한 카이로프랙틱 의사는 우리에게 영화 〈마스크〉를 보라고 권했다. 수영장에서 아이 두 명이 루실의 얼굴을 보고 웃으며 '빅 마우스'라고 불러대면서 뭘 삼켰는지 묻기도 했다. 공공 화장실에서 작은 아이가 순진한 표정으로 다가와 "얼굴이 왜 그래요?"라고 물은 적도 있다. 이런 일은 정말 너무도 많았다. 우리를 알고 우리 가족을 아끼는 수많은 사람들은 '루실은 지금도 예뻐요'라고 표현했다.

지금도……. 맞다.

루실은 종양을 앓고 있다. 거대세포육아종. 암세포는 세실의 아래 턱뼈 중앙에 자리 잡고 있다. 아주 드문 경우이고 공격적이며 양성 종양이다. 암은 아니지만 여러 가지 면에서 암과 유사하다.

이런 유형의 종양은 수술이나 스테로이드 주사로 치료 가능한 경우가 많다. 하지만 루실의 경우는 달랐다. 루실은 일반적인 치료 방법이 통하지 않으면서 희귀한 질병을 앓고 있는 드문 환자가 되고 말았다.

종양이 어떻게 생겼냐고? 루실의 주치의와 종양학자는 치수를 자세히 확인하고 얼굴의 손상을 확인한다. 나는 그 종양이 잘 익은 사과 같다고 생각한다. 루실의 턱이 정상적이었던 1년 전부터 피부에 둘러싸여 자란 잘 익은 사과.

그렇게 루실과 나는 어느 바쁜 가을 아침, 그녀의 방에서 서로를 쳐다보고 있었다. 루실의 종양은 우리와 그날의 나머지 시간 사이에 있었다. 만약 루실이 옷을 입지 않았다면 학교에 늦었을 것이고 나는 직장에 늦었을 것이다. 루실은 고개를 돌려 창밖을 가만히 응시했다. 옆모습을 보면 세상이 그녀를 어떻게 바라보는지 너무도 분명히 알 수 있었다. 루실의 예쁘지만 망가진 얼굴. 늘어진 사과 턱. 루실은 캐리커처처럼 보였다.

이런…….

나는 딸의 몸을 감싸 침대 쪽으로 데려갔다. 우리는 루실의 보라색 이불 위에 앉아 그녀가 다른 사람들과 다르게 생긴 것에 대해 이야기했다. 이런 대화는 새로운 것이 아니었다. 우리는 같은 얘기를 다양한 방식으로 나눴다. 병원 사회복지사, 아동 생활 전문가, 루실이 다니는 학교의 선생님, 상담가들과 함께 같은 내용의 대화를 나누었다. 우리는 앞으로도 같은 대화를 할 것이다. 대화가 멈춘 곳에서 다시 대화가 시작되고 예상치 못한 상황일 수도 있으며 상황에 따라 뉘앙스를 달리하는 대화를 하게 될 것이다.

학교 상담원과 병원 사회복지사가 루실의 교실을 방문해서 그녀의 얼굴이 왜 그렇게 생겼는지 이미 설명한 적이 있었던 까닭에 난 오늘 우리가 이런 대화를 하게 되리라고는 전혀 예상하지 못했다. 상담원

작가처럼 읽는 법

과 사회복지사가 모든 교실을 방문하지는 못했으리라.

"'몸의 다양성'이라는 말 아니?" 나는 내 턱과 딸의 몸에 손을 대지 않으려고 애쓰며 물었다.

"모르는 것 같아."라고 루실이 대답했다. 우리는 루실이 학교에서 보는 다양한 체형에 관해 이야기했다. 우리는 다르게 보이는 다양한 방식을 얘기했다. 우리는 휠체어에 대해 이야기했다. 피부색에 대해 이야기했다. 교정기와 안경에 대해서도 이야기했다. 주근깨와 태반에 관해 이야기했다. 여드름 얘기도 하고, 머리 얘기도 했다.

우리는 모두 때때로 수용의 결여에 대처해야만 한다. 우리 모두는 우리의 외모, 우리가 내리는 선택, 우리의 옷차림에 반대하는 사람들을 마주한다. 일일이 나열하자면 끝이 없다. 우리는 가혹하거나 조롱하는 표현에 영향받겠지만 그 말들이 우리를 압도하도록 내버려둘 수 없다.

나는 딸이 아침 일곱 시에 이런 교훈을 얻을 필요는 없길 바랐다. 또한 그녀가 보기 흉한 질병과 싸워가면서 이런 교훈을 익혀야 할 거라고는 상상하지 못했다. 그러나 오늘 아침 내가 딸의 이해를 돕기 위해 꺼낸 이야기들은 놀림과 괴롭힘을 마주하게 된 다른 부모들이 자녀의 이해를 돕기 위해 언급해야 할 내용과 크게 다르지 않았다.

나는 딸을 안고 내 품 안에서 맘껏 울게 했다. 딸이 눈물을 그치고 나서 나는 그녀가 아름답다고 말했다. 그리고 우리는 각자 서로 다른 아름다움을 가지고 있다고 설명했다. 나는 그녀에게 항상 다른 사람과 다르게 보이는 사람이 있을 것이고 때론 그에 대해 비열한 말을 하는 사람도 있을 거라고 말했다.

"루실, 다른 사람들과 다른 모습이어도 괜찮아." 나는 말했다. "다른 사람들과 다르게 보이는 게 좋은 일이 될 수도 있어." 나는 우리 모두가 비열한 말을 들어야 할 때가 있지만 그런 말들을 새겨들을 필요는 없다고 말했다. 턱에 종양을 가지고 사는 것이 남들을 괴롭히거나 비열한 사람들을 무시하는 법과 남들과 다른 점이 있는 사람들과 좋은 친구가 되는 법을 배우는 데 도움이 될 것이라고 덧붙였다.

진솔했던 대화는 깔끔하게 마무리되었다. 그건 서투른 격려의 말이 아니었다. 하지만 나는 루실의 어깨를 한 번 힘껏 잡고 일어선 뒤에도 딸을 학교에 보내고 싶지 않았다. 내가 딸을 보호하기 위해 나설 수 없거나 그녀의 귀에다 사랑한다고 속삭일 수 없는 장소에 보내고 싶지 않았다.

가능한 한 평범함을 유지하는 것이 유일한 선택이었던 새로운 육아의 순간이었다. 나는 이렇게 말했다.

"잘 알잖아." 내가 말했다. "넌 강해. 그리고 엄마는 항상 널 지킬 거야." 루실은 미소를 지으며 나를 힘껏 껴안았다.

그리고 나는 딸이 예쁜 교복 치마와 보라색 목걸이 그리고 머리띠를 고를 수 있도록 도왔다. 딸은 지각했지만 등교했고 기꺼이 그날을 맞았다.

이 글은 내가 운영하는 블로그 '용감한 얼굴The Face of Bravery'에 처음 실렸고 조금 각색된 버전으로 《무샤 매거진》에 게재되었다.

작가처럼 읽는 법

음성 결과

|

베스 우즈니스 존슨

　사람들은 거짓말을 한다고 당신은 스스로에게 말한다. 당신은 병적인 거짓말쟁이와 몇 년 동안 잤다는 사실을 알아야 한다. 당신은 존중받지 않았고, 거짓말은 대개 당신을 즐겁게 하지만, 그 거짓말들은 진실된 답이 있는 질문에 대한 여전히 습관적인 거짓이다. 당신은 그가 성병과 같은 일들에 대해 거짓말하지 않으리라 믿고 싶지만, 거짓말쟁이들이 어디까지 갈지 누가 알까? 그는 당연히 '난 깨끗하다. 난 당연히 깨끗하다'고 말하고 싶어 한다.

　혹시 그게 거짓말이라면? 거짓말쟁이들이 실제로 무얼 믿는지 누가 알까?

　그리고 이 새로운 남자는 거짓말쟁이처럼 보이지 않지만, 그 모습은 거짓말에 대한 위장일 수 있다. 이 남자는 원한다면 누구와도 잘 수 있고, 그런 일에 매우 능숙하며, 자신이 뭘 하고 있는지 정확히 안다. 그가 바르게 행동한다는 생각은 참 슬프다. 사실 당신은 남편과 세 명의 아이들이 있고 대체로 좋은 삶을 살고 있다. 아기 기저귀가 떨어졌고 당신의 팀은 볼링 리그에서 우승했다. 하지만 당신은 즉흥적이며, 고통스러울 정도로 외롭고, 삶이 더 좋든 나쁘든 어떻게 달라질 수 있었는지 상상한다. 당신은 새로운 남자와 잤고 그는 거짓말을 할 수도 있고 하지 않을 수도 있다.

　게다가 상습범인 다른 남자가 있다.

물론 첫 번째 검사는 음성이었고, 당신은 검사를 받았다. 하지만 그 이후로도 그가 얼마나 많은 여자와 잤는지 누가 알까?

자, 이제 당신은 걱정해야 한다. 거짓말하는 한 사람, 아마도 거짓말하지는 않지만 할 수도 있는 한 사람. 그는 걱정한다. 이 모든 것은 확인이 필요하고, 당신은 스스로 책임져야 하므로 선택의 여지가 없다. 거짓말을 하지 않는 남자와 거짓말을 하는 남자 모두. 테스트는 잠복기를 포함한다. 음성이라는 단어가 들린다. 결과지에 쓰여 있다. 당신은 물론 안심한다. 그러나 이제는 음성이라는 것을 알았고(그럴 줄 알았으며) 그건 거짓말쟁이가 어느 정도 진실하다는 뜻이므로 안심한다. 비록 당신은 그와 자는 것을 그만두었지만, 그는 그렇게 나쁘지 않았다. 당신은 그 모든 것을 알았지만 그가 당신을 힘들게 했다는 게 싫다. 위험은 위험이지만, 어리석음은 완전히 다른 문제이고, 이제 당신은 새로운 남자가 진실하다는 걸 알게 되었으니 그를 더욱 좋아하게 된다.

만약 그가 더 나아진다면?

당신은 그의 피부 속으로 기어들어 가 한동안 그곳에 살고 싶다.

〈음성 결과〉는 《럼퍼스The Rumpus》에 처음으로 발표되었으며 저자의 허락하에 이 책에 싣는다.

작가처럼 읽는 법

대학에서 배우는 것들

|

카렌 돈리 헤이스

당신은 맥주 맛을 싫어하지만 취기醉氣를 좋아하고, 맛을 혐오하는 까닭에 오히려 빨리 마실 수 있다는 사실을 배운다. 당신은 술에 취한 자신의 대담함과, 스스로의 순진함에 방해받지 않는 느낌을 사랑한다. 새로운 대학 친구들과 성적인 풍자와 허풍이 난무하는 추잡한 교류를 할 때 당신은 스스로 용감하고 세속적이라고 느낀다. 취한 당신을 만나기 전 술에 취하지 않은 당신을 환영했던 사람들과 같이 웃는다. 그들이 농담에 끌린 기숙사 친구들이 들어오지 못하도록 문을 닫을 때 당신은 웃고, 그들과 바닥에 동그랗게 둘러앉아 병 돌리기 게임을 시작한다.

당신은 자신이 즐기고 있다는 사실을 깨닫고, 스스로의 용기에 감탄하며, 첫 번째, 두 번째 라운드를 지나면서도 동요하지 않는다는 사실을 만끽한다. 당신은 맨투맨을 벗어 어깨 위로 던진다.

병이 빙글빙글 돈다.

당신은 맥주로 인한 대담함을 기대했지만, 생각만큼 자신이 용감하지 않다는 사실을 알게 된다. 맥주병이 몇 번 더 돌고, 마지막 맥주 거품이 병의 테두리에서 날아간다. 그리고 당신은 병 돌리기 게임으로 옷을 생각했던 것보다 더 많이 벗어야 한다.(당연하지 않은가?) 병이 계속 돌고 당신이 신발, 양말, 그리고 마침내 티셔츠를 벗게 되면 당신은 이제 술기운이 달아났다는 사실을 깨닫는다.

당신은 에드가 '헤드라이트가 멋지네, 카렌'이라고 말했을 때 당신의 눈을 얘기하는 표현이 아니라는 사실을 확신하게 되고, 당신이 아직 순진하다는 사실을 깨닫는다. 당신은 다른 사람들과 함께 웃지만, 에드와 다른 친구들을 쳐다보지 않는다. 당신은 계속 웃고, 계속 술에 취한 척하면서, 병 돌리기 게임의 직전 라운드에서 당신이 티셔츠를 벗었을 때 이미 편안한 단계가 지나고 말았다는 사실을 깨닫는다. 당신은 이제 그 자리를 떠나고 싶다. 밤의 차가운 어둠 속으로 뛰어들고 싶지만 그렇게 하지 않는다.

병이 빙글빙글 돈다.

당신은 배짱이 있어도 그 자리를 떠날 수 없다는 걸 알게 된다. 복도에서 파티에 참석하고 싶었던 불만 가득한 사람들이 동전을 던져 문틈에 박혔기 때문이다. 당신은 짧은 속옷 바지를 입은 에드가 문을 잡아당겨 열려고 애쓰다가 어깨를 으쓱하고는 옷을 하나둘 벗은 이들이 동그랗게 모여앉은 곳으로 돌아가는 모습을 본다. 아무도 그 자리를 떠나지 않는다.

병이 빙글빙글 돈다.

당신은 자신의 차례가 끝나고 나서, 웃고, 머리가 빙글빙글 돈다고 말하고는, 에드의 침대에 올라간다면 술에 취해 정신을 잃은 척할 수 있다는 사실을 깨닫게 된다. 당신은 이 방법으로 당신이 옷을 더 벗거나 무언가를 더 잃는 일을 막을 수 있길 바란다. 당신은 에드의 침대에 얼어붙은 듯 누워 있고 이는 당신이 생각할 수 있는 유일한 탈출구다. 소란스러운 상황에서 당신은 가짜로 잠을 청하고, 병이 부딪치는 소리와 낄낄거리고 울부짖는 소리가 들린다. 심장의 두근거림이 들린다.

작가처럼 읽는 법

병이 빙글빙글 돈다.

여러분은 유리가 바닥을 긁는 소리를 듣는다. 퀴퀴한 맥주 냄새와 땀 냄새, 그리고 깨끗하지 않은 세탁물의 냄새, 침대 시트 냄새와 섞이는 소리. 당신은 눈을 감고 있다. 친구들은 완전히 나체가 될 때까지 게임을 계속한다(당신은 그 모습을 확인하기 위해 눈을 뜨지는 않는다). 그들은 당신의 차례가 왔을 때 당신을 깨우려고 노력하지만 당신은 움직이지 않고 몸을 졸린 상태로 둔다. 당신은 반나체 상태를 감추고 싶은 강렬한 충동에 저항한다. 당신은 자신을 지킨다.

병이 빙글빙글 돈다.

당신은 에드에 대한 당신의 짝사랑이 당신을 이 방으로, 그리고 그의 침대로 오게 했다는 사실을 알지만, 그 짝사랑은 파티가 끝나고, 참석자들이 다시 옷을 입고, 동전이 박힌 문을 열고 흩어진 후에도, 당신을 이 자리에 머물도록 하기에 충분하지 않다는 사실을 안다. 당신은 잠을 깬 척할 수 있을 만큼 충분히 소란스러운 소리가 들리자마자 일어나 앉아, 멍한 눈으로 놀라는 척한다. "모두 어디 간 거야? "내 셔츠 어딨어?!" 옷을 주워 입고, 적당히 비틀거리고 킥킥거리면서, 문 밖으로 걸어 나간다.

당신은 서리가 내리는 어두운 밤에 혼자 걷고 있다는 사실, 그 방에서 나와, 술에 취해 웃고 행복해하며 벌거벗은 친구들에게서 멀어지는 것이 얼마나 안심이 되고 감사한 일인지 알게 된다. 일어날 수 있었던 일과 바뀔 수 있었던 당신의 삶을 뒤로하고, 아무것도 변하지 않은 채 탈출할 수 있었다니……. 그렇지만…… 가슴에 차오르는 실망과 거부된 가능성에서 비롯된 후회가 밀려온다. 거의 짐작할 수 있었던 일. 당신은 뒤돌아보고 다시 생각할 수 있었고, 심지어 손을 내밀어 그곳이 어디였는지 어디로 가는 건지 물어볼 수 있었다. 하지만 어둠과 순진함은 쉽고 잘 알려져 있고, 얼굴이 차가우므로, 계속 걸어간다. 곰곰이 생각하지 않는다.

당신은 에드의 방에서 당신의 방까지 캠퍼스를 가로질러 걷는 일은 이번이 마지막이라는 사실을 안다. 그리고 이번 일로 거의 짐작할 수 있었던 후회는 반짝이는 검은 등을 가진 밤의 바다 생물처럼 깨진다. 당신은 친구들의 나체를 보지 못한 것처럼 당신의 뒤에 있는 그 생물을 보지 못한다. 하지만 마찬가지로 당신은 그것이 당신의 시야 너머 깊은 곳으로 미끄러져 가는 것을 느낄 수 있다. 하지만 후회는 사라지지 않는다. 후회는 결코 사라지지 않을 것이고 당신은 배울 필요가 없다. 당신은 이미 알고 있다.

〈대학에서 배우는 것들〉은 《크리에이티브 논픽션》(2014)의 '실수Mistakes' 호에 처음 발표되었으며 저자의 허락하에 이 책에 싣는다.

작가처럼 읽는 법

모순

—

소피 야노우

작가처럼 읽는 법

학생 한 명입니다.

사이키델릭 약물을 경험하고 비판적 이론에 빠졌던 난 이별을 겪고 난 뒤 나머지 수업을 모두 취소했다.

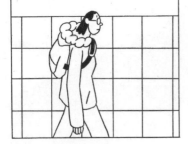

멍한 상태에서 유학 사무실로 가서 언어를 잘하지 않아도 되는 곳이 어딘지 물었다.

탈썩!

파리 정도면 충분히 먼 곳이라는 생각이 들었다.

모험적이었던 좌파 부모님은 내가 자라는 동안 여행과 1960년대 후반의 불안에 관해 이야기했다.

철저한 조사를 거친 약물 사용만큼은 예외였지만, 난 항상 위험성 있는 행동에 관해 지나치게 긴장하는 편이었고 너무 우유부단했다.

이제 스무 살이 된 난 다른 사람과 나눌 얘기가 별로 없다는 생각이 들었다.

하지만 지금 난 해외에 있다. 무언가 변화를 주려면 이곳이 가장 적절한 장소였다.

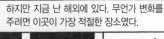

작가처럼 읽는 법

작가처럼 읽는 법

살면서 종종 '타인'이라고 느낀 적이 있었던 난
다른 '타인들'과 마찬가지로 친구를 사귀는 데
중요한 기호학적 지름길을 배웠다.

와.

자전거.

특별한 자전거.

고정 기어.

후.

아직 파리에는
픽시 자전거가 없다고
들었어.

그러니 픽시 자전거를 타면
자전거광으로 보일 거야.

잠깐.

자전거광은 불량해
보일 수도 있어.

작가처럼 읽는 법

그리고 불량 청소년은······

동성애자로 보일 수 있어.

저기!!

헉 헉

자전거 멋지다.

소피 야노우의 《모순》은 《드론&쿼털리》에 처음 게재되었으며 출판사의 허락하에
이곳에 일부를 실었다.

작가처럼 읽는 법